FRIDAY BLACK by NANA KWAME ADJEI-BRENYAH

『フライデー・ブラック』ナナ・クワメ・アジェイ＝ブレニヤー

「退屈なんてできないはずよ？　本は何冊書いたの？」

と言った母へ捧ぐ。

［目次］

写真＝松岡一哲
装幀＝佐々木暁

心に描くものは、すべて君のもの。

——ケンドリック・ラマー

Anything you Imagine you possess.

—— Kendrick Lamer

FRIDAY BLACK

フライデー・ブラック

Finkelstein 5

フィンケルスティーン5〈ファイヴ〉

　頭のない少女が、エマニュエルに向かって歩いて来た。フェラだ。その首は血で真っ赤に染まり、ギザギザに切断されている。フェラは静かだったが、エマニュエルには伝わってきた。何かして欲しい、何でもいいから、と彼の行動を待っていることが。

　ここで電話が鳴った。エマニュエルは目を覚ました。

ゆっくり深呼吸すると、ブラックネス《黒人らしさ》を十段階中の一・五に落とす。

「もしもし。はい、確かに先日、応募の状況について問い合わせしました。わかりました。ご連絡ありがとうございます。もちろんお伺いします。それでは」彼はベッドから起き出して、歯を磨いた。家の中は静かだ。両親は、もう仕事に出かけていた。

その朝、彼が最初に下した決断は、自分のブラックネスの度合いだった。つまり、いつもと同じ朝だ。深い褐色が一面に続く、エマニュエルの肌。公の場で人々に姿を見られる場合は、ブラックネスを一・五まで下げることは不可能だ。ただし、四・〇までなら下げることはできる。ネクタイを締め、ウィングチップ[*1]の靴を履き、笑顔を絶やさずに、室内用の声で静かに話す。話している最中は、両手を行儀よく脇に置いたまま、決して大きく動かさない。これが、四・〇の条件だ。

彼は面接に進んだことを嬉しく思ったが、今は喜ぶことに後ろめたさも感じていた。知り合いの大半が、いまだにフィンケルスティーンの判決を嘆き悲しんでいたからだ。二十八分の評議の後、白人が大半を占めた陪審員団は、ジョージ・ウィルソン・ダンの無罪評決に至った。ダンは黒人の少年少女五人の頭部をチェインソーで切断したかどで起訴されていた。事件が起こったのは、ノース・カロライナ州ヴァレー・リッジ[*2]にあるフィンケルスティーン図書館の外だ。

「五人の子どもたちは、図書館の外でたむろしていただけで、生産性のある社会の一員として、図書館の中で読書をしていたわけではない。そのため、ダンが脅威を感じたのもうなずける話である。また、自分の身だけでなく、自分の子どもや図書館から借りたＤＶＤを守るために、フォードＦ－一五〇のトランクからホーテックＰＲＯの十八インチ四十八ccのチェインソーを取り出したのも、自衛の範囲内である」これが裁判所の判決だった。

　この事件は、全米の耳目を集めた。そしていまだに、人々の話題を独占している。フィンケルスティーンがニュースで語られない日はなかった。子どもたちの死を悼み、人目も憚らずに涙を流すニュースアンカーもいた。彼らにとって、子どもたちは純真無垢な聖者だった。しかし一方で、ブレント・コーガンのようなパーソナリティもいた。粗雑で独善的なコーガンは、『What's the Big Deal?（それがどうした？）』のホストとして知られており、オンラインの公開討論会では、「確かに彼らは子どもでしたが、クソニガー[*3]でもあったわけです」と発言した人物だ。大半の報道機関は、この二者の中間あたりの立場を取っていた。

　評決の日。エマニュエルの家族は、さまざまな人種や文化を持つ友人たちと寄り集まると、子どもたち（「フィンケルスティーン・ファイヴ」として広く知られるようになった）に同情的な局にチャンネルを合わせた。ピザと飲みものが振る舞われた。判決が出ると、エマニュエルの心臓は波打ち、締めつけられた。胸が焼けるように熱い。エマニュエルの母は、近所でもとくに明るく楽しい女性として評判だったが、コーラが入ったプラスチックのコップを投げつけた。コップが落ちてコーラが飛び散ると、部屋にいた人々は彼女を見つめた。ミセス・ギャンが、こんな振る舞いをするなんて。つまり、これは現実だ。彼らは負けたのだ。エマニュエルの父は、涙を拭いながらみんなから遠ざかった。さっきまで痛んでいたエマニュエルの胸は、すっかり冷たくなった。彼はもう、何も感じなくなっていた。

自宅に戻る車の中で、父は罵り言葉を使った。母はクラクションを激しく叩いた。エマニュエルは息を吸い込み、自分の手を見つめていた。車が街灯を通り過ぎるたび、手は闇に浮かび上がっては消え、浮かび上がっては消えていく。心の中には、冷たい波が押し寄せてくる。彼は無の感覚に身を任せた。

切断された首から大量の血を脈々と吹き出しながら、湿気を増していく子どもたちの死体のことばかり考えていたエマニュエルだが、いまや他に考えるべきことができた。スティッチズの面接に着ていく服を選ばなければ。スティッチズは、「伝統的な感性を持つ革新者」を自称するヴィンテージ・セーターの専門店だ。

エマニュエルはそれとなく団結の意を示そうと、キャンプの時に履いていたダボダボのカーゴパンツに両脚を通した。次は、パテントレザー[*4]のエア・ジョーダンに両足を入れる。レトロなスペース・ジャムのエア・ジョーダンだ。黒い舌革[*5]には、まだきれいなままの靴ひもがしっかりと通されていた。ずっと放置していた黒いパーカーを取り出すと、トンネルのような暗闇の中に頭を突っ込む。仕上げに、スナップが後ろについたグレーのベースボールキャップを被る。フィンケルスティーン・ファイヴの二人が、殺された日に被っていたのと同じ種類のキャップだ――裁判中、ジョージ・ウィルソン・ダンは、殺された子どもたちがキャップを被っていたことを強調し続けていた。

　エマニュエルは、外界に足を踏み出した。ブラックネスは、高め安定の七・六。モールに行くだけなのに、断崖絶壁に立ったイーヴル・ニーヴル[*6]のような気分になった。モールでは、ブラックネスを四・二くらいまで下げられるような面接用の服を探さなければ。彼はキャップを目深に被りなおした。キャンフィールド・ロードに向かって坂を上り、バス停を目指す。彼はスニーカーの下で擦れる砂利の音に耳を傾けていた。ブラックネスを七・〇近くまで上げることすら、ここ数年はなかったことだ。「お前には無事でいて欲しい。だから行動をわきまえるんだ」と、ごく幼い頃から父に言われてきた。彼は、筆算を覚えるよりもはるか前に、黒人が取るべき行動を学んだ。「腹が立ったら微笑む。叫びたい時には囁く」これがブラックネスの基本だ。中学生の頃、動物園のギフトショップで、パンダのぬいぐるみを盗んだと濡れ衣を着せられると、彼は自宅の私道でバギー・ジーンズを燃やした。目の前でデニムが丸まり、灰になっていく。彼はそのさまを瞬きもせず見つめていた。父が外に出て来た。叱られる、と思った。しかし、父は何も言わず、彼の隣に立っていた。「大切なことを、学んだな」と父は言った。炎が自然と消えるまで、二人は炎を見つめ続けた。

　バス停はごった返していた。エマニュエルは、人々の目が自分に集まるのを感じた。誰もがハンドバッグを守ろうとしているようだ。彼はジョージ・ウィルソン・ダンのことを考えた。そして、チェインソーを唸らせながら、笑顔を浮かべて自分の目の前に立つ中年の男を想像した。エマニュエルはここで、危険を冒してみようと思い立った。キャップを後ろ向きに被ったのだ。これで、彼のブラックネスは一気に八・〇まで上昇した。周りの人々は静まり返った。彼らはごく友好的な態度を装いながらも、まるでエマニュエルがトラやゾウであるかのように距離を取り、サーカスの動物を見学しているかのように振舞った。彼が歩くと、誰もが道をあけた。

エマニュエルはベンチの近くに立った。ロングヘアの若い女性と、帽子のふちにサングラスをかけていた男性は、急用を思い出したかのように、いきなり席を立った。年配の女性はそのまま座っている。エマニュエルが彼女の隣に座ろうとすると、女性は彼に目をやった。彼女はわずかに微笑んだ。その無関心な様子に、エマニュエルの胸は喜びに弾んだ。キャップを前向きに被りなおす。ブラックネスは下がったが、それでも依然として七・六という高い数値だ。一分後、ロングヘアの女性が戻って来て、エマニュエルの横に座った。目を大きく見開き、必死に笑顔を浮かべている。微笑むのをやめれば、この黒人に頭を撃ち抜かれるぞ、と誰かに忠告されたかのような笑顔だった。

「事実、ジョージ・ウィルソン・ダンはアメリカ人です。アメリカ人には、自衛の権利があります」弁護人は、歌うように美しい声で朗々と訴えた。

「あなたがたに、お子さんはいますか？　愛する人はいますか？　検察側は、いわゆる『法律』、『殺人』、『社会病質者《ソシオパス》』*7といった恐ろしい言葉で、あなたがたを叱責しようとしています」弁護人は、法律、殺人、社会病質者という言葉を使う際、人差し指と中指を空中で二回折り曲げながら、「引用句」であることを強調した。

「私がここで言いたいのは、この事件はこうした言葉と無関係である、ということです。これは、アメリカ人として、自分の命をはじめ、美しい娘さんと息子さんの命を愛し、守る権利に関わる事件なのです。ここで質問させてください。いわゆる『法律』と、我が子。あなたが愛しているのはどちらですか？」

「異議あり」と検察官が異議を唱えた。

「却下します」裁判官は目頭をそっと拭いながら返事をした。「続けてください」

「ありがとうございます、裁判官。みなさんのことはわかりませんが、私は『法律』よりも自分の子どもたちを愛しています。そして私は、自分の子どもたちよりもアメリカを愛しています。愛こそが、この事件のテーマです。私が今日、ここで弁護しているのは、愛なのです。私の依頼人であるジョージ・ダン氏は、自分が危機に直面していると信じて行動しました。あなたが何かを信じれば、それが最も大切なことになります。アメリカでは、信仰の自由が認められています。アメリカは美しい独立国です。今日この場で、その自由を殺さないでください」

バスがやって来た。エマニュエルは、バス停に向かって走ってくる人影に気づいた。あれはブギーだ。小学校時代、ブギーとは本当に仲が良かった。ミズ・フォールドが担任だった小学四年生の頃、エマニュエルは歴史の試験でブギーの回答を写し、数学の試験ではブギーに自分の回答をこっそり見せてやっていた。エマニュエルは、ブギーがオーヴァーサイズのTシャツとダボダボのスウェットパンツ以外の服装をしているところを見たことがなかった。高校に入ると、エマニュエルは自分のブラックネスをコントロールする術を学んだが、ブギーは相変わらず、先生や生徒と喧嘩ばかりしていると評判になっていた。エマニュエルは、そんなブギーから黙って距離を置いた。今ではブギーについて考えることなどほぼなくなっていたが、たまに思い出すと、あの融通の利かない頑固な性格を哀れに感じた。ブギーは決して自分を偽らなかった。しかしどうだ、今日のブギーときたら。黒いスラックス、磨き上げた黒いドレスシューズ、白いボタンアップのシャツに、赤い細身のネクタイという出で立ちだ。薄茶色の肌をした彼がこういう格好をすると、ブラックネスは二・九にまで下がった。

バスが停車した。「マニー!」とブギーが叫んだ。「よう、元気か?」とエマニュエルは答えた。昔はいつも、ブギーとつるむ時にはブラックネスを上げていた。しかし今日は、その必要もない。人々は二人を通り過ぎ、バスに乗り込んだ。手のひらを合わせて手を握りながら胸をぶつけ合い、合わせた手の指を鳴らし合う。親愛の挨拶だ。

エマニュエルは尋ねた。

「最近どうしてる？　調子はどうだ？」

「いろいろあってさ、本当にな。目を覚ましつつあるよ」

エマニュエルはバスに乗り込み、二ドル五十セントを支払うと、後方に席を見つけた。ブギーも隣の空席に座った。

「そうなんだ？」

「ああ、最近は忙しくやってる。同胞を集めようとしてるんだ。俺たち、団結しなくちゃ」

「そうだな」エマニュエルは上の空で答えた。

「マジで。俺たち、団結して行動しなくちゃいけない。今すぐにな」

「お前も見ただろ。あいつら、俺たちのことなんてまったく構っちゃいないって、見せつけてくれたじゃねえか」エマニュエルはうなずいた。「みんなで団結しなくちゃ。ガチで目を覚まさなきゃいけない。俺、ネイミングもやってるからな。今はチームをまとめてる。お前も入るか？」

エマニュエルはあたりを見回した。誰もこの話、聞いていなければいいが。誰も聞いていないようだったが、それでも彼はブギーの近くにいることを後悔した。

「ネイミングやってるって、冗談だろ？」ブギーの顔から微笑みが消えた。エマニュエルは、表情を変えないよう気をつけた。

「やってるに決まってんだろ」ブギーはシャツのカフスボタンを外し、左の袖をまくり上げた。前腕の内側には、三つの印が入っていた。どれも5という数字のタトゥーだ。彼の肌にはっきりと刻まれている。エマニュエルが見たことを確認すると、ブギーは袖を下ろしたが、カフスボタンは留めなかった。彼は低い声で話し続けた。

「この前、叔父貴に言われたんだ」

エマニュエルは次の言葉を待った。

「バスに乗ってる時、居眠りしてる隣の男がお前の肩を枕代わりにして寄りかかってきたら、その男を起こせって、みんなに言われるはずだ。お前はそいつのマットレスじゃないんだから、そいつは目を覚まして、他の場所で寝るべきだってね」

エマニュエルは相槌を打った。

「でも、その男がお前に寄りかからずに寝ていたら、話は違ってくるだろう。そいつが疲れ切って寝ている間に、誰かに強盗されたとするだろ。そいつが全財産を盗まれようが、さらにひどい目に遭おうが、『俺の問題じゃない。俺とは何の関係もない』って思えばいいって、みんなに言われるだろう」

「でもな、バスの中で寝ている男はお前の兄弟《ブラザー》だって、叔父貴に言われたよ。だから、そいつを守らなきゃいけないってな。そいつを起こさなきゃならないかもしれないが、そいつが寝ている間は、お前がそいつの責任をもつ。お前の兄弟だからな。まったく知らない奴かもしれないが、そいつはお前に関係があるんだって。わかるか?」

エマニュエルは、また相槌を打った。


判決から二日後、最初のニュースが報道された。六十代の白人夫妻が、レンガと錆びた金属パイプで武装した集団に脳天をかち割られたという事件だった。目撃者によれば、殺人集団は蝶ネクタイ、サマーハット、カフスボタン、ハイヒールなど、非常にきれいな身なりをしていたという。夫妻を殴打しながら、一団は唱え続けた。

「ムボヤ!　ムボヤ!　タイラー・ケネス・ムボヤ!」

フィンケルスティーン図書館で殺された最年長の少年の名前だ。翌日、同様の事件が起きた。殺されたのは、白人の女生徒三人。黒人の男女二人が、ダイヤモンドを採掘するかのように、三人の頭蓋骨にアイスピックで穴を開けた。報道によれば二人は犯行中、「アクア・ハリス、

アクア・ハリス、アクア・ハリス」と唱えていたという。今回も犯人は「殺人を犯しながらも、極めて美しい身なりをしていた」と報じられた。どちらの事件でも、殺人グループは犯行後すぐに逮捕された。女生徒を殺した黒人男女は、犯行前に「5」のタトゥーを入れていた。

その後も暴力事件や殺人事件が続き、どの事件でも容疑者たちはフィンケルスティーン・ファイヴの名前を叫んでいだ。ネイマーズ（名前を叫ぶ者たち）は、「最新のテロリスト」としてニュースになった。加害者の大半は、連行されて尋問を受けるまでもなく、警官に射殺された。拘留された者たちは、犯行中にマントラとして唱えていた子どもの名前を口にするだけで、誰一人として、自己弁護する気もないようだった。

「ネイマー（名前を叫ぶ者）」の中で、群を抜いて有名になったのは、メアリー・「ミストレス」・レディングだ。逮捕された時、ミストレス・レディングは左手だけに白い絹の手袋をはめ、四インチ（約十センチ）の白いハイヒールを履いていた。どちらも血で真っ赤だった。また、着ていたAラインのワンピースも、もとは純白だったことが信じられないほど赤茶けた血の色に染まっていた。レディングは長時間の尋問を受けたが、何を訊かれても一人の子どもの名前しかつぶやかなかった。犯行の動機は？「J・D・ヒーロイ」子どもを殺すなんて、どうしてそんなことができた？「J・D・ヒーロイ」仲間は誰だ？リーダーは誰だ？「J・D・ヒーロイ」良心の呵責を感じているか？「J・D・ヒーロイ」君たちは何を求めている？

「J・D・ヒーロイ」レディングは、十代の少年を一人殺した一団《グループ》とともに逮捕されたが、彼女の背中から左の太腿にかけては、5の文字が一個、一列に彫られていた。そのうちの一つは、彫られたばかりでまだ血が出ていたという。報告書によれば、厳しい取り調べが始まってから数時間後、ミストレス・レディングの口から名前以外の言葉が漏れた。

「私の中に言葉が残っていたら、こんなことはしていません」

この血なまぐさい一連の事件がいかに報道されたか、エマニュエルは思い出した。「ニュース速報です」とニュースキャスターが言った。

「また罪もない子どもが、無残にも撲殺されました。今回の犯行集団も、アフリカに祖先を持つ者たちのようです。ホリー、この事件についてコメントは?」

「巷の人々は、『あいつらは凶悪だと言っただろう! だから言ったじゃないか!』と言っています。それ以外に私が言えるのは、この暴力事件はあまりに痛ましいということだけです」

共同キャスターはそう言うと、不快感を露にした。

フィンケルスティーン図書館で殺された子どもたちの名前は、罵り言葉として使われるようになっていた。周りに誰もいない時、エマニュエルも彼らの名前をよくつぶやいていた。

「タイラー・ムボヤ、フェラ・セイント・ジョン、アクア・ハリス、マーカス・ハリス、J・D・ヒーロイ」

「まだ始まったばかりだぜ」とブギーは言った。彼はポケットからカッターナイフを取り出した。エマニュエルは思わず声を出しそうになったが、ブギーは言った。

「心配すんなよ。まだ使う気はない。ここではな。俺もまだ、最後までは行ってないし」

ブギーは再び袖をまくり上げると、慣れた手つきで素早く左腕を五カ所切りつけ、小さい「5」を作った。切りつけられた皮膚から赤い血が細く流れ出し、腕の内側を滴り落ちる。エマニュエルは、ブギーを見つめていた。

ブギーはエマニュエルの方まで手を伸ばすと、窓際の黄色いコードを引っ張った。ベルが鳴り、「次、停まります」の表示が光った。バスはマーケット・プラザの前で速度を落とした。

「マニー、また連絡する。そのうちお前が必要になるだろうし」

「了解。番号は変わってないよ」とエマニュエルが言うと、バスが停まった。

ブギーはバスの後部ドアに向かった。振り返ってエマニュエルに笑顔を見せると、「J・D・ヒーロイ！」と声を限りに叫んだ。その声が窓に響いてこだまする間に、ブギーは拳を作り、白人女性のあごを殴った。女性は声を出さず、いすに崩れ落ちた。ブギーは再び拳を作り、彼女の顔をもう一度殴った。そしてもう一度。柔らかい木に釘を打ち込むような音がした。

「助けて！」女性の近くに座っていた誰かが叫んだ。「やめろ、この野郎！」と別の誰かが叫ぶ中、ブギーはバスの後部ドアから飛び出し、走り去った。誰もブギーを追いかけなかった。エマニュエルは携帯電話をポケットから取り出し、警察に通報した。殴られた女性の周りには、人だかりができている。彼は電話をしながら、人だかりに向かって歩いた。女性の鼻は折れ、流血していた。血は激しく流れ、泡立っている。エマニュエルの胸は再び波打ち、締めつけられた。歯を食いしばり、目を閉じる。彼は、青空の色を頭に思い浮かべた。

「もしもし、今バスに乗っているのですが、女性がけがをしています。はい、マートル・ストリートにいます。マーケット・プラザの近くです。はい、かなりひどいけがです」

エマニュエルは、人々が自分に対する恐怖を募らせていくのを感じた。彼はブギーの隣に座っていたのだ。それも、七・六のブラックネスで。バスは沿道に停まり、数人の乗客が女性の周りを囲んで壁を作った。他の乗客は、エマニ・エルに厳しい眼差しを向けている。エマニュエルは想像した。警官がバスのドアを打ち破り、多くの乗客が真っ先に自分を指差すと、一秒も経たずに弾丸が自分の脳みそを吹き飛ばす光景を。彼は生まれてこのかた、盗みなど働いたことはない。パンダなんて好きでもないのに、盗むわけないじゃないか。彼は乗客の囁き声を無視し、けがをした女性を見ないように努めながらバスを降りると、近くのバス停まで数ブロック歩いた。

モールでは、いつもと同じ光景が広がっていた。親たちは慌てて店を回り、子どもたちは、親とはぐれないよう必死に後を追いかけている。エマニュエルがモールに入るやいなや、三人の警備員が彼を尾行し始めた。彼が歩く速度を落としたり、歩みを止めたりすると、警備員はわざとらしく会話を始めたり、無線機で重要な情報を聞いているかのような振りをした。エマニュエルは通常、バギーでもタイトでもないブルージーンズに、きれいな襟つきのシャツを着てモールに行っていた。満面の笑みを浮かべ、ゆっくりと歩く。どの店に入っても、一つの商品を見つめる時間は最大で十二秒。いつもはこうした決まりを守っているため、モールにおける彼のブラックネスは、五・〇と平均的な数値だった。ふだんは警備員も一人しかついてこない。

彼はロジャーズという店に入った。選んだのは、青緑色のボタンアップ・シャツだ。レジで店員にシャツを渡すと、店員は彼のクレジットカードを端末に通した。それから店員は、シャツを畳んでプラスチック袋に入れた。

「レシートをください」とエマニュエルは言った。店員が薄く白い紙を渡すと、彼は礼を言い、レシートをプラスチック袋の中に入れた。店の入口／出口に近づくと、誰かが手首を摑んだ。振り返ると、そこには店の名札をシャツにつけた長身の男が立っていた。

「そのシャツ、買ったんですか？」

　横柄で棘のある声だった。冷酷な教師や、子ども番組の悪役のような声だ。いつものように穏便に済ませろ。微笑みを絶やさず、何があっても大声を出すな。習慣という心の声がそう言った。しかしこの日のエマニュエルは、習慣を無視し、男の手を払いのけた。

「ああ、本当に買ったよ」と彼は言った。買い物客が振り返って見つめるほど大きな声だった。

「あなたが本当に買った証拠となるレシートはありますか？」

「ああ、ある」

「それでは、本当に買った証拠となる本当のレシートを見せてもらえますか？」

「ああ、見せてやってもいいけど、二秒前にレジを打ったあの店員に訊いてもいいんじゃないか？」エマニュエルはレジを鋭く指差した。ブラックネスがじわじわと上昇してくる。八・一。彼は怒りを感じながらも、いきいきとした自由な気分になった。レジの店員は顔を上げて状況を把握すると、手を挙げて指を振った。

「レシートはあるのですか？　ないのですか？」

　エマニュエルは男を見つめた。そして、レシートを渡した。これまでに何度となく交わしてきた会話だ。ただし、ブラックネスを六・〇のレヴェルに閉じ込めることを学んでからは、こうした会話の頻度は減っていた。

「念のためってことで」

男はそう言いながら、レシートを返した。エマニュエルは、ここで謝罪を待つほど世間知らずではなかったため、男に背を向けて店を出た。モールに来ている客の目にも、彼のブラックネスは七・六まで下がっていたことだろう。

エマニュエルがバス停を目指して歩いていると、別の警備員二人がすぐに後ろからついて来た。ただし、二人はある程度の距離を置き、たまたま彼と同じ方向を歩いているかのように見せかけている。彼が立ち止まって靴ひもを結ぶと、警備員の一人は装飾用の鉢植えの後ろに隠れ、もう一人は空を見つめながら口笛を吹いていた。二人は南口のバス停まで尾行して来たが、彼がバス停のベンチに座ると、またモールの中に戻っていった。

エマニュエルは、窓際の席を見つけた。誰も隣には座らなかった。バスが動き出してすぐ、携帯が振動した。番号には見覚えがある。朝に受けた電話と同じ番号だ。彼は緑の受信マークを押すと、すぐにブラックネス一・五の声で話し始めた。

「もしもし、エマニュエルです」

「もしもし、今朝、面接の件で電話した者だが」男の声は力強く、しゃがれていた。

「はい、お会いできるのを楽しみにしています。明日の十一時ですよね？」

「ええと、その話なんだ――こんなこと言うのもすごく気が引けるんだが、君の時間を無駄にするのもどうかと思って。エマニュエル・ギャン君、だね？」

「はい、そうです」

「ええと、エマニュエル。こちらがきちんと考えていなかったせいなんだが、あのポジションはもう埋まってしまった感じなんだ」

「え？」

「いやあ、ここにはすでにジャマルって男がいて、さらにエジプト人ハーフのタイって男もいるんだよ。つまり、多過ぎるだろうって話でね。うちはストリート系のブランドじゃないからな。だからその、つまり――」

エマニュエルは電話を切った。息が苦しくなった。ここでまた、携帯が振動した。彼はスクリーンを凝視した。ブギーからのメッセージだ。

「公園に十時四十五分」


「ミスター・ダン」弁護人は、裁判官席までさっそうと歩いた。「あの夜、あなたは五人組に襲われたと仰っていますが、その前は何をしていましたか？」

「ええと……」ジョージ・ウィルソン・ダンは、弁護人を見た後、陪審員団に目をやった。「私は子どもたちと図書館にいました。二人とも一緒でした。ティファニーとロドマンです。私はシングル・ファーザーですから」

「子どもたちを連れて図書館に行ったシングル・ファーザー、ですね。それでは、外に出る前に何が起こったのですか？」弁護人は、まるで今聞いた情報がすべて初耳であるかのように、好奇心に満ちた表情をした。

「父親業は、私にとって世界でもっとも大切なことです。ティファニーとロドマンのような子ども二人の父親でいると、何が起こるかわかりませんし」

「あの夜、週末に何か観ようと、私たちは映画のセクションを見て回っていました。するとティファニーが、自分はデブでブスだからもう学校には行きたくないと言い出したのです。私は突然の危機に瀕しました。彼女は第一子ですから、ふだんは聞きわけがいいのですが。まあ、親をやっていればよくあることです。準備する時間などありません。娘はこれまでにそんな話をしたことなどありませんでしたが、私はこの問題をすぐ解決せねばならなくなりました。さもなければ、そのうち娘はホームレスか、ドラッグに溺れる売春婦になってしまいますからね」

「それは無関係な話でしょう、裁判官」検察席から検察官が声を上げた。

「ミスター・ダン、そのまま続けてください。ただし、本題に入るように」と裁判官は言った。

「これが本題です」とダンは言った。

「突如として私は、一人娘が登校拒否にならないよう、何かを言ってやらねばならなくなりました。その間ずっと、一人息子は一言もしゃべらず黙っていました。逆にこれが、何よりも心配になったほどです。息子のことは愛していますが、なかなか手がかかるのでね。三人で図書館を出る時、私はティファニーに『君は美しい』、ダディは君を心から愛しているし、それは決して変わらない』と伝えました。すると娘は何と言ったと思います？　すべてが解決したように、『オーケー』と言ったのです。まるで、私のその一言だけを待っていたかのように」

「私は一安心しました。すると今度は、ロドマンがカートを押して、棚に激突したのです。DVDが百枚ほど、大きな音を立てて棚から落ちました。しかし、親をやっていればよくあることです。とにかく、外に出る前にこんなことが起こっていました」

「わかりました。それでは、外に出てからは？」弁護人は、優しく笑顔を浮かべながら尋ねた。

「外に出ると、私は襲われました。そして、我が身と我が子を守りました」

「それでは、事件の夜にあなたが取った行動は、あなたの子どもたちに対する愛と、正当防衛という天与の権利に基づくものなのでしょうか？」

「そうです」

「ミスター・ダン、これで質問を終わります」

両親が帰宅すると、エマニュエルは二人を笑顔で迎えた。三人は一緒に夕食を取ったが、エマニュエルはほとんど口を利かなかった。夕食を終えると、彼の父は、面接の結果がどうなろうと、息子を誇りに思っていると言い、面接ではネクタイをして、ゆっくり話すよう助言をした。「お前なら大丈夫だ」と父は言った。

両親が寝つくと、エマニュエルはそっとシャワーに入った。シャワーから出ると、髪をとかし、洗いたての下着とソックスを身に着けた。アイロンをかけた黄褐色のスラックスを履き、茶色の革ベルトを腰に巻く。次は、白いアンダーシャツに、青緑色のボタンアップ・シャツだ。そして最後に、ウィングチップのドレスシューズを履き、靴ひもをしっかりと結んだ。

エマニュエルはゆっくりと自分の部屋から出ると、家の外に出た。できる限り音を立てないように通用口のドアを閉め、ガレージに入った。ペンキが剝げかけた壁には、金属バットが立てかけられている。彼はバットを見つめた。バスを降りてから、ずっと胸騒ぎが止まらず、胸も締めつけられたままだ。今ここでバットを握り、公園に持っていけば、すべての問題が解決するような気がしてきた。バットに向かって歩いたが、ここで考え直した。彼は何も持たずに家を出ると、マーシャル公園へと向かった。

「ミスター・ダン、七月十三日の夜のことを詳しく話してください」ジョージ・ダンは証言席に座った。汗をかいている。申し訳なさそうな面持ちだ。ただし、「自分の権利の範疇で行ったことが、大きな騒動になってしまったことについては、もちろんすまないと思っている」といった意味での「申し訳なさ」だった。

「ええと、図書館の外で、笑いながら何かをやっている集団《ギャング》が目に入った時、私は子どもたち——ティファニーとロドマンと一緒にいました
「ミスター・ダン、あなたはいずれかの時点で脅威を感じましたか?」

「最初は感じませんでしたが、しばらくして気づいたのです。これから強盗でもするかのように、五人とも黒い服を着ていると」

「それでは、五人は服装のせいで、あなたとお子さんたちの脅威となった、ということですか?」検察官は、この瞬間を何週間も待ち受けていた。

「いいえ、もちろん違います。しかし、五人のうちの一人が、私に叫び始めたのです。背の高い少年でした。子どもたち——ティファニーと、ロドマン——に何かあったら大変だ、と私は恐ろしくなりました。それだけしか考えられませんでした。ティファニーとロドマン。二人を守らなければ、と思いました」

陪審員団の数人は、考え込んだようにうなずいた。

「ヒーロイ少年は、あなたに何と叫んだのですか?」

「私の金か車が欲しかったんだと思います。『ドミ(くれ)』という声が聞こえましたから。次

に何を言ったかはわかりませんでしたが」

「どの時点で、生命の危険を感じましたか？」

「私自身の命であれ、ティファニーとロドマンの命であれ、我々の命が風前の灯火となるまで待つ気などありませんでした。すぐに行動しなければならなかったのです。こうして私は、彼らに対して行動を起こしました」

「何をしたのですか？」

「チェインソーを取りに行きました」ダンの瞳が輝いた。

「私は、やるべきことをやりました。そして――喜んで我が子を守りました」

陪審員は、固唾を呑んで見守っている。誰もがダンの証言に聞き入り、興奮を覚えていた。


涼しい夜だった。風情のない空の下、エマニュエルはフィンケルスティーン・ファイヴの物語を自分の指、胸、呼吸の一つひとつで感じた。ジョージ・ウィルソン・ダンの姿を思い浮かべる。無罪判決を受けて、カメラのフラッシュを浴びながら裁判所の階段を下りる姿だ。エマニュエルは踵を返してガレージに戻った。そこではバットが待ち受けていた。リトル・リーグ時代に使っていたバット。彼は二塁を守っていた。当時の彼にこのバットは大き過ぎた。重過ぎたのだ。しかし、今の彼にはちょうどいい。バットを手に取ると、公園に向かって歩いた。

俺も目を覚ましたぞ。ブギーもバスの中で、そんなことを言っていたっけ。

「若い頃のハンク・アーロンみたいだぞ」

エマニュエルが近づくと、ブギーは言った。ブギーと一緒にいるのは、中学校で生物を教えていた先生だ。エマニュエルの記憶によれば、ミスター・コーダーという名前だった。それからブギーの彼女のティーシャに、眼鏡をかけた小柄な男もいた。ミスター・コーダーと小柄な男は、どちらも三つ揃えのスーツを着ていた。前者は濃紺、後者は漆黒のスーツだ。二人とも、冷たく死んだ目をしていた。ティーシャは黄色いひらひらのワンピースを着て、前面にヴェールが掛かった派手な帽子を被っていた。左手には、上品な白い手袋をしている。ブギーは白いシャツと赤い細身のネクタイという、朝と同じ格好だった。ギャング。白人たちは、彼らをそう呼んでいた。

「さすがは俺の親友、マニーは用意がいいな」

軽く自己紹介をし合った後で、ブギーは言った。

「今日は俺たち、最後まで行くからな。きちんとバット、振ってくれよ」

ブギーはバッティングのスタンスを取ると、想像上のバットを持って前後に振った。ケン・グリフィー・ジュニアのようだ。それから、足を踏み込んでこれまた想像上の豪速球を打つと、スタンドの最上段まで送り込んだ。エマニュエルの体が硬直した。ブギーは笑いながら、小さなダイヤモンドを走った。

「最後まで行くぞ」

彼はベースを回りながら言った。

「さて、あなたはチェインソーを取り出しました。次に何が起こりましたか？」

「背の高いのが……すごく背が高かったから、野球の選手か何かだったんでしょうね。彼は、植木用のバリカンなんて怖くないと言いながら、私に突撃して来ました」

「つまり、何の武器も持っていなかったＪ・Ｄ・ヒーロイが、チェインソーを持っていたあなたに突撃して来たのですか――挑発されたわけでもなく」

「その通りです」

「次に何が起こりましたか？」

「私はティファニーとロドマンの前に立ち、ブルーン、ブルーンと二人の我が子を守りました」

「具体的には、何をしたのですか？」

「チェインソーのスイッチを入れて、刈り始めました」

「刈り始めるとは？　ミスター・ダン、具体的に話してください」

「ブルーン、ブルーンと、野球選手の首をきれいに刈り取りました」

「それから何を?」

「さらに三人が私に突進して来ました。私を襲おうとしたのです」

「子どもたちがあなたに向かって走って来た時、あなたは何をしたのですか? 逃げようとは思わなかったのですか? トラックに乗り込んで、逃げようとは?」

「ええと、私はティファニーとロドマンが安全かを確認しました。そして、二人がずっと安全でいられるよう、念を押しにいきました。我が子を心配するがあまり、逃げようとは考えもしませんでした」

「ミスター・ダン、『二人がずっと安全でいられるように念を押す』ために何をしましたか?」

「刈りに行ったのです」ジョージ・ダンは、チェインソーのコードを何度か引っ張るジェスチャーをした。

「あなたは五人の子どもたちの首を切断したのですよ」

「私は我が子を守ったのです」


グループの中で武器を持っているのが自分だけだと知り、エマニュエルは驚いた。不思議と誇らしい気分にもなった。

「どこでやるつもりだ？」ミスター・コーダーは尋ねた。

「ここでやる。ティーシャの車の中で待とう。車の中でいちゃつこうってカップルを狙うんだ。それ目的の奴らがここに来るからな」とブギーは言うと、ティーシャの脇腹をつねった。

「誰をネイミングするの？」ティーシャは尋ねながら、ブギーの手をふざけて払いのけたが、

「これって、重要なことだから」と言い終えると、その声はすっかり真剣になっていた。


「それでは、フェラ・セイント・ジョンはどうでしょう？」検察官は最後に尋ねた。

「それは誰ですか？」ジョージ・ダンはすぐに尋ね返した。

検察官は微笑むと、目を輝かせてダンを見つめた。

「七歳の女の子です。アクア・ハリスとマーカス・ハリスの従姉妹です。あなたがチェインソーで首を切断した、七歳の女の子ですよ」

「私には、七歳よりもずっと大きく見えましたが」とダンは答えた。

「そうですね。彼女の首に刃を当てた時、何歳だと思っていましたか？」

「十三か、十四ぐらいでしょうか」

「十三歳か十四歳ぐらいですか。あなたは彼女に近づき――彼女を追いかけて、殺しました。捜査報告によれば、あなたは彼女を最後に殺し、彼女は他の四人とは離れたところで発見され

ました。彼女を追いかけましたか？　彼女の足の速さは？」

「彼女はどこにも逃げませんでしたよ。私を襲おうとしたんです。他の奴らと同じように」

「フェラ・セイント・ジョン。七歳の女の子が、大人の男性であるあなたを襲おうとしたのですか。彼女の友だちや家族が、あなたに殺されたところを見たばかりだというのに。それに、どういうわけか彼女の遺体だけが、まったく別の場所で発見されています。辻褄が合いますか？　七歳の女の子が、そんな行動を取るでしょうか？」

「十三ぐらいには見えましたが」

「十三歳の少女が、そんな行動を取るでしょうか？　ミスター・ダン？」

「最近は、何があっても不思議ではないですよ」ダンは言った。


「フェラ。フェラ・セイント・ジョン」とエマニュエルは言った。彼はよそ行きの服を着た少女の新しい写真を思い浮かべた。明るい黄色のワンピースを着て、髪には華やかなバレッタをつけている。そして、インターネットに流出した写真。頭部のない小さな体が血で染まっていた。

「よし、あとは待つだけだ」とブギーは言った。彼がティーシャの車に向かって歩き始めると、他の者たちも後に続いた。

「カップルがいちゃつき始めたら、攻撃開始だ。窓ガラスを叩き割って、カップルを外に引っ張り出す。グズグズすんなよ。ガチでやるからな」

しばらくすると、銀色のセダンがやって来た。若いカップルのようだ。エマニュエルは、車が急カーブを切って駐車場に入って来た時に、二人の姿を一瞥しただけだった。停まった車は、すぐに静かに弾み始めた。一人はブラウンの髪で、もう一人はブロンドの髪。エマニュエルがわかったことは、それだけだった。

「よし、さっくり切るか」

ブギーはそう言いながら、ダッシュボードの小物入れから小さなカッターナイフを取り出した。ブギーはティーシャにカッターを渡すと、ティーシャはブギーの右腕を取った。前腕部に刃を当てると、驚くほど簡単に大きな「5」を刻む。

「いい気分だ、本当にな」

ブギーはそう言うと、唇を噛んでバックミラーを見つめた。ティーシャは、ブギーにカッターを渡した。ブギーは彼女に近づき、センターコンソールの向こうに手を伸ばした。ティーシャの肩に「5」を刻むためだ。

「大丈夫。心配すんな」とブギーは言った。

ティーシャは何度か鋭く息を吸い込み、ブギーが仕事を終えると、大きく息を吐いた。「5」

が赤く浮き上がるのが、エマニュエルの目にも見えた。ブギーは向きを変え、ミスター・コーダーにカッターを渡した。

「クソッ、あいつら、もうすぐ帰るっぽいな。早くしないと」

ブギーはカッターを取り戻すと、年上の男二人に挟まれて座っていたエマニュエルを見た。「あの窓ガラス、割ってくれ」とブギーはエマニュエルに言った。「それから、俺たちが二人を外に引っぱり出す」

ブギーがまず、運転席のドアを開けた。ティーシャは助手席のドアを開けた。車に流れ込んできた空気には、緊張が漂っていた。エマニュエルは、二人の男のどちらかが後部座席のドアを開けるのを待った。五人はゆっくりと駐車場を歩いた。カップルが乗っている車の揺れが止まった。カップルは、危険を察知したのだ。

フェラ・セイント・ジョン。エマニュエルは、冷静さを保とうと、少女の名前を口にした。フェラ・セイント・ジョン。フェラ・セイント・ジョン。エマニュエルは、車の中のカップルが感じている恐怖を想像し、フィンケルスティーン・ファイヴの一人ひとりを心に描いた。彼は走り出し、渾身の力を込めてバットを振り回すと、右側の後部ウィンドウにぶつけた。バットがガラスに当たり、大きな音を立てる。エマニュエルの体には、エネルギーが漲っていた。締めつけられていた胸の内が爆発した。

「フェラ・セイント・ジョン！」

彼は唸りながら、窓ガラスに向かってもう一度バットを振った。窓ガラスが粉々に割れた。突如として、夜は絶叫に包まれた。

「やめろ！」

車の中の声が叫んだ。もう一人も恐怖にまみれ、言葉にならない叫び声を上げていた。

「フェラ・セイント・ジョン！」

エマニュエルは、心の奥底から叫んだ。彼は車の逆側に回り、左側の後部ウィンドウを三回で叩き割った。叫び声は既に途方もなく大きかったが、さらに激しくなった。もう何もかもが、混沌としていた。右側の後部ドアが開き、そして閉まる。再び開き、また閉まる。ブギーと車の中の男が、綱引きをしていた。

「フェラ・セイント・ジョン！」

ブギーは叫びながら、男の上半身を車から引きずり出していた。男の腕はドアを掴んでいた。ブギーは足を上げて、男の頭を思い切り蹴り飛ばした。ティーシャも続いた。彼女が履いていたウェッジヒールは、レンガのような衝撃を男の頭に与えた。赤い血がコンクリートに滴る。さらに二、三発の蹴りが入った後、男は力を失い、そのまま引きずり出された。眼鏡の男とミスター・コーダーは、左側のドアを開けて女を引きずり出した。若い女だった。大学生だろうか。彼女は暴れながら、叫び声を上げていた。エマニュエルは、こんな叫び声をホラー映画でしか聞いたことがなかった。

「みなさん、どうかお願いです。事実だけを考慮してください」

検察官は、最終陳述を始めた。

「ここ数日の間、私たちは一つの単純な事実を回避しようと試みる被告人の証言を聞いてきました。彼は、まったく一方的に五人の子どもたちを殺害したのです。被告人は、自分のチェインソーを『神から授けられた聖なる武器』だと思っているかもしれませんが、それが戯言であることを彼に認めさせなければなりません。未来の可能性に満ちていた五人の子どもたち――彼らが流した血を無駄にしないでください。五人の命には価値があったということを、私たちに示してください。殺された子どもたちは、世界を知る機会もなく亡くなりました。愛すること、憎むこと、笑うこと、泣くこと、私たち大人が見てきたことを見る機会もなく、どんな人間になりたいかを決める機会もなく、殺されたのです。五人とも、大切な人間でした。五人を殺した罪に、正当な罰を与えてください」

「私たちが持つ法制度は、決して苦痛を和らげることはできませんが、悪事を正そうと試みることはできます。私たちが持つ法制度では、ジョージ・ウィルソン・ダンのような人間が世界の中心に開けた悲痛な穴を埋めることはできないでしょう。それでも、果敢に努力することはできます。私は、道義を信じる者です。愚かなのかもしれませんが、そう信じてやまないのです。お願いです。私が愚かでないことをここで示してください。殺された子どもたちの親御さんに、正義を求めることが愚かではないことを示してください。子どもを殺された親には、正義という理念を追い求める権利が即座に生まれるということを示してください。ミスター・ジョージ・ダンは、何かを破壊しました。その何かとは恐らく、この世で唯一の神聖なものです。彼に示してください。人の命の大切さを。彼に示してください。タイラー・ムボヤ、フェラ・セイント・ジョン、アクア・ハリス、マーカス・ハリス、J・D・ヒーロイという五人の子どもたちが、私たちとまったく同じ、心を持った人間であるということを」


白い肉体が二つ、うずくまっている。五人の輪の中に、閉じ込められている。男は泣いていた。顔は痣だらけだ。鼻と唇からは血が流れている。男は命乞いをしていた。

「頼む、お願いだ！　何が欲しい？」彼の体は震えていた。

「何でもやる。お願いだ！」彼の隣に倒れていた女は、むせぶようなかすれ声を上げた。

「フェラ、フェラ、フェラ」

恍惚状態だ。エマニュエルは、若いカップルの目を見ようとした。彼は名前を叫びながら、バットをコンクリートに幾度か叩きつけた。バットは地面から跳ね返り、金属的な美しい音を上げると、彼の静脈に電気のような振動を伝えた。

「さあ、言えよ！」

エマニュエルは、唐突に話し始めた。狂気を帯びた悲鳴のような声だった。彼は自分の中にあったこの声に気づいたばかりだったが、それでもわかっていた。ずっと長い時間をかけて、この声は成長していたのだ。「あの娘《こ》の名前を言え」とエマニュエルは言った。彼は、バットをカップルに向けた。

「あの娘の名前を言え。俺に聞かせてくれよ」

彼がバットを振り上げると、白い肉体は縮みあがった。彼はバットを打ちつけた。コンクリートに跳ね返ったバットが、吠えるような音を上げた。これこそが、狼になるってことなんだ、とバットは叫んだ。お前はずっと羊だった。でも今、お前は狼になったんだ。

「言えよ！　お願いだから！」エマニュエルは叫んだ。これが最後まで行くってことなんだな。自分の怒りが、他の四人をも勢いづけていることが彼にはわかった。

「フェラ・セイント・ジョン。フェラ・セイント・ジョン。フェラ・セイント・ジョン」

四人は賛美の声を上げた。

「あの娘を愛してるって、言ってくれ」とエマニュエルは言った。「俺は気が狂ってるって、言ってくれよ。お願いだ。あの娘の名前を言ってくれ」

彼はカップルの涙と血に視線を落とした。二人にはもう、涙と血しか残っていないようだった。人間にすら、もう見えない。単なる心臓とホルモンだ。この怒りに終わりはあるのだろうか？　怒りが自分の体から漏出するところを想像してみる。トンネルの向こうには――「ネイミング」を終えた後には――幸せが待っているかもしれない。エマニュエルはそう思った。しかし、どんなに暴れて叫んでみても、体から怒りは出て行かない。ただ、胸がときめくだけだ。わめき叫んで、バットを地面に叩きつけているこの姿が、本当の自分なのかもしれない、と彼は思った。これこそ、世間がイメージする黒人の振る舞いなのだから。カップルの叫び声には、真の恐怖が滲み出ていた。そして彼は、その叫び声に翼を与えられたような気がした。

エマニュエルの横に立っていたブギーは、バットを渡してくれとエマニュエルに合図した。ブギーは自分でとどめを刺すつもりだったのだ。エマニュエルは泣きじゃくる男に目をやった。男はシャツを後ろ前に着ていた。女は静かになっていた。もう虫の息なのだろう。しかし、怒涛の叫び声のさなかで、女の口が何かつぶやいている。遠慮がちだが、間違いない。エマニュエルには聞こえた。

「フェラ・セイント・ジョン」

女は言った。彼女が名前を発する間、エマニュエルは彼女の目を見つめた。彼女もエマニュエルの目を見つめ返した。

「バット、貸してくれよ！」

ブギーは叫びながら、バットを受け取ろうと手を開いている。

「俺に殺《や》らせてくれ。最後の一撃を感じたいんだ。なあ、頼む。お願いだ」

しかし、エマニュエルはバットを渡さなかった。するとブギーはさらなる興奮状態に陥った。

「もう待てない。今殺《や》るしかない」ブギーはそう言うと、カッターナイフを取り出した。

「俺から始めるぞ」ブギーはエマニュエルを見ながら言った。

エマニュエルはバットを握った。ブギーはカップルに向き直ると、目を見開いたが、その目は虚ろだった。ブギーが親指でカッターナイフの刃を出した。手に持った刃がどんどん大きくなっていく。ブギーは前に出た。

「どうすりゃいいんだよ！」エマニュエルは叫びながら、バットを全力で振ると、風を真っ二つに切り、ブギーの脇腹を叩いた。バットはブギーの肋骨に激しく当たった。カッターナイフが、地面に落ちた。

「さて、みなさん」と、弁護人が立ち上がった。陪審員団に向かって歩きながら、ネクタイを直し、言葉を続ける。

「検察は、ジョージ・ダンが『人を愛することのできない怪物《モンスター》』であることを証明しようとしてきました。五人のいたいけな子どもたちの首を切断した怪物。しかし検察は、彼が『五人の怪物から我が子を救った英雄《ヒーロー》ではない』という点を証明しそこねました。厳しい言い方になるかもしれませんが、率直な話をしましょう。こうした話は、今に始まったことではありません。勤勉で中流の白人男性が、自衛を迫られる状況に追い込まれる。自衛をすれば、いきなり『人種差別主義者』呼ばわりです。いきなり『殺人犯』扱いです。動機もなければ、前科もない。あるのは、いわゆる『子どもの頃の友人』や『血縁者』がでっち上げる馬鹿げた話ばかり。あまりに都合が良すぎませんか。こうした事実や証言が、突如として見事に並べ立てられ、我が子と夜を過ごしていた男性を犯罪者にするのです。決断を下す前に、みなさんに覚えておいて欲しい言葉が一つあります。『自由《フリーダム》』です。刑務所、死、恐怖よりも美しい響きを持つ言葉でしょう？　自由という言葉には、格別の響きがありますね？　自由をもたらしてください。自由を尊重してください」

ブギーは地面に崩れ落ちると、「チクショウ！」と叫んだ。息をするのも苦しそうだ。ティーシャも叫び声を上げ、ブギーのところまで這って行った。黄色いワンピースがふわりと広がり、小さな太陽のように見える。ブギーはティーシャの腕の中で身をよじりながら、過激な言葉をつぶやいていた。ミスター・コーダーと眼鏡の男は、じっとその場に立っていた。白人のカップルは、完全に黙り込んでいた。

エマニュエルはバットを地面に引きずりながら二歩進み、カップルの頭上に立ちはだかった。

「フェラ・セイント・ジョン、フェラ・セイント・ジョン！」カップルは叫んだ。

エマニュエルは二人を見下ろした。二人の瞳の中に、自分の姿が写っているのが見えた。彼は狼だった。バットを手の中に感じた。ずっとここに立っていたい、と彼は思った。叫びたい。この体が爆発するまで、二人の恐怖を腹の中で感じたい、と思った。

エマニュエルは辺りを見回した。パトカーのサイレンが、どんどん近くなってくる。ミスター・コーダーと眼鏡の男は逃げ出していた。エマニュエルはサイレンを聞いたが、恐怖を感じなかった。こんなこと、生まれて初めてだ。

「手を挙げろ」大きな声が言った。全く別世界に属する人間の声のようだ。エマニュエルは微笑んだ。彼はゆっくりと両手を挙げた。ティーシャはブギーを抱きながら、静かに泣いた。ブギーはまだ夢うつつで、うわ言をつぶやいていた。

「武器を置け」と、その声は言った。パトカーから発せられる赤と青の光が一面を染めている。

「フェラ・セイント――」

エマニュエルは両手を頭上に挙げながら、バットを落とした。五人の名前を心に浮かべ、そして感じた。自分のブラックネスが上昇し、十・〇の最高値を叩き出した瞬間を。雷鳴の子どものような音が聞こえた。自分の脳みそが、目の前で飛び散っている。固くて赤い、紙吹雪。エマニュエルの血は、白人カップルに浴びせられて、道路一面に飛び散った。フィンケルスティーン・ファイヴが、エマニュエルの周りで踊っている。タイラー・ムボヤ、アクア・ハリス、J・D・ヒーロイ、マーカス・ハリス、フェラ・セイント・ジョン。五人は彼に言った。君を愛してる、ずっと、永遠に。その瞬間、最期の考えがよぎった。この世の一員として、エマニュエルは最期に感じた。自分のブラックネスが急降下し、完全な〇・〇になったことを。

＊1――【ウィングチップ】飾りのための革が、W字型の切り返しで縫い付けられている靴のこと。名前の由来は、W字の切り返しの形が鳥の翼に似ていること。

＊2――【ヴァレーリッジ】アメリカ、南東部のノース・カロライナ州の都市、シャーロットの近郊の住宅地。

＊3――【ニガー…英語圏で、黒人を指すスラングであり、差別用語。例外的に、親しい黒人どうしの場合に、親しみを込めて相手を呼ぶ際に使われるケースがあるが、その場合の発音は「ニガー」ではなく、「ニガ」。

＊4――【パテントレザー】表面をウレタン樹脂などでコーティングした加工皮革のこと。

＊5――【舌革（タン）】靴の爪先から履き口に向かって、ひもの下側に、舌のように延びている革のこと。

＊6――【イーヴル・ニーヴル】実在したスタントマンのこと。本名はロバート・クレイグ・ニーヴェル。１９３８年、モンタナ州生まれで、１９５０年代以降、多数の映画でスタントマンを務める。特にバイクを使ったアクションのスタントで知られ、〝不死身のライダー〟と呼ばれた。

＊7――【社会病質者（ソシオパス）】他者への共感が欠如した考え方や行動、状態を指す社会病質の状態にある者のこと。精神病質者とともに、反社会性パーソナリティ障害者に分類され、病気とは見做されていない。後天的な要因によって育まれるものといわれている。

Things My Mother Said

母の言葉

「私はあなたの友だちじゃないから」

母が好んで私に言っていた台詞だ。死ぬんじゃないわよ、という代わりに、「あなたは私の長男。私にとって、ただ一人の息子」ともよく言っていた。私が謙虚さを忘れないように、「私にはお母さんがいなかった。あなたは幸運なのよ。お母さんがいるんだから」とも言っていた。

テレビが壊れた時、母は言った。

「良かった。これでもっと本が読めるわね」

その後、丘のふもとにあった私たちの家では、ガス、水道、電気のすべてが止まった。

ある日、家に帰ると、チキンとライスの温かい香りが漂ってきた。その日、学校のカフェテリアで二つ目のバーガーを盗むことができず、私の腹は鳴っていた。家の冷蔵庫は、何も入っていない棺桶になっていた。あの頃は、コンロやオーブンは、死にかけているこの箱を家に見せるための装飾品となっていた。空腹が日々を彩っていた。

「これ、どうしたの？」私は尋ねながら、使い古したグレーの鍋から大量のチキンとライスを取り分けた。

母は聞こえない振りをしていた。キッチンのテーブルで、白い表紙の大きな聖書を読んでいる。幅広い光が窓から差し込み、母を覆っていた。母はこの大きな聖書を読んで、日々と過ごしていた。詩編から詩編へと何度もページをめくったせいで、聖書のページはフィルムのように薄くなっていた。夜がきたとたんに、母は眠りについた。一方、私は母が寝たあとも数時間は起きていた。スマホのブルーライトを灯り代わりにして、宿題をやっていたのだ。充電がなくなるまで、その灯りを頼りにしていた。夜の間、飢えと私は身を寄せ合った。そして私は眠りに落ちた。いつか、すべてを変えてみせると思いながら。

その日、私はチキンとライスを食べた。こしょうと煙の味がした。

「これ、どうやって作ったの？」と、私はまた尋ねた。母は聖書から顔を上げた。

「まったくもう。感謝のお祈りはしたの？　聖書の言葉は唱えた？」と母は言った。私は素早く、そしてどん欲に食べた。口の中で砕けるまで、ずっと骨を噛んでいた。

母はこんなこともよく言っていた。

「あなたを産んだことが、私に起こった最高の出来事」

食事を終えた私は、裏庭にいた。太陽が沈む中、家という死にかけた箱に戻るのをためらっていると、真っ黒に焦げた草と、円形に並んだ黒い大小の石を見つけた。緑の野草の海に、灰色の月が刻印されたようだった。まだ熱いだろうか。炎で一部黒くなった石を触ってみた。誇らしい気持ちと、恥ずかしい気持ちが交差した。

念のため言っておくが、私は自分を幸運だと思っている。母さん、私はあなたを愚かだとは思っていないし、あなたが私の友だちでないこともわかっている。あなたが私を誇りに思うことができますように。

The Era

旧時代〈ジ・エラ〉

「クソくらってくたばれ！」とスコッティは言った。彼は背が高くて、すごく率直な少年だ。

「俺が攻撃的なのは、先生が何もわかっちゃいないからだ」

「昔の暮らし」の授業中だった。

「やれやれ」ミスター・ハーパーは、醜い体を生徒に向かってひねりながら言った。

「君は何も知らないただのティーンなんだから、黙っていなさい。私は立派な中年だ。この教科を長年教えてきたんだぞ」

「わかったよ」とスコッティは言った。

ミスター・ハーパーは、「転換点《ターン》」以前の時代について、話を続けた。転換点は、

「長期大戦《ロング・ビッグ・ウォー》」から「短期大戦《ビッグ・クイック・ウォー》」を経て訪れた。保健室に行って、ランチ前の高揚剤《グッド》をもらおうかな。俺はそんなことを考えていた。俺の成績が悪いのは、授業中によく考え事をしているからだ。

「短期大戦が終わると」とミスター・ハーパーは退屈そうな声で続けた。

「科学者も哲学者も、人間は誤った生き方をしてきたってことに気づいた。誰もが自分を犠牲にして、効率やニーズを犠牲にしていたが、そのせいで世界には不信感と不幸が募った。そしてここから、大戦が引き起こされたんだ」

「昔はみんな嘘つきだった。とんでもない嘘をついていた。何せふつうに、サマンサみたいな人間に向かって」――ミスター・ハーパーは、俺の隣に座っているサマンサを指さした――「美しい、なんて言葉をかけていたんだから。どう見ても醜いっていうのにな」

サマンサはわかってると言わんばかりに、醜い顔でうなずいていた。彼女の顔は悲惨なまでに潰れていて、ひどい斜視だった。生まれる前に最適化を受けた子どもは、めちゃくちゃになって生まれてくることがある。サマンサは「最適化不能」だった。これが、サマンサのような人間の正式名称だ。彼らは最適化に失敗して、醜い体になった。俺は遺伝子修正をしていない。つまり、まったく最適化されてない。最適でもなければ、理想的でもない。ただし、最適化不能でもないから、サマンサのような見た目になる心配もなかった。ああ良かった。でも、すべて良いことづくめってわけじゃない。最適化をしていないってことは、完璧な人間になる見込みもないってことだ。でも、気にしちゃいない。俺は正直だし、これでも自尊心を持っている。たまに詮索好きになる俺は、隣の机を覗いてみた。サマンサが授業用のタッチパッドにログインして、こう書いていた。

「私だって、きれいに／美しくなるはずだった」

「それから」――ミスター・ハーパー、今度は俺を見つめている。俺を例に使おうとしているんだろう――「昔はな、バカで有名なベンみたいな奴にも、お前は賢いとか、がんばれば成績は上がる、なんてことを教師が言っていたんだ」

教室が笑いに包まれた。俺が賢い世界なんて笑える、ってことか。ミスター・ハーパー、昔の生徒なら、「あなたはデブで醜い皮袋じゃないですよ」って先生に言うと思いますか？ と俺は頭の中でつぶやいた。そしてすぐに、「ミスター・ハーパー、昔の生徒なら、『あなたはデブで醜い皮袋じゃないですよ』って、先生に言うと思いますか？」と声に出して言った。

「昔の生徒が、私について何と言うかはわからないが」とミスター・ハーパーは言った。

「『教師をしてるなんて素晴らしい、あなたの人生には価値がある』なんて言うんじゃないかなあ。ベン、質問はそれだけか？」ミスター・ハーパーは良い先生、なんて嘘をついて、みんな楽しみまくってたんでしょうね、と言いかけたが、大声で言うのはやめた。確かに本心だったが、感情的になって真実を曇らせている、とみんなに言われるだろうから。

「わかりました」と俺は言った。

感情的になるのは、誇らしい行為じゃない。正直で、誇り高く、知的であることが、最大の美徳だ。俺はできるかぎり、正直で誇り高くあろうとしている。感情的になって真実を曇らせたからこそ、長期大戦と短期大戦が起こったんだ。

二つの対戦は、「水戦争《ウォーター・ウォーズ》」と呼ばれた。というのも、「連合国が貯水池に毒を入れた」と旧連邦が自国の市民に嘘をついたからだ。壊滅的／悲劇的な結末が待っていた。旧連邦の人々は、自分たちの国が真実を曇らせたことに激高し、長年の間、戦いを繰り広げると、旧連邦は現在の誇り高き新連邦となった。その後、貯水池に毒を混入されたのでは、と疑念を持った連合国は、新連邦に問い質した。すると、新連邦（俺の祖先）は見事なまでの潔さと率直さで、「ああ、あの貯水池に毒を入れた」と答えた。これで大勢の命が救われた。救われた人々は後に、核兵器による高潔な死を迎えた。

今でも戦争は続いている。「正当な第一次攻撃《ヴァリッド・ストーム・アルファ》」と「真の自由作戦《トゥルー・フリーダム・キャンペーン》」、正当な／真の戦争だ。感情に溺れることなく戦っているからだ。

「それじゃあ、第四十一章を読んでくれ」とミスター・ハーパーは言った。生徒たちは、タッチスクリーンを触った。この章の長さは三十八ページ。俺は教科書を読もうともせずに、章のヴィデオを見た。昔の人たちがやっていたことを紹介するヴィデオだ。三つのボールを宙に投げる男や、片足でスピンするドレス姿の女性が映っていた。三分後、全員が章を読み終えた。スピード・リード™のチップで、生徒たちは簡単に／高速で読書ができる。スピード・リード™があるから、最適化された子どもたちは、目にもとまらぬ速さで文字を読むことができるんだ。俺は天然の生まれだから、最適化された奴らが教科書を読む間、ヴィデオを見ていた。教科書なら後で読めばいい。ヴィデオや写真を眺めるだけでも、一部の奴らに比べたらまだマシだ。サマンサは、まともにスクリーンを見ちゃいられない。それからニックとラフィー。二人は「シュールッカー（靴を見つめる者）」の部類に入る。ただ泣いてうめくことしかできない。二人とも最適化されたはずが、シュールッカーになってしまった。シュールッカーは感情的になるだけで、何の役にも立たない。サマンサ、ニック、ラフィーと同じクラスで良かった。あいつらのおかげで、俺は最下位／ビリにならずにすんでる。ビリにはなりたくはないからな。

　みんなが章を読み終えると、ミスター・ハーパーは、昔の人がいかに不誠実な暮らしを送ってきたかについて、さらに話を続けた。転換点《ターン》の前の時代については聞いていたけれど、昔は嘘がふつうに受け入れられていたっていう話をミスター・ハーパー（彼は教師だし、救いようのない阿呆／間抜けではないと思いたい）から聞くと、旧時代じゃなくて今の時代に生まれて良かった、と思った。と言いつつも、俺は考え事をしていたから、上の空で授業を聞いていた。

ホーンが鳴って、授業が終わった。俺はミスター・ハーパーに真実を語れるよう、教室に残った。

「ミスター・ハーパー」と俺は声をかけた。「ベン、どうした?」

「今日の授業中はずっと、先生を岩で殴って殺すことばかり考えてました」

「そうか。どうしてだ?」

「わかりませんよ。俺は精神科医じゃないし」

「君にわからないなら、私がわかるわけないだろう。保健室に行ってきたらどうだ」

俺は保健室に向かった。途中で三人のシュールッカーを見かけた。三人は、戦争記念碑の前に立っていた。戦争記念碑のガラスケースに収納された壁には、核放射線を浴びて死んだ敵の影が張りついている。三人のうちの二人は泣いていた。残りの一人は、二人の間をウロウロしながら、爪を噛んでいた。マーリーンが三人の近くにいた。マーリーンは俺の姉貴だ。俺よりも五歳《サイクル》上で、会計と税金の先生になる訓練をしていた。

俺が生前の最適化を受けなかった理由の一つが、マーリーンだ。マーリーンが最適化を受けた時、性格ポイントのすべてが一つのパラダイムに集中してしまい、マーリーンは一つのことだけに執着する「パラ・ワン」になってしまった。知性、誠実さ、外向性など、性格にはパラダイムがあって、オプティライフ™はさまざまな性格のパッケージを一般向けに販売している。

俺の両親は経済的に余裕があったから、標準的な七ポイントを購入して、いくつかのパラダイムに分布するつもりだった。バランスの取れた成功者。両親がマーリーンに求めた人物像だ。しかし、さまざまなパラダイムに散らばるはずだったポイントは、一つのパラダイムに集中してしまった。野心。何でも度を過ぎた人間は、変人／異常者になる。それでも、ラーニング社のような企業は、マーリーンのような人間を歓迎している。彼女は良い働き手だ。自分が欲しいものを手に入れることに長けている。彼女がやるのはそれだけ。何かを手に入れること。

マーリーンが六歳の頃、俺は泣いてウンコすることしか能のない赤ん坊だったが、両親は弟を持つことの利点をマーリーンに説明しなければならなかった。情報を弟に伝達する練習ができるから、良い先生になるうえで役立つ、って言い聞かせたんだ。両親は、マーリーンが枕で俺を窒息させようとしているところを目撃し、天然で生まれてくる俺なんて、人生においても両親が愛情を注ぐ対象としても、決してマーリーンの競争相手にはなれないと諭した。今では、この事件は家族の笑い話になっている。

マーリーンの後、両親はリスクを冒す価値はないと、俺には最適化をしないことにした。俺が幼い頃、マーリーンは俺に何時間も読書を強要した。俺にものを教えて、俺の覚えが悪いと、髪の毛を引っ張り、指をひねった。俺がカンニングをして覚えたふりをすると、マーリーンは俺を強く抱きしめ、こっちは息ができなくなるほどだった。額にもキスをされた。俺が学校に通うようになって、学校でも成績が芳しくないとわかると、マーリーンは俺に愛想を尽かした。

「ウンコからダイヤモンドは作れないからね」とマーリーンは言った。

「わかったよ、マーリーン」と俺は言った。

「実際、ダイヤモンドは、何からできてるかっていうと――」

「どうでもいいんだけど」

マーリーンは理想の先生にはなれない。俺がその証拠だ。だからマーリーンは、俺を憎んでいる。

俺がマーリーンをどう思ってるかって？　あいつが倒れてそのまま死んでくれたら、嬉しくて有頂天になるだろう。

マーリーンは水の入ったコップを両手に持っていた。それから俺をちらりと見ると、泣いているシュールルッカー二人の頭にコップの水を注いだ。「泣きっ面に水」は、みんながよくシュールルッカー相手にやるゲームだ。みんな、泣いているシュールルッカーに足を引っかけて転ばせたり、頭から水をかけたりして楽しむ。あいつら、決してやり返してこないから面白いんだ。二人のシュールルッカーはさらに激しく泣いていたけれど、まったく動かない。ぽたぽたぽたぽた、と二人の頭や服から水が滴っていた。

「ベン」とマーリーンは言った。

「ランチの時間じゃないの？」

「そうだよ」

「ここはカフェテリアじゃないよ」

「知ってる」

「こうやって訊いてるのは、学校でのあんたの行動が、私の評判に影響するからなんだけど」

とマーリーンは言った。俺は、マーリーンが両手に持っていた空のコップを見つめた。

「俺は俺、あんたはあんた。何があんたの評判に影響を与えるかなんて、こっちは知ったこっちゃないし」と俺は言った。

「この学校はいずれ私のものになるって、わかってるでしょ。あんただって、それぐらいは理解しといてよ」

この学校を、乗っ取ってやる。素晴らしい教師になって、すべてを自分のものにしてやる。

マーリーンは、いつもそんなことばかり話していた。

「わかった。俺に話しかけないでくれる？」と俺は大声で言った。

「パラ・ワン」とも口にしたけれど、姉貴は怖いから小声にしておいた。マーリーンが俺に近づいてくる。シュールッカーは水を滴らせている。濡れていない一人は、ソワソワと動き回っている。

「何だって?」マーリーンが尋ねた。俺は何も言わなかった。マーリーンの目を見つめた。いつも同じ目をしている。虐めて踏みつける対象を探している目だ。マーリーンは後ろに下がり、俺を解放してくれた。彼女は濡れたシュールルッカーを笑いながら立ち去った。そしてたぶん、俺のことも笑っていたんだろう。

シュールルッカーは、他人に何かをすることはない。みんなに自信を持たせてくれて、役立たずのシュールルッカーじゃなくて良かったって、思わせてくれるだけだ。たくさん嘘をつくと、最後は鬱になって、シュールルッカーみたいに泣いて暮らすことになる、といわれている。シュールルッカーは、悲しみしか感じない。あまりにも悲しみを感じているから、何をやっても悲しそうだ。あいつら、いつもうつむいて、地面を見つめている。

俺は大股で保健室に入った。全生徒は毎朝、学校で朝食と一緒に高揚剤《グッド》を摂るのが決まりだ。でも、保健室には予備の高揚剤があった。高揚剤で気分が良くなるから、俺は保健室に行った。高揚剤を飲むと、すぐに誇り高く、正直になれる。それに、マーリーンのことや、悪い例としてネタにされることや、自分が決して完璧にはなれないことなど、俺の真実を曇らせることにも気を取られなくなる。

看護師のミス・ヒギンスは、古い洋梨のような体型をしていた。魅力のない体だ。彼女は醜いし、学校の看護師として働いているから、結婚もしていなければ、子どももいない。今日、彼女の顔はいつもに増して疲れていた。俺はミァ・ヒギンスが好きだ。彼女は俺を見ると、机から注射器を取り出した。彼女の背後にある棚には、高揚剤の入った小びんが並んでいた。

静かだったから、俺はしゃべり始めた。

「そんなにこの仕事が嫌いなら、辞めたらどうですか？」ミス・ヒギンスが高揚剤をジェット式注射器にねじ込むのを見ながら、俺は言った。

「クレジットが必要だから」とミス・ヒギンスは言うと、俺に近づいてきた。俺は彼女に向けて首を伸ばし、目を閉じる。彼女は片手を俺の首に添える。その手は温かく、力強い。ミス・ヒギンスが注射針を突き刺すと、俺の頭にはオレンジのような爽快感が広がる。俺は目を開けて、ミス・ヒギンスを見た。彼女はじっとしていた。俺はさらに彼女を見つめた。彼女は眉をしかめると、もう一度注射した。ようやく、高揚剤が効いてきた。

「さよなら」と、俺は挨拶した。ミス・ヒギンスは、「さっさと出てって」と言うかのように、ぞんざいに指を振った。

いつものランチ・テーブルに行く途中で、小声でおしゃべりしているシューールッカーのテーブルを通り過ぎた。泣いている奴もいた。シューールッカーに特技があるとすれば、それは泣くことだろう。俺は笑っていた。高揚剤が思い切り効いてきたし、シューールッカーの救いようのないさまが滑稽だった。陰鬱としたシューールッカーには、高揚剤すらまともに効かないんだ。

いつものテーブルでは、スコッティやジョンといった数人の仲間が笑っている。でも、笑っている理由はわからないから、少しイラついた。

「よお、ベン。すげえ心配してたんだ。いいから座れよ」とジョンが言った。俺はジョンの隣に座った。「今日の気分はどうだ?」とスコッティが尋ねた。俺はさらにイラついた。というのも、俺が朝の高揚剤では足りずに、追加の高揚剤をもらいに行ったことを笑いのネタにされているると思ったからだ。「お前のこと、気にかけてるからさ」とスコッティは言いながら、鳥のような声を出した。みんなが笑った。俺は周囲を見回すと、肩の力を抜いた。ようやく事態を飲みこんだ。みんな、俺をからかってるわけじゃなく、昔の風習を笑っていたんだ。

「わあ、気にかけてくれてありがとう。気分は最高だよ」と俺は言った。さらに大きな笑いが起こった。すげえいい気分だ。テーブルで起こる大爆笑。

「俺のドリンク、お前にやるよ。のど、乾いてるだろ。それにお前、すげえ賢い奴だしな」とスコッティが言うと、さらに大きな笑いが巻き起こった。「ベン、ほらよ」とスコッティは言いながら、紙パックのドリンクを投げた。俺は考え事をしていたから動きが遅れて、ドリンクを取り損ねた。保健室で高揚剤をもらってきたばかりだが、もう気分が曇りだしてきた。気分を良くする薬のはずなのに。

ドリンクは俺の頭上を越えて、レスリー・マクストウの頭に思い切り命中した。彼女はトレイと食べ物を落とした。顔をしかめている。俺はみんなと一緒に笑った。レスリーは双子だったけれど、弟のジミーは死んだ。ジミーはシュールッカーで、電子レンジで自分の頭を調理して死んだんだ。レスリーは、いつも嘘ばかりついていた。人生は素晴らしい、みんな美しい、誰もが特別だ、なんて言っていた。レスリー・マクストゥは、ここら辺ではいちばん正直じゃない部類の人間に入る。もったいない話だ。彼女と俺は、遺伝子の相性チャートで高スコアを記録したっていうのに。俺たちは天然生まれだから、相性がいいんだろう。レスリーの両親は、オプティライフ™に対して抗議運動をしていた。彼らは完璧を信じていない。俺は完璧を信じている——ただ、嫌いなだけだ。

　レスリーは茫然とその場に立っていて、間抜けな面《ツラ》をしていた。俺はもっと笑いを取りたかったから、立ち上がって大きく口を開き、笑顔を作って言った。

「ごめんな、レスリー。俺のクレジットで、ランチ買いなおしてやるよ」

　テーブルのみんなは大笑いした。両親とも成功しているから、俺にはたくさんクレジットがある。痛みに顔をしかめていたレスリーが、俺を見つめながら大きく顔をほころばせた。そして、「すごく優しいんだね」と言った。そんな言葉を聞くとは思ってもいなかった。優しいなんて、今まで誰にも言われたことがなかったから。テーブルは盛り上がり／爆笑が起こり、俺も誇らしい気分になった。俺はさらに続けた。「さあ、ランチおごるよ」と俺は優しい声で言った。昔はみんな、ふつうにこんな声を出していたんだろう、なんて想像しながら。

レスリー・マクストウは、俺の後について、食べ物のコーナーまでやって来た。「彼らは愚か者よ」と、母親に言われたことがある。マクストウ家の話をしていたわけじゃないけれど、見ず知らずの人たちにお菓子や花をあげる人たちのことがニュースで取り上げられていて、母親はそいつらのことを話していた。母親が愚か者と呼んでいた奴らは、マクストウ家を含めてみんな「アンチ（反対者）」の一員だった。彼らは高揚剤に反対し、出生前の遺伝子操作に反対し、進化に反対している。俺たちの学校では、アンチに属する家族はごく少数しかいない。でも、新連邦の中でも治安の悪い地域には、アンチが大勢いる。

「好きなもの、買ってくれよ」ここからだと、テーブルの仲間のところまで俺の声は届かない。

それでも俺は、親切な言葉をかけた。

「ほんとにどうもありがとう！」とレスリーは言った。レスリーが笑うと、えくぼのせいで、誰かが彼女の両頬に穴を掘ったみたいに見える。彼女はジュースとグリーンサラダを手に取っただけでレジに向かい、俺はマシンにクレジット・コードを入力した。彼女は給仕係に微笑んだが、給仕係は何も言わなかった。まだ旧時代ごっこをやっていた俺も、「良い一日を」と給仕係に挨拶した。彼は俺をじろりと睨んだ。俺たちがテーブルまで戻って来た時、ここでまた大爆笑が起こると思っていたのに、誰も気づきやしなかった。あいつら、食べるのに夢中だったんだ。俺はまたイライラしてきた。

「ありがとう、ベニー。すごく優しいんだね」とレスリーは言った。笑いを取ろうと思ってやっただけだと言いたかったけれど、考え事をしていたから、何も言わなかった。俺は仲間のテーブルに座った。レスリーはシュールッカーではないけれど、シュールッカーのテーブルへと戻っていった。考えていたことを正直に伝えるべきだったかもしれない、と俺は思った。彼女の顔のつくりはきれいだってことと、俺たちは遺伝子の相性がいいから、そのうち機能的かつ実用的な家族を構成することになるかもしれない、なんてことを考えていたんだ。


俺の家では、誰もが自分の部屋を持っている。俺の家族は母親と父親、そしてマーリーンだ。俺は自分の部屋で腕立て伏せやスクワットをして身体のメンテナンスをすると、夕食の匂いが漂ってくるまで、学校で習った章を読んだ。一階におりると、両親とマーリーンが夕食を取っていた。

「そんな顔して、何見てんだよ？」と俺は尋ねた。

「高揚剤を余分にもらってるって、連絡がきたぞ」と父親は言った。俺は食洗器からボウルを出して、調理器のボタンを押した。前面のスライド式ドアが開き、俺はスプーンを入れた。調理ボックスの中が熱くなってくると、俺は調理された肉と穀物をボウルに入れた。

「必要になる日もあるんだ。父さんは、どうして正直に言わないんだよ？　学校からじゃなくて、マーリーンから聞いたんだろ？」と俺は言った。マーリーンは学校で研修中だから、俺が学校で何をやっているか知っているんだ。

「正直じゃないって、人を責めるのはやめなさい」と母親は言った。

「真実をすべて語らなかったのは、お前が感情的に反応しがちだからだ。シュールッカーみたいにな」と父親は言った。俺は立ったまま彼らを見つめ、ボウルにスプーンを突っ込んだ。食べ物を口に入れて、噛み砕く。穀物と肉は、穀物と肉そのものの味がした。

「学校のみんなは、いまだにあんたと私を姉弟扱いしてるから、気をつけてるだけ」とマーリーンが言った。「教師の資格を取ったら、もう気にしないよ。それまでは、あんたのイメージが私について回るんだから」

俺は時々、マーリーンが浄水タンクの中で溺れているところを想像する。

「わかったよ。あんたたちの話を聞いたら、イライラしてきた」と俺は言った。「こっちだってもどかしいのよ。私たちはそれぞれ成功してるっていうのに、家族だからってあなたと関連づけられてるんだから」と母親は言った。

「言うまでもないが、お前を天然で生んだのは間違いだった。妊娠中の母さんが理性を失っていたおかげで、お前は生きていられるんだぞ」と父親は言った。母親は俺に目をやり、それから父親を見つめると、「本当にそう。本当に」とうなずきながら言った。

俺は床に食べ物を落とすと、立ち去った。ボウルは割れなかった。食べ物は床に散らばった。

「少しは誇りを持ちなさい」と父親は言った。

「父さんは同じことばかり言うから、ウンザリだよ」家族に顔を見られないよう、俺は廊下から声を上げた。涙が出てこないよう、目をきつく閉じた。誇りを持たなければ。

「俺が生まれたのは間違いだったってことは、もうわかってる。でも、何でそんなにしつこく言うんだよ」

「お前がそんなに鈍くて期待外れなのは、お前が生まれる前に遺伝子を選ばなかったことが、明らかに影響しているんだ」と父親は大声で言った。「お前にいら立っているし、お前が不甲斐ないから、父さんも母さんも情けなく思っているんだ」

「知ってるよ」と俺は言った。バスルームに入ると、鏡の扉を開けて、自宅用の注射器を取り出した。高揚剤のびんを取ろうとしたのに、一つもない。俺はクルクルと回りながら、どこかに高揚剤がないか必死に探した。深呼吸をして、目を閉じ、鏡の扉を閉じる。もう一度、ゆっくりと鏡の扉を開けてみる。今度こそ、入っていますように。ない。注射器はあるけれど、高揚剤はない。叫びたくなったが、がまんした。叫ぶかわりに部屋に戻り、ベッドに座った。

もう寝てしまおうと思った。でも、汗をかくばかりだ。体も頭も痛い。外が暗くなってきた。

すっかり死人／クソみたいな気分になっていた。夜更けに母親が部屋に入って来た。

「ずっと叫んでたわね」と母親は言った。

「うるさくても知ったこっちゃねえよ。高揚剤を隠されて、こっちはイライラしてるんだ」と俺は布団をかぶりながら言った。母親が俺に近づいてきた。布団をはぎ取られた。母親は暗闇の中、しかめ面をしていた。片手を俺の顔に置くと、俺の顔を横に向けた。そして、持っていた注射器を俺の首に突き刺した。三発食らった。俺は高揚剤の効果で震え、歯をガタガタと鳴らした。母親は俺の頭にしばらく手を置いていた。それから向きを変えると、部屋を出て行った。その後は、何もかもが上手く行っている気分になり、俺は微笑みながら眠りについた。


学校では、いつものように朝の高揚剤をもらった。そして、「昔の暮らし」の授業では、また旧時代について話し合った。

「昔の人たちは、美辞麗句を並べ立てて、みんなが大切な存在だなんて振舞いながらも、戦争を起こし、傷つけ合っていた。つまり、嘘の時代だったってことだ」とミスター・ハーパーは言った。

「でも先生は昨日、昔の方が良かった、昔の方が楽だった、なんて戯言ほざいてたよな」とスコッティは言った。

「これだから、君はせいぜい月並みの人間になるのがやっとなんだ」とミスター・ハーパーは言った。「昔の方が良かったって思ってる人もいる、って言ったんだ。あの頃の方が良かったと、昔ながらの生活をしている人もいるって話だ」

「そんな奴らはろくでなしだろ」とスコッティは言った。

「君の意見なんて、誰も気にかけちゃいない」とミスター・ハーパーは言った。「私も君と同じ意見だがな」

「そ、そんなの、わからないじゃない」とサマンサはどもりながら、低い声で言った。ふだんはおとなしいのに。「ろくでなしじゃないかも」

「ブスは黙ってろ」とスコッティは言った。彼は靴を脱いで、サマンサに投げつけた。靴は大きな音を立ててサマンサに当たると、彼女の頭でバウンドして、俺の机の上に落ちた。クラス中が笑った。ミスター・ハーパーも笑った。サマンサも笑おうとしていた。俺は靴を見つめた。

「いいか、これも良い勉強だ」とミスター・ハーパーは言った。「転換点《ターン》の前だったら、スコッティも正直に自分の意見を言わなかったかもしれない。サマンサも、スコッティが自分の意見に賛同していると思い込んでいただろう」

授業が終わると、俺はまっすぐミス・ヒギンスのところへ向かった。保健室に着くと、ミス・ヒギンスは壊れ物を見るような目で俺を見た。

「法廷後見人から、高揚剤の制限をかけられてるわよ」と彼女は言った。ミス・ヒギンスの後ろにびんが見える。もうすぐで触れる気がした。でももちろん、触ることなんかできない。

「二回だけでいい」と俺は言った。「一回でもいい。お願いです」

「正式な制約は――」

「わかってるよ」と俺は叫ぶと、ミス・ヒギンスに背を向けて部屋を出た。

学校の床は、褐色と白が並んでいた。俺はカフェテリアまで歩いた。誇らしい気分にも良い気分にもなれなかったから、下を向いたまま歩いてしまった。

カフェテリアに着くと、「お誕生日おめでとう」という声が聞こえた。顔を上げると、レスリー・マクストウが俺を見ていた。彼女は、哀れなシュールルッカーの集団と同じテーブルに座っていた。彼女は立ち上がると、俺をハグした。「お誕生日おめでとう」とレスリーは繰り返した。昔は、自分の部屋に引きこもって、マーリーンから与えられた本をすべて覚えようとしていた。そうすれば、テストの後でハグしてもらえたからだ。こうやってハグされたのは、実に何年《サイクル》ぶりだろう。レスリー・マクストウの体は、たくましくて柔らかい。俺はその場に立ったまま、そんなことを考えていた。彼女の息が、首に軽くかかるのを感じた。

「今日は誕生日でしょ」とレスリーは言った。彼女は俺に微笑みかけていた。その瞳は、興奮／喜びで輝いている。

「おう」と俺は言った。俺は十五歳《サイクル》になった。

「私たち、相性がいいって出てたでしょ。あのチャートに誕生日が載ってたの」レスリーは、
俺が抱いていた疑問にすぐさま答えた。

「ああ」

「私の両親が、あなたを家に呼んでお祝いしたいって言ってるんだけど、どうかな」彼女はうつむいた。でも、シュールッカーみたいに悲しんでいるわけじゃない。恥ずかしくてうつむいているようだ。「うちの親、お祝い事が好きだから」

「俺はそんな風にお祝いしないし、君と関わる気もない。それに、君の親は変わり者だって、みんな言ってるし」と俺は言った。

「わかってる。でも、来てくれたらすごく嬉しいな」とレスリーは言った。俺は気づいた。これこそ、ミスター・ハーパーが言っていたことだ。レスリー・マクストウは、何の理由もなく、俺に喜ばせて欲しいと思っている。俺は彼女を見つめた。自尊心でも知性でも、率直さでもない、何か別の感情に耽った。「お願い」と彼女は言うと、俺に紙を渡した。招待状だ。俺は招待状を受け取ると、いつも友だちと一緒に座っているテーブルに向かった。

家に帰ると、家族がつべこべ言ってきた。「おかえり」と父親は言った。

「何だかイライラしてるわね」と母親は言った。

「高揚剤の制限者リストに入ってるからでしょ」とマーリーンは言った。

俺はもう、何も言わなかった。高揚剤がなければ、すべてが殺伐として見える。頭に浮かんでくるのは、あらゆる人や物事の最悪な事態だけだ。胃が痛い。それとも、ひどい胃痛に襲われたらどれほど痛いか、頭の中で想像しているだけなのだろうか。その区別すらつかない。どちらにせよ、痛みを感じている。恐れていることが、頭の中を駆け巡った。俺はバスルームに行って、鏡の扉を開けた。注射器はあるけれど、やっぱり高揚剤はない。一つもない。あるのは髭剃りと、フッ素入りの歯磨き粉、小さな医療キットだけだ。念のため、医療キットの中も確認してみた。高揚剤はない。俺は空の注射器を手に取り、首まで持っていった。何か出て来て欲しいと、注射器を首に突き刺してみた。もう一度。さらに、もう一度。鏡の扉を強く閉めると、鏡の隅に小さな亀裂が走った。俺は外に出た。ここまで気分が悪いと、恐ろしくなってくる。俺がどこに行こうとしているのか、誰も尋ねはしなかった。

マクストウ家は、この地区の外側のアパートに住んでいた。俺たちの地区では、貧乏人は外側に住んでいる。俺たちのように内側に住んでいる人間が、貧乏人と接触しないですむように計らわれているんだ。彼らは、内側の住人よりも安くて小さなスペースにひしめき合って暮らしている。だから彼らのアパートは、外観だけでなく、部屋の寒暖の調節や、害虫や害獣の侵入防止といった機能の面でも劣っている。

　朝食以来、俺は高揚剤を摂っていなかった。禁断症状が襲ってくるのがわかる。すごく気分が落ちていた。外は暗くなりかけていた。内側と外側の境界では、大勢のシュールッカーたちが、舗道をゆっくりと歩いている。こいつらは、かつて家族だった人たちに捨てられたんだ。シュールッカーの大半が、こんな運命をたどる。もうすぐ死にそうな年齢の奴らがたくさんいる。子どもも若干いる。あらゆる年齢のシュールッカーがいる。時折、シュールッカーは何か大切なことを思い出したかのように、勢いよく頭を上げて、目を大きく見開く。それから数秒間、激しく首を振って周囲を見回した後、頭をカクリと下げる。

　いら立つなんて、生易しいもんじゃない。頭を下げてしょげかえってる奴らに囲まれていると、ずっと目を閉じていたい気分になる。俺はマクストウ家に向かって、ずっと舗道を歩いた。消えてなくなりたい衝動を少しでも抑えるために、地面に意識を集中した。マクストウ家へと続く舗道は、ずっとずっと、灰色だった。俺の靴は黒と灰色。びんに入った高揚剤はきれい／透明。

　長い爪が、俺の両肩に食い込んだ。顔を上げると、母親ぐらいの年齢のシュールッカーが目に入った。俺の首の近くに両手を置いている。「どこ行くの？」と彼女は叫ぶと、目を覚ませと言わんばかりに俺を揺さぶった。長い間、ずっと叫び続けていたかのような金切り声だった。俺は彼女を押しのけて逃げた。不快感がハンパない。

とにかく前を見て走った。レスリーの団地に着いた時には、汗だくだった。団地の中は荒れていた。たくさんの猫やアライグマがロビーを走り回り、争い合っていた。壁は汚くて、ペンキも剝がれかけていた。階段を昇ると、トイレのような臭いがした。俺はマクストウ家の部屋を見つけて、ドアをノックした。部屋の中で、人ががさがさと動いている音が聞こえた。針が詰まったびんの中に、何度も落ちていく自分の姿が頭に浮かんできた。まったく高揚剤を摂っていないせいだ。ドアが開いた。部屋の中は明るかった。

「ハッピー・バースデー！」が複数の口から飛び出した。みんなが一斉に声を揃えると、俺の鼓動はさらに激しくなった。

「こんにちは」と俺は言った。

「さあ、入って、入って」とレスリーが言った。背の高い男がいた。首は細く、髪は白い。鮮やかな花柄の醜いシャツを着ている。

「よく来てくれた。本当によく来てくれた」とファーザー・マクストウは言った。マクストウ家では、同じことを二回言うのかなあ、なんて俺は考えていた。

キッチンは、左側の小さなスペースにあった。いい匂いがしてきた。部屋の中心部分にいたのは、レスリー・マクストウ、レスリーの母親、父親だ。それから、俺と同い年くらいのシュールルッカーも三人いた。落ち着きなく動き回っていて、三人とも、お約束のように悲しい／汚い顔をしている。同じ学校の生徒かもしれない。覚えてはいないけど。シュールルッカーのことなんて、眼中にないから。

「入って」とマザー・マクストウは言った。俺はもう部屋の中に入ってるっていうのに。マザー・マクストウは、ショートカットの痩せた女性で、首の下の皮膚がたるんでいた。俺はさらに部屋の中へと進んだ。みんなが俺を見ている。

「道中、どうだった？」とレスリーは尋ねた。笑顔だ。「ひどかった」と俺は答えた。「このエリア、俺の家族が住んでるエリアよりも貧しいからな」

「それは気の毒だったなあ」とファーザー・マクストウは言った。「さあ、ケーキを食べよう。主賓が無事に到着したことだし」。主賓。俺のことか。

部屋の中心部分には、ベッドが二つあった。片方のベッドにはシーツが敷かれ、皿が置かれている。テーブル代わりだ。もう一つのベッドには枕が並べられていて、座れるようになっていた。

「ケーキって、食べたことないや」と俺は言った。本当になかった。誇り高き人々の食べ物じゃないから。ケーキを食べると太るって、母親が言っていた。アンチの奴らが道端で配っているお菓子と同じだと。

　マザー・マクストウは笑顔だったが、「それは気の毒ね」と言った。レスリーと同じく、彼女にもえくぼがあった。「この家では、何かにつけてケーキを食べてるって感じなのよ」とマザー・マクストウは笑った。ファーザー・マクストウも笑った。レスリーも笑った。シュールッカーの一人すら、ほんの少し笑っている。彼女は床を見つめていたけれど、肩が上下に揺れていたから、笑っているとわかった。

「気の毒がらなくていいですよ」と俺は言った。「俺の家は、これよりもずっと立派ですから」

沈黙が走ったが、すぐにまた笑いが起こった。彼らがなぜ笑っているのか、俺にはわからなかったけれど、あまりいら立ちは感じなかった。

「君って奴は！」ファーザー・マクストウが言った。「本物のコメディアンだなあ」

「本物のコメディアンって？」と俺は尋ねた。

「冗談を言って、みんなを笑わせる人のことだよ」とファーザー・マクストウは言った。

「昔の世界では、みんなを笑わせることが立派な職業だったんだ。旧世界の暮らしには興味深いことがたくさんあるが、これもその一つだな」

「そんなの信じませんよ」と俺は言った。だって、そんなこと、信じられない。

「まあ、いいじゃない」とマザー・マクストウは言った。まだクスクス笑っている。「ケーキ、食べましょうよ」

「甘い誘惑、たまらないねえ」ファーザー・マクストウがそう言って笑うと、みんなも笑った。

俺たちはテーブル／ベッドに移動した。部屋の中央部分の壁には、うるさ過ぎるほどにカラフルな壁紙が使われている。

「ケーキはね」とマザー・マクストウはキッチンまで歩きながら言った。

「旧世界のごちそうだったの。結婚式や、新月、満月、戦勝記念や、もちろん誕生日と、お祝いの時に食べていたのよ」マザー・マクストウは、キッチンでカラトリーを探していた。俺はファーザー・マクストウを見ながら尋ねた。

「このキッチンで、息子さんは死んだんですか？」マザー・マクストウが何かを床に落とした。甲高い／カーンという金属音がした。ファーザー・マクストウは俺を見つめた。そして俺の肩に触れた。大きい／分厚い手だ。

「いいか」――彼は俺にしか聞こえない小さな声で言った――「この家では、お互い発言に気をつけようってことになってる。今の発言は、不必要なものだった。君はその発言で、私の妻を傷つけた。彼女は大丈夫だが、それでも――」

「でも、他人のために嘘をついたことがきっかけで、短期大戦と長期大戦が起こったんですよ」と俺は言った。

「そうかもしれない。でも、原因は別にあったのかもしれない。とにかく、私が言いたいのは、人の気持ちを考えようってことだ。わかるかい？」とファーザー・マクストウは俺に囁いた。「これについては、君にも思うところがあるだろうが、この家では思いやりをもちたいと思っているんだ」彼は微笑むと、俺の肩にもう一度触れた。「さあ、ケーキを食べよう」と、ファーザー・マクストウは大きな声で言った。今度はみんなに聞こえる声だった。

俺は朝食以来、高揚剤を摂っていなかった。そして今、ここにいる。レスリー・マクストウの家に。彼女に招待されたから、ここに来た。ここにいると、マーリーンのことや、最適化のこと、一生を間抜け／のろまで終えることなんて、考えずにすんだ。

マザー・マクストウが戻って来た。彼女は俺に笑いかけ、ナイフを手渡した。いろんなものが切れそうな大きなナイフだ。

「伝統的なバースデー・ソングを歌った後に、誕生日の主役がケーキを切るのがしきたりなのよ」とマザー・マクストウは言った。彼女は大きく目を見開いて周りを見ると、歌い始めた。他のみんなも歌い始めた。シュールッカーは上を向き、下を向き、そしてまた下を向き、上を向き、体勢を決めかねながらも、マクストウ家の人々と一緒に呟いていた。

ハッピー・バースデー・トゥ・ヤ、ハッピー・バースデー・トゥ・ヤー

ハッピー・バースデー、ハッピー・バースデー・トゥ・ヤ、
ハッピー・バースデー、イッツ・ユア・デイ　イエイ
ハッピー・バースデー・トゥ・ヤ、ハッピー・バースデー、イエイ！

歌い終えると、マザー・マクストウは、「ケーキを切って」と目で俺に合図した。ナイフはするりとケーキに入った。

「忘れてたけど、昔からの習わしとしては、ケーキをカットする前に願い事をするの」とマザー・マクストウは言った。「でも、カットした後でもたぶん大丈夫。何を願ってもいいからね」

もちろん、俺が願ったのは高揚剤だ。俺がケーキにもう一度ナイフを入れると、マザー・マクストウは俺からナイフを取りあげた。俺は端を切っていたが、彼女はケーキの真ん中に向かってナイフを入れた。彼女は全員にケーキを切り分けた。ファーザー・マクストウとレスリーは、ソファ代わりのベッドに座っていた。他のみんなは立ったままケーキを食べた。ケーキは、俺が生まれてこのかた食べた中で、いちばん甘い食べ物だった。

「気に入った？」とマザー・マクストウは言った。

「すごく甘くて、美味しい」と俺は言った。舌も歯も、元気になったような気がする。

「今では手に入らない、昔ながらの正統派レシピだしね」とマザー・マクストウは言った。

ケーキを半分食べたところで、俺はファーザー・マクストゥの方を向いた。そして、「高揚剤、余分に持ってませんか？」と控えめに尋ねた。というのも、高揚剤の摂り過ぎは、誇り高き行為じゃないからだ。ファーザー・マクストゥは、ケーキを頬張りながら俺を見た。

「ここは、工業的な高揚剤ができる前の時代に逆戻りした家なんだ。私たちはそう考えてる」彼はケーキを飲み込むと、俺の肩に手を置き、そして手を離した。

「高揚剤が必要なんです」

「君の頭は今の時代にいるが、この家は過去の時代にいるんだ」ファーザー・マクストゥは手振りをして言った。「この家は、工業的な高揚剤など誰も必要としない場所だって、考えてみてくれ」

「貧乏だから、高揚剤が買えないんですか？」と俺は尋ねた。ファーザー・マクストゥは大笑いして、口の中のケーキを床に吹き出した。すぐにマザー・マクストゥが拭き取った。ファーザー・マクストゥは娘に目を向けると、「彼は面白いなあ。本物のコメディアンだ」と言った。

「冗談なんて言ってませんけど」と俺は言った。

「だから面白いんだよ」とファーザー・マクストゥは言った。「私が笑いを取りたい時は、決まって昔のジョークを言う。こんな風にね」彼は咳ばらいをした。「耳が不自由な男のジョーク、聞いたことがあるかい？」

「え？　何ですか？」

「彼もそう言っていたよ！　何せ、耳が聞こえないからね」とファーザー・マクストウは言った。「君が『いいえ、聞いたことありません』と答えていたら、私は『彼も聞いたことがないんだ。何せ耳が聞こえないからね』って言うつもりだった。わかるかい？」彼は俺の肩に触れると、含み笑いをした。レスリーとシュールッカーたちも、ファーザー・マクストウと一緒にクスクス笑っていた。

「君もこうして目にした通り、私たちは短期大戦の前の時代、それどころか、長期大戦の前の時代に遡った空間を作り出したと思っている。私は家族とともに、良識のある時代を再現した。あの時代を必要としている人々のためにね」

「ここには高揚剤がないから、イライラするんでもう帰ります」と俺は言った。

「なあ――リンダ、パンフレットを持ってきてくれ――ここで私たちが提案しているのは、高揚剤なしで幸せになる方法だ。みんなで一緒にいるだけで、幸せな気分になれるぞ。君に合ったパッケージを選んで、週に何回か、私たちと一緒に過ごせばいい」

レスリーはニコニコしている。シュールッカーたちはケーキを食べながら、弱々しい笑顔と、戸惑ったようなしかめっ面を交互に繰り返している。

「もう家に帰ります」と俺は言った。

「資料を持っていきなさい」とファーザー・マクストウは言った。マザー・マクストウは微笑みながら、俺にパンフレットを手渡した。パンフレットには、微笑む人たちの写真と宣伝文句、料金プランが載っていた。時間別の料金がリストになっている。

「選択肢はたくさんあるからね」とレスリーは言った。

「検討してみて。あなたに合うパッケージがあったら、レスリーに言ってね。まずは、一週間に少なくとも三日ぐらい、この『旧時代《ジ・エラ》』で私たちと過ごすことを勧めているわ。生まれ変わったような気分になるはず。彼らもゲストなのよ」マザー・マクストウは、まだケーキを食べているシュールッカーを指さした。三人とも俺を見つめ、微笑もうとしていた。

俺は立ち上がった。「誕生会だと思って来たのに、もう勘弁してくださいよ」と俺は叫んだ。高揚剤が欲しくてたまらない。思わず、パンフレットを手のひらで握りつぶしていた。パンフレットの表紙には、「旧時代《ジ・エラ》の暮らし」と丸い文字で書いてあった。

「あんたたちの娘にはイラつかないから、ここに来たっていうのに」

「パンフレットに目を通してみてくれ」ファーザー・マクストウは、戸口に立った俺に言った。

「朝、高揚剤を摂ったきりだから、感情的になってるんです」俺はそう言ってドアを思い切り閉めると、自分の家に向かって走った。疲れたから、途中からは歩いた。それに、家に帰っても高揚剤はない。夜は真っ黒だった。舗道は灰色、灰色、灰色。歯にはケーキの甘い味が残っていた。ケーキはもうないのに、ケーキのことを考えると、歩き続けることができた。

翌日の朝食に高揚剤を摂って、数分の間は気分が晴れたけれど、ミルクを飲み干すまでには、その効果も切れていた。首が痛い。頭がガンガンする。学校の床は褐色だった。その褐色の上に敷かれた模様を見て、俺は気を紛らわせた。ミスター・ハーパーの授業では、いつも通り、長期大戦と、その後に続いた短期大戦について習った。俺は授業中、ずっとケーキのことを考えていた。

ランチでは、いつもの仲間のテーブルに行った。するとスコッティが言った。

「こっち来んなよ。お前みたいなシュールッカーとは関わりたくねえんだ」

「あそこにいる哀れな奴らと一緒に座れよ」と他の誰かも言った。

俺は地面を見つめていた。シュールッカーじゃないけれど、涙が出そうなくらい悲しい気持ちでうつむいていたから、シュールッカーに見えただろうな。俺は誇り高く顔を上げようとした。すると衝撃が走り、目の下に痛みが走った。俺は倒れた。テーブルのみんなは爆笑している。ジョンが俺を殴ったんだ。俺はお払い箱だっていう、正式な合図だった。顔が痛い。そのまま倒れていたかったけれど、誰かに引っ張り上げられて、俺は起き上がった。俺を引っ張り上げたのは、レスリー・マクストウだった。彼女は顔をしかめていた。俺は立ち上がり、顔を上げた。彼女は保健室まで俺に付き添って歩いた。「大丈夫だよ」とレスリーは言った。旧時代の奴らみたいに、彼女はお決まりの嘘をついていた。

でも、その嘘を聞いて、俺は嬉しくなった。

保健室に着くと、ミス・ヒギンスが、俺とレスリーを見つめた。サマンサが椅子に座っていた。サマンサはいつも具合が悪いけれど、それでも「ようこそ」と言うかのように俺を見て、嬉しそうにうめき声を上げた。ミス・ヒギンスは、クーラーボックスから冷湿布を取り出し、俺の目の上に当てた。痛みが少し和らいだ。俺はサマンサの隣の椅子に座り、レスリーは俺の隣のいすに座った。

「殴られたんです」とレスリーは言った。

「だいりょうぶ？」とサマンサはうめいた。

「殴られたの？」とミス・ヒギンスは尋ねた。

「はい」と俺は答えた。ミス・ヒギンスは無言だった。それから彼女は立ち上がると、注射器が入っている引き出しを開けた。引き出しが開く音を聞いて、俺の皮膚がうずいた。ミス・ヒギンスは俺たちに背を向けながら、注射器に新鮮な高揚剤を入れた。

すると、保健室の入口にマーリーンの姿が見えた。

「聞いたわよ」とマーリーンは言った。「あんた、本物のシュールッカーになったって」

レスリーは俺の手に触れた。冷湿布を持っていない方の手だ。俺の指に触れた彼女の指は、温かかった。「ヒギンス、ベンは高揚剤を制限されているんですよ」とマーリーンは言った。俺は片目でまずレスリー・マクストウ、次にサマンサ、それからマーリーン、そして最後にミス・ヒギンスを見た。ミス・ヒギンスは、高揚剤の小びんを注射器にねじ込んだ。

「上に通報しますからね」とマーリーンは言った。

ミス・ヒギンスはそのまま注射器に小びんをねじ込み続け、マーリーンを見ようとはしなかった。マーリーンは、保健室の戸口に立っていた。水の入ったコップを持っている。俺が欲しいのは、高揚剤だけだ。ミス・ヒギンスは、高揚剤を入れた注射器を手に、俺を見た。レスリーが俺の手を強く握った。俺はミス・ヒギンスを見た。そして首を振った。ミス・ヒギンスは、注射器を机の上に投げ出すと、いすに座った。彼女は俺たちに背を向けて、壁を見つめた。誰もしゃべらない。ずっと沈黙が続く。俺はレスリーを見た。彼女は微笑もうとしたが、その顔はこわばっていた。だから俺は頭を下げたまま、温かい片手と冷たい片手、痣のできた片目のまま、もう片方の目でレスリーを見つめて言った。

「耳が不自由な男のジョーク、聞いたことがあるかい？」

Lark Street

ラーク・ストリート

正体不明の手が、俺の耳たぶをパンチした。前日に中絶された胎児が、ベッドの脇に立っていた。彼の名前は、ジャッキー・ガナーといった。

「どうやら、あんたには度胸《キンタマ》がなかったってことだな」とジャッキー・ガナーは言った。彼の声は、険しかったが甲高かった。俺の瞼がゆっくりと開いた。枕の端に、小さなシルエットが浮かんでいる。野ネズミよりも小さい。

「ねえ、何か言ってよ。パパ！」パパという言葉を、まるで罵り言葉を口にするかのように使っている。「悪かったと思ってる?」

「ああ」と俺は答えた。「すげえ悪かったと思ってる」

「すげえ悪かったと思ってる」ジャッキー・ガナーは俺の真似をして言った。「その罪悪感は、僕たちの命が入れるくらい大きい穴なの？」

「僕たち？」俺は尋ねた。

「メタファーよ、パパ」と別の声が聞こえてきた。こっちは内気そうな、可愛い声をしている。二人目の小さな胎児が、掛け布団をよじ登り、ベッドに上がってきた。彼女の名前は知っている。ジェイミー・ルーだ。

「ふうっ」ジェイミー・ルーは、枕近くの頂上にたどり着いた。彼女はジャッキー・ガナーの隣に、勢いよく腰を下ろした。小さな影に並ぶ小さな影。双子なんだな。

「ごめ……」俺は言いかけた。

「謝らないで」とジャッキー・ガナーが言った。「いいから」

「パパは度胸《キンタマ》がなかったってわけか」ちっぽけな脚の間の空間を突き出したり、握ったりしながら、ジャッキー・ガナーは繰り返した。その脚が成長することはない。びんのキャップも、サッカーボールも、他の人間のことも蹴る機会はないのだ。

「僕の方が、パパよりも度胸《キンタマ》あるんじゃね？　三ヵ月のキンタマだけど」それから、彼は考え事をしているかのように黙った。

「キンタマって、どんなの？」ジェイミーはクスクスと笑った。

俺は、どう答えていいかわからなかった。「ええと……その……」俺の声は、まだ眠りを引きずっていた。

「まあいいや」とジャッキー・ガナーは言った。「パパはわからないだろうな。僕たちを見る度胸《キンタマ》もないくらいだし」

「パパに失礼だよ」とジェイミー・ルーは言った。ジャッキー・ガナーは低く唸ると、小さな頭をひねり、俺を横目で見ながら言った。「パパ、僕を見てよ」

前の晩、ガールフレンドのジャクリンは、錠剤《ピル》を飲み、ジャッキー・ガナーとジェイミー・ルーを体から押し出した。錠剤を使った中絶法があると知り、俺たちはそれを選んだ。この手法の方が、人道的だと思えたからだ。パンフレットは俺たち（というかジャクリン）に、「四錠を唇と歯茎の間に挟むこと」と用法を説明していた。これで錠剤が溶解し、化学物質が胃に入ることなく血流に吸収される。副作用は嘔吐だと、パンフレットには明記されていた。

ジャクリンはトイレに座って泣いた。俺は彼女の手を握っていたが、トイレから出て行って欲しいとジャクリンに言われ、彼女の意向に従った。その後は、居間で様子を伺っていた。

「気にしないで、パパ」とジェイミー・ルーは言った。すると、ジャッキー・ガナーは振り向きざまに、ジェイミー・ルーの側頭部を蹴とばした。

「痛っ！」とジェイミー・ルーは声を上げた。

「おい」と、俺は制止した。暴力なんて振っている場合じゃないだろう。

「うるさいな。気にしろって話だよ」とジャッキー・ガナーは言った。「パパは僕たちのこと、見ようとすらしないんだぜ」

「怖がってるんだよ」とジェイミー・ルーは起き上がりながら言った。彼女は自分の頭をジャッキー・ガナーの頭に近づけると、こめかみにキスをした。

「知るかよ」ジャッキー・ガナーはキスを無視して言った。

あんなにも生々しく悲痛な声を、生まれてこのかた聞いたことがなかった。一時間後、ジャクリンは俺にも理解できる言葉を発した。

「ああ、どうしよう。私の中の——ああ、どうしよう」

わかった。胎児が排出されたのだ。彼女の手をもう一度握ろうと思った。でも、できなかった。バスルームを覗くことすらできなかった。

それからわずか八時間後に、ジャッキー・ガナーとジェイミー・ルーが、俺の部屋に現れた。

「パパ、僕を見て！」とジャッキー・ガナーは叫んだ。

二人を潰さないよう、慎重に起き上がった。二人が飛んで行かないよう、ベッドを弾ませないようにも気をつけた。俺は灯りを点けた。

二人の頭は、小さな体に不釣り合いなほど大きかった。体は鉛筆ほどの細さで、生肉のようなピンク色をしている。皮膚はしなびていて、半透明だ。頭蓋骨も、灰色をした豆粒大の脳みそも透けて見える。ジャッキー・ガナーの目は閉じていて、片方の瞼の裏には、空っぽの眼窩《がんか》があるだけだ。ジェイミー・ルーには両目があり、瞼もきちんと動くようだった。二人の手足は、部分的に水かきがついていた。足は痩せこけていて、体を支えることなどできないようだ。二人とも、鮮血の薄膜をまとっていた。

「パパ、僕に笑いかけないで」とジャッキー・ガナーは言った。

「わかった」と俺は言った。

「ママってどんな人？　教えてよ」とジャッキー・ガナーはせがんだ。「何もかも話して」

「ママ」とジェイミー・ルーも繰り返した。

「素敵な人だよ」と俺は答えた。

「それから？」とジャッキー・ガナーは言った。

「今、話して欲しいのか？」と俺は尋ねた。

「パパ、僕たちにはあまり時間がないんだ」とジャッキー・ガナーは言った。

「私たち、人間にはなれないからね」とジェイミー・ルーは説明すると、いきなり顔を曇らせた。俺はジェイミー・ルーを見つめた。

どこから話そうか。母の車《ボルボ》から話そう。あのボルボは、完全に停止すると、二分の一の確率で動かなくなった。そうなると、すぐにギアをパーキング[*1]に入れて、イグニッション[*2]のスイッチをオフにしたら、すぐにまたエンジンをかけて、車をスタートさせなければならなかった。こうすれば車は走るようになったが、もう一度停止したら、エンジンはまったく動かなくなった。それでも、俺は次第に要領をつかんだ。たとえば、停まった瞬間にニュートラル[*3]へとギアを入れれば、エンジンはそのまま動き続けるとか、絶対に停まらないよう、赤信号になったら早めに減速して、一時停止の標識では低速で走り続けるとか、ちょっとしたコツを覚えられるようになったのだ。

　ジャクリンを乗せてどこかに行くのは、あの時が三回目だった。車は交差点まであと五フィート（約一メートル五十センチ）のところまで迫っていたが、俺はまだじわじわと前進していた。ジャクリンは、何事もないかのように振る舞っていた。タンクトップ、ケミカルウォッシュのデニム・ジャケット、カーゴパンツといういで立ちで、「ごめん、かなりひどい格好だよね」と言いながら、日よけ板を下げて、ため息をつきながら助手席に深く腰かけた。彼女は店での仕事を終えたばかりだった。カーゴパンツやケミカルウォッシュのデニム・ジャケットといった商品を扱っている店だ。

「確かにちょっと微妙だけど、わざわざ突っ込むつもりはなかったよ」と、俺は間抜けな微笑みを浮かべながら言った。ひどい格好をしてるなんて、彼女も本気で思ってはいなかっただろう。「余計なお世話」と、彼女は心からの微笑みを浮かべて言った。後ろの車がクラクションを鳴らした。俺たちは、俺の自宅に近い中華料理屋に向かった。

注文を取った後、カウンターの男が尋ねた。会計は別々？　一緒？」

気まずくなる前に、ジャクリンは「一緒で」と大声で答えた。俺が目をやると、彼女は声をあげて笑った。何かに勝つ直前や、嘘がばれた時に見せる笑いだった。

「これくらい、おごってくれてもいいでしょ。あんなに危なっかしい車に乗せられたのに、文句も言わなかったんだから」とジャクリンは言った。

「君たちのママは、素敵な女性だと思うよ」と俺は二人に話した。

「一年近く付きあってた。でも秋には、別々の大学に行くことになるだろう」

「ええ、そんな」ジェイミー・ルーは悲しそうに言った。

「ええ、そんな」ジャッキー・ガナーは、からかうように真似をすると、妹の頭を殴ろうとしていた。

「おい、やめろ」と俺は言った。

「大丈夫」とジェイミー・ルーは言うと、ジャッキー・ガナーを大きなハグで包み込み、彼の側頭部にキスをした。

ジャッキー・ガナーは、満足していない様子だった。ふたたび俺の方を向くと、「だから？」と尋ねた。「僕はどうなるんだよ？」

「私たち、人間にはならないんだよ」とジェイミー・ルーは繰り返した。

ジャッキー・ガナーは妹を無視した。

「俺とジャクリン——これが彼女の名前なんだけど——ええと、俺とジャクリンは——彼女の生理が遅れてね。俺たち、きちんと避妊してなかったんだ」

こんな話、生まれる前の胎児にするなんて早過ぎるだろ、と思った。ジャッキー・ガナーは、片目を閉じた奇妙な面持ちで俺を見つめた。俺が何の話をしているのか、まったくわかっていないようだ。ジェイミー・ルーは黙ってうなずいた。

「だから検査してみた」と俺は言った。

以下の詳細は省いた。二人でドラッグストアに行ったこと。彼女が目をこすりながら、「ひどい格好だよね」と言ってから、店に入ったこと。まるで悪い冗談のように、店は客でごった返していたこと。レジまで行くのが、本当に怖かったこと。でも、二人でレジに行ったこと。そして俺たちは、周囲の見知らぬ人々から目を逸らしながら、これまでにないほど静かに心を寄せ合ったこと。この時の英雄《ヒーロー》を一人選ぶとしたら、それはドラッグストアのカウンターにいた若い女性だろう。ジャクリンが紫色の箱を指差すと、この店員は茶色い瞳をゆっくりと大きく見開いた。それから目を細め、真剣ながらも優しげな表情になった。たばこや iPhone の充電器の近くにつり下げられていたその箱の右上には、「九十九パーセントの精度」と印刷されていた。彼女はうなずくと、検査キットを素早くレジ袋に投げ込んだ。見事なまでの手際の良さだった。病的なまでの関心を持って、瞬きもせずに事の成り行きを見守っていなければ、俺もまったく気づかなかっただろう。

「陽性だった、検査結果は。二人でどうするか話し合って、これは無理だろうって結論を出した。これっていうか、君たち――子どもを育てるのは無理だってね」

ジャッキー・ガナーは唸り声で応えた。ジェイミー・ルーは何も言わなかった。

双子の皮膚からゆっくりと分泌していた血液が、彼らが座っていた枕カバーに染みていた。

「検査を終えると、二人でクリニックに行った。そして彼女は、この家で錠剤を飲んだ。その方が良かったんだ。俺のお袋は夜間勤務だし、まったく愉快なものじゃなかった。キツかったよ」と俺は言った。彼女にはつらい経験だった。そして、俺にとっても。

「そんなところかな」

彼女が薬を飲んだ後、万が一のことがあったらどうしようと怖くなり、救急車を呼ぶことも考えた。ジャクリンが感じていた苦痛を医療の助けなく乗り切るなんて、あり得ないと思ったのだ。でも、救急車は呼ばなかった。俺は彼女を車《ボルボ》で家まで送った。母親が車で通勤することはほとんどなかった。この車を危ないと思っていたからだ。

「はいはい、わかったよ」とジャッキー・ガナーは言った。「こっちはのんびりしてられないんだ。僕たちがもし生まれていたら、どうなってたか知りたいんだけど」

「サイキック[*4]！　サイキック！」とジェイミー・ルーは言った。

「サイキックに訊いてみよう」とジャッキー・ガナーも言った。

そうせがまれることを恐れていた。ジャクリンは、ああいった場所が大好きだった。

「わかった」と、俺は罪悪感から笑みを浮かべて答えた。「わかったよ」

ジーンズにコンバース《チャック・テイラー》[*5]を合わせ、薄手のジャケットを羽織った。双子はピンク色の輝きを失い、灰色がかった赤色になっていた。二人に残された時間は限られていることがわかった。

「さあ、行こう。パパ、急いで」と、ジャッキー・ガナーは言った。抱っこをせがむ幼児のように、俺に向かって小さな腕を挙げている。俺は不快感を顔に出さないよう努め、二人が登れるよう、手を下げた。ジェイミー・ルーは一足飛びで俺の手に乗ろうとしたが、着地でつまずき、湿っぽい俺の手に顔から倒れ込むと、「わぁ」と声をあげた。彼女が体勢を立て直し、まっすぐ座ったところで、俺は二人を手に乗せながら動く練習をした。丸めた手の中で水たまりを運ぶような感覚だ。二人は冷たくて、ぬるぬるとしていた。

「二人とも、大丈夫か？」

「ムリ」と二人は声を揃えて答えた。

双子を入れた左の手のひらを胸の近くに置きながら、素早く大股で歩いた。そして、風から火を守るかのように双子を右手で庇った。ジャッキー・ガナーは、俺の手から滑って道路に落ちるんじゃないかと怯えていたかもしれないが、怖がる素振りは見せなかった。その態度に、俺は何だか誇らしい気分になった。一方、ジェイミー・ルーは小さな体を丸めると、恐怖に震えていた。ジャッキー・ガナーは彼女を蹴とばすと、「まったくもう！　赤ちゃんだなぁ！」と言った。俺は歩みを止めた。

「おい。少しは行儀よくできないのかよ？　ずっと悪ガキでいるつもりか？」

「遺伝なんだよ」とジャッキー・ガナーは答えた。

「つまらない冗談はよせ」俺はふだんよりも声を張って言った。「暴力は禁物だ。きちんとしろ」

「それから」と、俺はジェイミー・ルーに視線を向けた。彼女は体を丸めたまま、こちらを覗いていた。「自分の身は自分で守らなきゃダメだぞ。こんな風にいじめられっぱなしじゃいけない。わかったな?」

「うん」とジェイミー・ルーは甲高い声で言った。「うるさいなぁ」とジャッキー・ガナーは言った。

俺はジャッキー・ガナーを見つめ、がっかりした雰囲気を醸し出そうとした。しかし彼に見つめ返されると、彼に感じさせようとしていた失望は、全力で自分に降りかかってきた。手の中の二人を見ることなく、サイキックの場所まで歩き続けた。ジャクリンは、クリニックでの診察を受ける二日前に、このサイキックのもとを訪れていた。

行かないでくれ、と俺はジャクリンに頼んだ。それでも、彼女は聞こうとしなかった。だから俺は、いつ、どこのサイキックに行くのか尋ねた。

「明日の午後、ラーク・ストリートのサイキックに見てもらうことになってるんだけど——一緒に来る?」そういう類のものは信じない、と俺が言うと、「何も信じない人だもんね」と彼女は言った。

翌日の夜、ジャクリンから電話がかかってきた。俺も電話を待っていた。

「凄かったんだけど!」と彼女は言った。「何でもお見通しだった。『どうしたらいいかわからないと思っても、自分にとって最善だと思うことをやりなさい』って言われたよ。私からは何も言ってないのにだよ？　あの人はわかってた」

俺は安堵して深いため息をついたが、ほとんど罪の意識を感じないことに罪悪感を覚えた。ジャクリンは、恋人と「健全なコミュニケーションが取れていない」ともサイキックに指摘されたと話した。


サイキックのオフィスまで、あと数分のところまでやってきた。金色のノブがついた緑色のドアは、ペンキが剝げかけていて、『ラーク・パトリート・リーディング』と書かれた看板が飾ってあった。ジャッキー・ガナーとジェイミー・ルーを庇っていた右手をドアに向かって伸ばすと、二人は寒風にさらされた。俺の右手はノブの冷たさを感じ、左手は寒さで震える双子を感じていた。俺は右手をノブから放し、ジャケットを開いて、ジャッキー・ガナーとジェイミー・ルーを胸の内ポケットの中に滑り込ませた。

「パパ、サンクス」

「パパ、ありがと」

「中に入ったら、静かにしてるんだぞ。わかったな？　俺が話すから」

「はいはい」とジャッキー・ガナーは言った。ジャケットの暗闇に入っても、気にしていないようだった。小さいのに、なかなか度胸のある男だ。ジェイミー・ルーは俺を見つめながら口を閉じると、水の中に飛び込む前のように、大きく頬を膨らませていた。

俺の手のひらには、小さな血の染みがついていた。俺はその染みをジーンズで拭った。

ここでまた、ドアノブに手をかけた。ドアはキーキーと乾いた音を立てて開いた。三人で通路に入ると、冷たい風が頭上の風鈴を鳴らした。

「さあ入って」という声が聞こえた。「お茶はいかがかな？」

俺はサイキックのリーディング部屋へと続くカーペット敷きの階段を昇りながら、「お構いなく」と大声を上げた。

「え、どうして——」もう一人の声がした。

とことん気まずくなった。床に沈んで消えたい気分だ。ジャケットの胸ポケットに隠れていた双子は、ゆっくりと動いていた。

「ジャクリン？」と俺は言った。

彼女は階段の上から現れた。グレーのスウェットパンツをグリーンの長靴に押し込み、ブラックのウィンドブレーカーを着ている。俺のウィンドブレーカーだったけれど、すっかり彼女のものになっていた。俺は階段を昇った。お互いを何となく見つめていると、ジャクリンが口を開いた。

「どうも」と彼女は言った。「気まずいよねえ」

「ああ」俺はカーペット敷きの階段を昇りきった。彼女にハグかキスぐらいした方がいいかと思ったけれど、何もしなかった。ジェイミーとジャッキーを潰す危険を冒したくなかったからだ。「またリーディングに来たんだ?」

「前回、すごく気分が晴れたから。昨日の夜は眠れなくて、まだ気分が優れないし」彼女は俺の瞳を見つめ、俺を観察していた。

俺は深呼吸すると、「サイキックはそういう時のためにいるんだろうしな」と目を逸らして言った。一緒にビーズのカーテンをくぐると、カーテンが揺れて、雨のような音がした。その先に、サイキックのリーディング部屋があった。古いブラウンのテーブルが置かれている。テーブルには、太陽の形をした目や、ハンマーを持って屈み込む体、翼を持った熊といった、奇妙な絵が彫られていた。グレーのソファの斜め向かいには、AV機器があった。コンソールの中心に置かれたテレビには、パープルの絹布がかかっている。サイキックは、全く同じ色の絹布を持って、リーディング部屋に隣接したキッチンから姿を現した。彼は湯気を立てている鍋の縁を摑むために、その絹布を使っていた。鍋には持ち手がなかったのだ。彼の髪は漆黒で、鼻にはピアスをしていた。

サイキックは、ソファの近くのカウンターに置いてあった二つのカップに紅茶を注いだ。

「カップルでのセッションかな?」と彼は尋ねた。

ジャクリンは、「ほらね?」と言わんばかりに俺に目配せした。「私たちがカップルだって、わかってたんですね」と彼女は言った。双子はモゾモゾと動いた。

「さあ、二人とも座って」とサイキックは言った。俺たちはソファに座った。

「それじゃあ、何をやりましょうか? タロット? タロット以外をご希望なら、水晶を使ったリーディングの特別キャンペーンをやっています。もちろん、五ドルで手相占いもできますよ」と彼は言いながら、俺たちの向かい側にあった籐いすに座ると、脚を組んで紅茶を飲んだ。すごくリラックスしている。

「何やりたい?」ジャクリンは俺を見つめて言った。俺はサイキックをじっと見つめていた。

「どうだろう。見学ってことでいいかな?」と俺は言った。

「朝早くからサイキックに来ておいて、見学するだけって何?」

「別に計画立ててたわけじゃ――」

「私がここにいるから? だから見るだけにしとくって?」

彼女の口調が変わった。サイキックは紅茶を飲んでいる。

「じゃあ、一番安いやつで」と俺は言った。とはいえ、サイキックのアドバイスで自分が救われることなどない、と思っていた。

「好きにすれば」と彼女はため息交じりに言うと、ソファに深く沈み込んだ。

「わかりました。今回が初めてですか？」とサイキックは言った。

「はい」と俺は答えた。彼は籐いすを動かすと、俺の横に座った。

「初めてなら、手相占いがいいでしょうね」

俺は左手を出した。手のひらは、ジャッキー・ガナーとジェイミー・ルーの血でまだ少し赤く染まっていた。サイキックは、俺の手のひらをパープルの絹布で拭いた。絹布は、紅茶の熱でまだ温かかった。彼は俺の手のひらを丹念に調べた。ジャクリンは俺の肩に顔を近づけ、様子を伺っていた。

「そうですね」とサイキックは、俺の手の輪郭を長方形にたどりながら言った。「手の形から判断すると、なかなか疑り深いのでは」

「へえ」とジャクリンは言った。

「計画的で、安定を重視するタイプですね」とサイキックは言った。俺は彼を見上げた。その瞳は、俺の手のひらを凝視し続けている。

「それから、あなたは指が長いですが」とサイキックは言いながら、俺の中指をなぞった。

「これは、仔細に敏感で、物事を自分の思い通りに進めたがることを意味します」

「その通り」と、ジャクリンは俺の肩越しにつぶやいた。

「それからこれですが」とサイキックは続けた。ジャケットの中がゴソゴソし始めた。ジャッキー・ガナーがまた、妹をいじめているのだろう。

「これがあなたの生命線です」と、サイキックは親指に一番近い焦げ茶色の線を指差した。俺はみんなの時間を無駄にしていることに気づいた。ジェイミー・ルーが心配になってきた。

「あなたの生命線は、手のひらの中央に向かって伸びていて、これが火星平原につながっています。これが意味するところは――」

「もういいです」と、俺はジーンズから五ドル札を取り出すと、テーブルの上に放り投げた。

「ちょっと気分が悪くて」これは本当だった。「もう家に帰ります」

双子は挙手跳躍運動《ジャンピングジャック》*6をやっているかと思うくらい暴れていた。俺は心配になった。彼らをなだめようと、胸を手に当てた。ただし、慎重に力を加減した。

「マジで?」とジャクリンは言った。「失礼過ぎるよ」

「気にしないでください。大丈夫ですよ――幸運を祈ります」とサイキックは言うと、籐いすに座った。

「本当にすみません。彼、最近すごくストレスが溜まってて」とジャクリンは言った。「まったく問題ありません。大丈夫ですから。気にしないでください、本当に」とサイキックは言い、紅茶をすすった。

「問題大ありですけど、ご理解ありがとうございます。ここしばらく、ずっとこんな調子なんです」とジャクリンは刺すような視線を俺に向けながら言った。

「こんなことしても、時間の無駄だよ、ジャクリン」と俺は言うと、サイキックを見つめた。

「これは冗談だって、彼女に言ってやってやってください」

「君と彼女の関係に口を挟む気はないですよ」とサイキックは言うと、マグカップを置いた。

「ただ認めるだけでいい。言ってやってください」と俺は言った。「お願いだ」

「いいですか、私は早起きして、君たちの旅路を応援しているだけです。君たちがすでに向かおうとしているところにたどり着けるよう、手助けをしているだけなんだ」とサイキックは静かに言った。

「どういうこと？」とジャクリンは尋ねた。

双子が耳をそばだてているのがわかった。会話に混ざりたがっているのだ。二人とも、ポケットから出ようともがいているようだった。くぐもった声が、ポケットから聞こえてきた。俺はその声をかき消すように大声で話し始めた。

「どういうことって、事前に二十ドル払えば、このサイキックはこっちの希望通りのことを言ってくれるってことだよ。彼が俺から金をもらったのは、今日が初めてじゃないってことさ」

これ以上は何も言いたくなかった。ジャクリンがサイキックに会いに行く前日、「計画に沿って行動すれば、すべてうまく行く」と伝えて欲しいと、俺はサイキックに電話をして頼んでおいたのだ。自分がやったことを正直に話せば、度量の大きな人間になれると思っていたけれど、実際に告白して味わったのは、弱虫で愚か者で、臆病者の気分だけだった。

「ジャクリン、ごめん。本当にごめん」

彼女はその場に座っていた。彼女の手を握ろうとしたが、後ずさりされた。ジャクリンからこんな風に避けられたことは、今までなかったはずだ。

「私のこと、バカだとでも思ってんの？」とジャクリンは言った。「サイキックに言われたから、中絶したって思ってる？　私の行動を決めたのは、彼じゃない。あなたでもないし。私——理解できないよ。サイキックが私の決断に影響を与えたって、よく思えるよね？　頭、おかしいんじゃない？」

「いや、俺は——」と反論を始めたが、彼女の表情を見て、これ以上議論しても無意味だと悟った。

ジャケットのポケットから、「待って」というくぐもった声が聞こえた。俺はその場を立ち去った。

サイキックの部屋を出ると、足を止めてジャケットを脱いだ。

「二人とも、大丈夫か？」と俺は尋ねた。返事がない。「なあ」二人が這い出て来れるように、ポケットの縁に手を置いた。ジェイミー・ルーが現れた。体は灰色になり、干からびている。

「ジャッキー・ガナーはどうした？」

「私のこと、いじめてくるから」とジェイミー・ルーはかすれた声で言った。何だか、摘まれた葉っぱのように見えた。「殺しちゃった」

「え？」と俺は言った。取り返しのつかないことをしてしまった時に感じる恐怖が俺を襲った。俺は前屈みになって、ジャケットを小さく振った。粉をふいた小さな灰色の体が落ちてきた。

「どうしてこんなことを？」と俺は声を荒げた。

「パパがやったんだよ」とジェイミー・ルーは言った。「え？」と俺は訊き返した。

「お兄ちゃん、人間の赤ちゃんになれるわけじゃなかったでしょ」と、ジェイミー・ルーは俺に釘を刺した。「そういう問題じゃなくて。いけないことだろ――」俺はジャッキー・ガナーの小さな亡骸とジェイミー・ルーを路上に置いた。

「いじめられっ子の、ままじゃ、ダメって、言ったのは、パパだよ」とジェイミー・ルーはしわがれた甲高い声で、途切れ途切れに言った。彼女の命も、風前の灯であることがわかった。

「パパのために、やったんだよ」

小さな兄の横に並んで地面に立つ彼女は、小さな埃のようだった。二人とも、舗道の灰色に紛れて、ほとんど姿が見えない。

ジャクリンは、クリニックで超音波検査のために白い扉の向こうへと消えていく直前、待合室のいすに座っている俺の方を振り返ると、勇気ある半笑いを浮かべた。涙を隠そうとする彼女の眼は光っていた。できることなら、このつらい経験を少しでも和らげたい。その一心で、彼女は苦痛を和らげた。俺がどんなに努力しても、彼女の気持ちを百パーセント理解することはできないだろう。それでも彼女は俺の方を向いて、これが世界の終わりではない、という気持ちにさせてくれた。

「私のこと、嫌い?」ジェイミー・ルーは尋ねた。

「いいや」と俺は答えた。

「ってことはパパ、私たちのこと、愛してたってこと?」ジェイミー・ルーは、俺の靴ひもにしがみつきながら尋ねた。

「いいや」俺は足をあげると、ジェイミー・ルーを払いのけ、歩き始めた。後を追って来ませんように、と願いながら。

「何してるの?」

振り返ると、ジャクリンがいた。彼女は置き去りにされたジェイミー・ルーのところまで駆け寄り、ジャッキー・ガナーの体と一緒に彼女を拾い上げた。

「やあ」と俺は言った。追いつめられた気分だ。逃げ場はないと感じながら、ジャクリンに向かって歩いた。何もなかったかのように振る舞いたかったが、そんなことは無理だった。

「ごめん。何て言い訳しようが、無駄なんだろうな」

「パパは気にしちゃいないもんね」とジェイミー・ルーは言った。ぐったりとしていたジャッキー・ガナーが、ジャクリンの手の中でゆっくりと動き始めていた。「ママ、ありがとう」とジェイミー・ルーは言うと、ジャクリンの親指にすり寄った。

「俺のこと、冷淡だと思ってるんだろうけど」と俺は続けた。「気にかけてるよ。でも、怖かったんだ。俺が子どものことを気にかけたら、君が産もうとするんじゃないかと思って」

「どういたしまして」とジャクリンはジェイミー・ルーに言った。

「会ったこと、あるんだ？」と俺は尋ねた。

「あるに決まってんでしょ」とジャクリンは言うと、ジャッキー・ガナーを見ながら、「この子に何したの？」と尋ねた。

「俺のせいじゃないって」最近、これが俺の決まり文句になっている。

「もちろん違うよね」とジャクリンは皮肉を言った。彼女は一歩前に出ると、俺の目を見つめた。失望の雨が降った。それから彼女は、手の中で弱っていく俺たちの双子を見つめ、「大丈夫。ここからは私に任せて」と、ほんの少しだけきつい口調で言った。彼女は方向転換して、歩き始めた。

「手伝おうか？」と俺は言った。

「とりあえず間に合ってる」とジャクリンは答えた。

その声は疲れていたが、悪意は感じられなかった。彼女をじっと見つめた後、俺は逆方向に歩き始めた。また彼女の笑顔が見られますように、と祈りながら。そして家に着くと、血の染みがついた枕に頭を乗せて眠りに落ちた。

＊1――【パーキング】自動車のブレーキシステムのうち、車を停止の状態に保つブレーキのこと。
＊2――【イグニッション】点火、発火の意味。ここではイグニッションキーのことを指す。鍵を回すことで通電させ、自動車のエンジンをかけられるようにする点火スイッチのこと。
＊3――【ニュートラル】中立、中間という意味。ここでは、自動車のギアの位置のうち、動力が伝われない状態のことを指す。
＊4――【サイキック】霊媒師、超能力者など、霊能のある人や、超自然的な有様のこと。
＊5――【コンバース（チャックテイラー）】アメリカのシューズメーカー、コンバースの製作するスニーカーの最もポピュラーなモデル、「オールスター」のうち、1940～1970年代に作られたものを、「チャックテイラー」と呼ぶ。
＊6――【挙手跳躍運動】気を付けの姿勢から、ジャンプをし、同時に両手を頭上に挙げて叩く、という動作を繰り返す運動。

The Hospital Where

病院にて

「医者に行こうと思う。腕が痛い」

父の声だ。浅く不快な眠りの中、父の声が聞こえた。俺は、いつもと違う場所で目を覚ますところを想像した。でも、目を開けてみると、いつもと同じ場所にいた。この場所にも、ここに住んでいる人々に対しても、俺には何の決定権もない。それでも三週間以上ぶりに、Ⅶの文字が背中で燃えているのを感じた。十二枚の舌を持つ神の焼印だ。俺の女神《ミューズ》、俺のパワーがふたたび目覚めた。

「え？」と俺は訊き返した。

「乗せてってくれるか？」と父が尋ねた。

「わかった」と俺は答えると、支度をした。父はキッチンで、白いプラスチックのいすに座っていた。近くには電子レンジとホットプレートがある。俺たちに残された、ただ二つの調理用具。革のサンダルの下には、浅い水たまりができていた。毎日、隣のバスルームから水が漏れてくる。ここは地下のアパートだ。漂白剤《ブリーチ》を使って、まめに黒カビを落としていたが、黒カビは決して死滅しなかった。俺はずっと住んできたこの場所が大嫌いだった。父はオートミールをボウルに入れていた。

「腕の痛みは、他の病気の兆候かもしれないからな」と父は言った。

俺は慎重に靴ひもを結ぼうと努めた。

「お前に運転してもらった方がいいだろう」

父の骨にガンがあることを知る、ずっと前の会話だ。

「まあ、何でもないと思うけど」と俺は言った。

「わかってるが、万が一に備えてな」と、父はオートミールを食べながら言った。父が食べ終わるのを待つ間、俺はノートと『ラビッド・バード（狂犬病にかかった鳥）』の最新号を手に取った。短編や詩を掲載している小冊子だ。背中に熱を感じた。十二枚の舌を持つ神が呼んでいる。父がオートミールを食べ終わるのを待つ間、俺はようやく執筆を始めた。書き始めると、骨の髄から自由の炎を感じる。俺が支配する世界へと移動したのだ。そこでは、不可能など存在しない。

「よし、行くぞ」と父は言った。早過ぎる。俺はノートを閉じると、父の後を追って外に出た。道中は長く、退屈だった。父は、電話で医師に言われたことを俺に説明した。父ぐらいの年になると、どんなことでも深刻な問題になり得る、と言われたそうだ。いつもの病院が改装工事中のため、父は他の病院を紹介されていた。俺たちは橋を渡った。病院の近くに、車を停める場所があった。父は車から降りると、病院に入っていった。「中で見つけるよ」と俺は言うと、縦列駐車をして、メーターに駐車料金を入れた。入口に向かって歩きながら、親を初めて病院に送ったこの日のことは忘れないでおこう、と思った。

「どうしましたか？」と女性が声をかけてきた。俺が道に迷い、怯えていることに気づいてくれるといいのだが。彼女は俺の前に立っていた。紫色の手術着《スクラブ》に、カラフルな看護師用の靴を合わせている。無造作に結ばれた茶色い髪を見れば、彼女が多忙を極めており、ずっと睡眠不足であることがわかった。ブロンクス訛りのあるその口調は、「すでに問題は山積みなのに、あんたのせいでさらに問題が増えた」と言わんばかりだった。

「父を探しているんです。ほんのちょっと前に、病院に入ったんですが」

「で？」と、彼女はペンがついたクリップボードを軽く叩いた。「何科ですか？」

俺は父が何科に行こうとしていたのか知らなかったから、わからないと正直に答えた。

「そんなこともわからないなんて、どうかしてると思うけど――」これから彼女は大喜びで、「あなたがこの状況にいるのは、あなた自身が無能だからで、私はあなたを助けることはできないけれど、私は極めて有能なのです」とでも言うつもりなのだろう。俺は話を聞くことなく、その場を立ち去った。

廊下を左に曲がると、ホテルのロビーのような部屋についた。受付には、コンピュータと二つの空席があった。バッジをつけたスーツ姿の女性警備員が、デスクの前をそわそわと行ききしている。

「すいません、父を探しているのですが」と俺は言った。

「お父さんなんて、ここにはたくさんいるんだけど」と警備員は言った。

「父もおそらく、ここにきて質問したと思うんです。黒人です。今さっきここに来たはずなのですが」

「救急の方を探してみて――そっちに行くように言ってるから。何科に行けばいいかすらわからない人には」彼女はここで言葉を止めた。俺を馬鹿にしているのがはっきりとわかるように。「この廊下を真っすぐ行って、一本目を左に曲がると、放射線科があるから、そこを突っ切って、また左に曲がったら、そこが救急外来。すぐわかるはず」

「ありがとうございます」と俺は言った。

すぐに「放射線科1」という表示のある入口に着いた。廊下には、車いすに乗った高齢男性がいた。ずっとうめくような声をあげている。その白い肌はたるみ切って、シミだらけだ。誰かに置き去りにされたか、ドアを開けておくためのつかえ代わりにされているようだった。体からはたくさんのチューブが出たり入ったりしていて、チューブがどこから始まって、どこで終わっているのかもわからない。俺は素早く通り過ぎた。廊下をさらに進むと、車いすの黒人男性が俺の方を見ていた。俺の中から何かを吸い取るんじゃないかと思うほどの空虚な瞳だった。左に曲がると、二重扉が見えた。健康で丈夫な肉体を持つ人々は、病院なんて大嫌いだと言う。俺もそう思った。

白衣や手術衣を着た人々が、あちこちに向かって速足で歩いていた。俺の右隣には、六、七人連れの家族がいた。イタリア系だろうか。すでに悪いとわかり切ったニュースを待っているように見えた。彼らは寄り添い合いながら、いら立った面持ちで足元を見つめていた。

「父さん」と言いながら、俺は二重扉に足を踏み入れた。父は俺を見たが、すぐに係員とまた言い合いを始めた。係員は、救急外来の端にある書見台の後ろに座っていた。

「電話をしたら、私の担当医師はいないが、他の医師に診てもらえると言われたんだ。だから来たっていうのに、救急外来で待たされるなんて。すぐに来なさいって言われたんだぞ」父は、無礼なウェイターや不注意なレジ係を諭すような調子で話していた。

「申し訳ありません。誰に電話をしたかわかりませんが、今日はかなり混雑しているんです。この紙に名前を書いてください」と係員は言った。

「もう書いてる」父は、人を見下したような笑い声を上げた。「署名だってしてある」

「それでは、他のみなさんのようにお待ちください」今にも死にそうなら、待合室で騒ぎなど起こせないだろう。係員はそう言おうとしているようだった。

「父さん。待ってればいいよ」と俺は言った。父はしゃべるのをやめて冷静さを取り戻し、腰を下ろした。俺はノートと雑誌を握りしめた。背中の焼印《マーク》が疼き出した。

「もう一度、電話してみたら？」と俺は言った。

「もうしてるよ。コッペン先生が非番だからって、病院側はどの先生に繋いでいいかもわかっちゃいないんだ。信じられないだろ！」

「受付まで戻って、ディレクトリがあるか見てくるよ」

俺はじっくり座って、『ラビッド・バード』最新号に掲載されている「バラバを解放せよ」という小説を読み直したいと思っていた。すごく良い話だった。俺も応募したコンテストで優勝した作品だから、特に興味を惹かれた。俺が投稿した「子猫はいりませんか？」も素晴らしかった、と編集部からEメールが届いたが、それでも負けは負けだ。俺の小説は、新しく飼った猫をめぐる家族の話だった。子猫が新しいベッドの下に隠れたり、病気になったり元気になったりする中、家族はそのフワフワとした無邪気さを愛おしむ。しかしある時、子猫が逃げ出し、家の中はすっかり変わってしまった、という内容だ。

優勝作品は、かつて住んでいた地域で起こったさまざまな出来事を通じて、それとなく自分の過去に向き合う男の話だった。話の筋は壮大なものではなかったが、主人公の語り口があまりに面白く、意地悪かつ正直で、素晴らしい作品になっていた。読んだら忘れられなくなる類いの物語だ。俺が決して書けそうにないような話だった。

「子猫はいりませんか？」の結末で、子猫は家に戻って来るが、身籠っていた。

背中の焼けるような熱さとともに、のど元に吐き気が襲ってきた。これは警告だ。ぐずぐずしてはいられない。十二枚の舌を持つ神は、俺と父の暮らし向きを良くしてやると約束していた。俺は神に与えられた力を使い、現実を変えることを許されていた。しかし、父が死んでしまったら、俺の努力など何の意味もなさない。

俺は立ち上がった。父は茶色いコートを羽織り、両手を膝の上に置いて座っている。俺は父を残して、席を外した。どこに行くのか訊かないで欲しいと思っていたが、父は何も言わなかった。二重扉を抜けると、イタリア系一家の目が俺に向かって飛び込んできた。彼らの目は何かを湛えていた。ふだんなら、同情だと捉えるところだが、この時はきちんと表情を読むことができなかった。

放射線科を通って、来た道を戻った。黒人男性は、まだ一人で同じ場所にいた。チューブと高齢に縛りつけられたもう一人の男性も、まだ同じ場所にいたが、今はニューヨーク・メッツのキャップを被っていた。誰かが彼を帽子掛けに使っているようにしか思えない。ロビーでは、警備員が緊張した表情を浮かべていた。俺が近づくと、厳しい面持ちに変わった。

「案内係のような人はいますか？　どの科にいけばいいか教えてくれる、探してくれるような人は？」俺はデスクの後ろにある空席を指差した。

「ここにいる人は、すぐに戻ってきますか？」

「今日は誰も来ないわよ。どの科に行けばいいのかわからないなら、ここに人がいようがいまいが、大した助けは得られないと思うけど」

「患者が病院に来て、どの科に行けばいいかわからない時は、大体誰と話していますか？　父が病院に電話をかけたら、すぐ来るように言われたんですけど、実際に来てみたら、どの科に行っていいのかわからなくて。かかりつけの病院はリバーヘッドなんですけど、この病院に来るよう言われたんです」

「お父さんは誰と話したの？」

「マーサという女性だそうです」

「マーサって、それだけ？」警備員は今にも笑い出しそうだった。

「はい。病院にかかってくる電話には、誰が対応していますか？　誰と話をすればいいでしょう？」

「この病院にはたくさん電話があるし、救急外来に行った方がいいと思うけど」

警備員はベルトを締めなおすと、咳ばらいをした。

「ありがとうございます」

俺は救急外来へと戻った。

背中のⅦの文字が焼けている。待合室で執筆しなければ。

俺は父の隣に座った。「案内」という意味でけ、この病院に俺たちを助ける気などない、とぼやいた。俺はノートを開き、十二枚の舌を持つ神に静かな祈りを捧げた。辺りを見回すと、
向かい側には二人組が座っていた。男か女かも判別できないくらいの高齢者と、俺の父と同年代くらいのヒスパニック系女性だ。彼女のいすの下には水たまりがあった。その液体が何なのかわからなかった。しかし、救急外来の待合室にある正体不明の液体、というだけで、俺は吐き気を覚えた。ただの水だったかもしれないが。

「何を書いてるんだ？」と父は尋ねた。俺はノートから顔を上げた。

「よくわからない」と俺は答えた。とことん正直な答えだった。親の前というか、人前で執筆することには、まだ慣れていなかった。何だか、「緑の党の候補として議員に立候補します」と宣言するかのような気分になったのだ。

「どんな話なんだ?」父は俺に向き直ると、痛みで顔をしかめた。「最近、よく書いてるな。何を書いてる?」

父の好奇心に俺は驚いた。しかし、何と答えていいか、まったくわからなかった。

父には決して言えなかったこと。それは、俺が十二枚の舌を持つ神にこの身を捧げた、ということだ。事件は何年も前に起こった。俺たちは持ち家に住んでいた。ただしその家は、すぐ銀行に差し押さえられた。ガスも電気も止められ、夜は暗かった。自分が愛するものや、物質的な豊かさは、ゆっくりと消えることもあれば、いきなり消え去ることもある。俺はこの時に学んだ。それから、憎むことを覚えた。何不自由なく暮らす者たちを憎み、不自由だらけの自分を憎んだ。ある日、十二枚の舌を持つ神は、天使のように漆黒の闇の中から現れ、俺を取り囲んだ。その神は、謎めいているが、生きるために必要不可欠な存在に思えた。まるで人間の呼吸のように。

「お前に新しい目をやろう。物事がよく見えて、涙を流すことのない目を。私はお前の苦痛を利用できる」と、十二枚の舌を持つ神は言った。

「お前の望むものを与えてやろう」二語しゃべるたびに、神は仮面を脱ぎ、美しい別の顔を見せた。その声は、これまで聞いてきた人間の声が幾重にも重なっているようだった。

「どこにでも行ける力を与えてやる。世界を癒す力。時間を操る力。嘘を真にする力。昼を夜に、夜を昼にする力を」俺は激しくうなずいた。

「お前は現実を変え、思い通りに生きる力を持つことになる」

「その代わり、何をしなきゃいけない？」と俺は尋ねた。

「お前には、まだ覚悟ができていないな」と十二枚の舌を持つ神は言った。さらに新しい仮面が現れた。険しい表情だが、目はとても嬉しそうだ。そして神は姿を消した。

俺は待った。家を失った後、俺たちは小さなアパートで窮屈に過ごした。そしてまた、住処を失った。

ピンク色の立ち退き通知を見たあの夜、俺は不可思議な存在に祈った。数年前に俺のもとを訪れたあの神に。十二枚の舌を持つ神は、俺たちが「家」と呼んでいた地下室にふたたび現れた。微笑みながら顔をしかめ、笑いながら泣いていた。神は俺の前に立った。俺はつぶさに観察した。神は俺の気を引こうとするかのようにウィンクすると、ホットプレートをステンレス製のオーヴンとコンロに変貌させた。神が笑うと、オーヴンとコンロは、ホットプレートに戻った。

そのパワーをください。俺はひざまずいて懇願した。

「私に仕えれば、お前は永遠に別世界の住人となる」

「何でもやります」と俺は言った。背中の皮膚が、焦げ始めている。自分の皮膚が焼ける臭いがした。

「それなら証明してみろ」と、十二枚の舌を持つ神は口を開け、のどに手を入れると、のど元から人間の手のようなものを取り出した。手に見えたものは、剣の柄だった。柄は人間の中指の形をしており、そこから鋭い刃が出ていた。

「お願いです」

俺は頼み込んだ。神は俺をじっと見つめていた。その顔は狂気の微笑みを浮かべている。瞳に吸い込まれそうだ。神はナイフを持ったまま、俺を見つめていた。それから舌を出すと、素早く舌を切った。俺は血の滴る口を見つめていた。

「永遠に」十二枚の舌を持つ神は言った。新しい舌が生えてきている。「お前は、永遠に、変わる」

「お願いします」と俺は追いすがった。神は俺に剣を渡した。俺は舌を出すと、鋭い刃を下の歯の近くに置いた。そして剣を引き上げて、叫んだ。舌が切れた。すると、十二枚の舌を持つ神は手を伸ばし、俺の舌が床に落ちる前に拾った。

「取引は完了した」と、十二枚の舌を持つ神は言った。そして自分の舌を切ると、俺の口の中に押し込んだ。新しい舌が、俺の肉体に同化していく。この感覚をきちんと伝えられたらいいのに。Ⅶの焼印が、背中に押されるのを肌で感じた。突然、暗闇でも目が見えるようになった。昼は夜になった。自由な気分になった。

「ありがとうございます」と俺は言った。

「さあ、どうなるかな」十二枚の舌を持つ神は　俺の古い舌を口に放り込んで食べながら言うと、姿を消した。

その夜、俺は初めて物語を書いた。新しい力に縛りられていることがわかった。休むことなく、筆を走らせなければならなかったのだ。自分の想像を超える壮大な物語ができるまで、懸命に書き続けなければならなかった。その日から毎朝毎晩、俺は十二枚の舌を持つ神に祈りを捧げ、もっと多くの舌が欲しいと願った。もっと鋭い舌が欲しかった。何も書いていない時には、背中の焼印が疼き、痛んだ。物語の出来が悪いと、焼印は激しく暴れたてた。しかし、俺がいきいきとした文章を書くと焼印は静まり、俺も才能が伸びているのを感じた。それでも、もっと多くの舌が欲しくてたまらなかった。新しい世界に生きたい。今いる世界を変えるために、もっと大きな力が欲しい。俺は新たに手にした力を愛した。でも、すごく孤独だった。

看護師が名前を呼んだ。俺たちの名字を発音しようとしていることが、俺にも父にもわかった。

「どんな話を書いてるんだ？」と父は再び尋ねた。

「傷ついた男の話、かな」と俺は答えた。

「面白そうだな」と父は言った。俺の執筆について、二人でこんなに話したことはなかった。

「どうだろうなぁ」と俺は言った。誰かがまた、俺たちの名字を呼ぼうとしていた。父は俺を見ると、立ち上がった。ロングコートは俺の隣の椅子に置かれたままだ。俺はくしゃくしゃになった茶色いコートを手に取り、自分の膝にかけた。

「ここで待ってる」と俺は言った。

父は何も言わずに、二重扉の向こうに消えていった。

俺は息をついた。ノートを閉じると、待合室のいすに深く腰掛け、かたく目を閉じた。病人と付き添いの静かなしゃべり声が聞こえてくる。

しばらくして、目を開けた。カップルが入って来た。腕を組んでお互いを支え合っている。どちらがどちらを支えているのか、見ただけでは判断できない。二人は待合室の隅にいすを見つけた。案内係と書見台の近くだ。

「お母さんは見つかった？」病院で最初に会った看護婦が、俺の目の前に立っていた。カラフルな手術着と靴が印象に残っていた。

「父ですけど、はい」と、俺は言った。看護師は微笑んだ。

「そうだったっけ？　お母さんだったらどうする？」と、彼女は左目でウィンクすると、もう一度ウィンクを繰り返した。父のコートがなくなっている。茶色いコートの代わりに、黒いスパンコールがついた黒いコートが置いてあった。ほのかにフルーティな香水の匂いがした。

「いいえ、父です。父を待ってるんです」と俺は言った。

「そう」と看護師は言った。ブロンクス訛りは薄れており、何ともいいようのない声になっていた。「それだけはわかってるのね」

俺は茶色いトレンチコートを握っていた。ベビーパウダーと汗の匂いがした。

俺は十二枚の舌を持つ神を見つめた。嬉しくしたまらないのに、恐ろしかった。いつものことだ。

「どうして今なんだよ？　どうして？」叫びたかったが、叫ばなかった。

「愚かな真似はやめろ」と、十二枚の舌を持つ神は言った。彼女は聴診器を耳に当て、俺の肩に手を伸ばすと、俺のシャツをまくり上げた。冷たい金属が俺の焼印に押し当てられた。焼印は大きくなり、進化していた。Ⅶの周りには、暗い人影が描かれ、俺には理解できない言葉が書かれていた。「私をないがしろにしていたのはお前だ。こっちはお前の姿すら忘れかけていたぞ」十二枚の舌を持つ神は俺のシャツを下げると、俺の頬をつねった。

「努力はしているんです」俺は拳を握りしめていた。

「へえ」と十二枚の舌を持つ神は言った。彼女は手を下に伸ばすと、握られていた俺の拳をほどいた。「本当に努力しているのか？」

「そんなこと、あなたが言う権限は――」

「私が権限だ」と、十二枚の舌を持つ神は言った。「お前に力を与えてやったのは、この私だろう？　それとも、お前はこの先、死ぬまでホットプレートで料理を続けるつもりか？」

「それはいやです」と俺は言った。涙が出そうだった。十二枚の舌を持つ神は、深いため息をついた。「俺は、その……」目頭が熱くなってきた。

「俺には難しいんです。あなたの助けが必要だ。もっと舌が欲しい。俺はまだ発展途上なんです。徹底的にやりたい」

「それなら、徹底的にやれ」と、十二枚の舌を持つ神は俺に言った。「自分が見たいものを作り出せ」十二枚の舌を持つ神は、地面に降りると、俺の額にキスをした。

「本当ですか？」と俺は言った。

俺は神経を集中させ、自分が欲しいもの、望む現実を思い描いた。そこで気づいた。十二枚の舌を持つ神は、俺の額にキスをしたわけじゃない。そんなことは起こっていなかった。その代わり、彼女は俺の顔を掴むと、その長く硬い舌を俺の首に押しつけ、耳まで舐めたのだった。温かくて、湿った感触。心地良いものって、どれもそんな感触だ。俺のⅦは輝き、脈動した。「つまらないことはするなよ」神はそう言うと、立ち去ろうとした。「俺が勝者になるのは、いつ？」と尋ねたかったが、その問いがのど元に届くことはなかった。十二枚の舌を持つ神は、二重扉の中に消える直前、俺に振り返って言った。

「お前が何かに勝った時だ」

十二枚の舌を持つ神の力が行き場を求め、俺の腹の中で渦巻いているのを感じた。俺は父のコートを腕にかけたまま立ち上がった。駐車メーターに追加料金を入れなければ。父の様子を伺いたかったが、父の携帯電話がコートの中に入っていることに気づいた。俺はため息をついた。そして、ここには愛する人にもう二度と会えないかもしれない人々がいる、ということに気づいた。俺は二重扉を出て外へと向かった。

イタリア系の一家は、まだ同じ場所にいた。その雰囲気から察するに、彼らはずっと予測していた悲しいニュースを聞いたのだろう。もしくは、何のニュースもなく、ついに精も根もつき果てたのかもしれない。家族の女性がもう一人の胸で泣いている。若い男性は、二人の背中をさすっている。俺は彼らの前を素早く通り過ぎた。駐車違反のチケットが切られていたら、俺のせいだ。

放射線科の老人二人は、完璧に忘れさられていた。チューブに繋がれた白人男性と、虚ろな表情をした黒人男性。俺は努めて二人に意識を向けた。俺と二人の間には何のやりとりもない。だから俺は、すぐに二人を忘れてしまうだろう。でも、まだ二人のことを忘れたくなかった。

俺の質問に答えず楽しんでいた警備員は、ベルトを直しながら、小さな円を描いて歩いていた。病院の外は活気があり、太陽が輝いていた。電気はたくさん点いているが、活気がない病院とはまったく対照的だ。人々が歩き回っている。彼らは誰一人として、俺の父の具合が悪いことを知らない。俺は駐車料金を追加し、新しい駐車チケットを手にした。大人の行動とは、制限時間内に駐車料金を支払うことだ、と思った。俺は救急外来に戻ろうと、ふたたび病院に入った。

病院の中では、警備員が口論していた。今度の相手は、体に張りつくようなスーツを着た女性だ。彼女はわざと大げさに騒いでいるかのようだった。怒れる人々を見て、俺の心は軽くなった。

放射線科の老人二人は、相変わらず死にかけのままだった。俺は救急外来まで歩き続けた。途中で、あのカラフルな看護師が通り過ぎた。彼女はクリップボードで顔を隠しながらあくびをして、手首にはめていた腕時計を見ていた。目を合わせようとしたが、彼女はこちらを向かなかった。

イタリア系の一家は、医師と話していた。家族に円陣で取り囲まれた医師は、次の作戦を説明しているクオーターバックのようだった。俺は彼らから距離を置いて立っていた。看護師と医師団は走り回っている。助けようとはしているが、できることはほとんどない。状況から判断すると、医師は家族にそう説明しているようだった。白衣を着て、医療機器を操っていても、医師は奇跡を起こすことはできないのだ。すると突然、医師は円陣から体を起こすと、俺を指差して言った。

「あそこにいる若者が、みなさんの苦しみを終わらせてくれます。彼がみなさんをこんな目に遭わせているのです。おそらく理由なんてないでしょうね。彼にも理由はわかっていない。でも、みなさんの苦痛を終わらせようという思いやりがないのです。彼はただ――」

俺は何も聞かなかった振りをして、そのまま救急外来に戻った。十二枚の舌を持つ神の手を感じた。熱い油が伝うような感覚が背中を走った。あなたたちは大切な存在です。病院の陰鬱な装飾物ではないのです。家族にそう伝えたかった。でも、どう伝えたらよいかわからなかったから、俺は腰を下ろすとノートを開き、体の中を駆け巡る恐怖と炎をページにぶつけようとした。

俺はノートから顔を上げた。

また別の高齢女性が入って来た。一緒にいるのは、おそらく夫だろう。二人はあまりに長い歳月を共に過ごしたために、双子同然の風貌だった。腰の曲がり方、分厚い眼鏡、生気のないたるんだ顔。すべて同じだ。女性は青い歩行器を使っていた。老夫婦のことは気にせず、俺は執筆しようとした。「ここ三日間、ずっとフラフラしているんです」と歩行器の老人は案内窓口の女性に言った。彼女が「フラフラしている」のは、魂があの世への長いマラソンを控えて準備運動をしているからだ。彼女も夫も、それに気づかない振りをしていることが俺にはわかった。

「ご家族の方――」

軋むような音を立てるPAシステムから、俺の名字に似た発音が聞こえてきた。次は俺が案内窓口の女性と話す番のようだ。

「すみません」俺は名字を女性に伝え、息子だと説明すると、老夫婦に微笑みかけた。こうして老夫婦のように、俺も問題などないかのように振る舞った。

「お父様の保険証はお持ちですか?」と案内窓口の女性は尋ねた。

「いいえ」と俺は答えたが、「父を探して訊いてきます」とすぐに言い添えた。「でも、父がどこにいるのかわからないんです」

「十五番ベッドにいるはずです」と女性は言った。「廊下をまっすぐ進んだところです」

「十五番？　ベッドに寝ているんですか？」と俺は尋ねた。怖くない振りなど、もうできなくなっていた。

「十五番ベッドです」と彼女は繰り返した。

イタリア系の一家を通りかかった時、俺はノート、雑誌、父のコートを床に置き、側転をやってみた。まだ能天気に振る舞えるんだと、見せつけたかったのだ。彼らは俺の方に目をやりながらも、鼻白んでいたが、すぐにまた悲しみに暮れて抱き合い、つぶやき合っていた。俺は持ち物を拾い上げ、ベッドへと向かった。水玉のついた病衣を着ている父がいた。父は人生の大半をネクタイ姿で過ごしてきた。俺たちはしばらく見つめ合った。あちこちでブザーの音がしている。父は、ゼリー《ジェロ》をすくっていた。最後の一口だ。

「食事、出たんだ？」と俺は尋ねた。

「まあな。腹が減ってたんだよ」と父は言った。

「今はどんな感じ？　保険証が必要なんだけど」ズボンを探してくれ、と父は俺に頼んだ。ズボンはベッドの下にあった。俺は父の財布から二枚のカードを取り、答えを待った。

「まだ待ってる最中なんだ——ああ、来た来た」

カラフルな看護師が、小走りでやって来た。その速足が、俺を不安にさせた。看護師は、俺の横を通り過ぎながら、俺のうなじを撫でた。

「息子さんですか？」十二枚の舌を持つ神は父に尋ねた。

「ああ。この端正な顔を見れば、私の息子だってわかるだろう」

「そうですね、わかります」と十二枚の舌を持つ神は言った。彼女は俺にウィンクした。減っていく血液細胞、衰弱、化学療法、おむつ、さらなる化学療法。衰弱していく父親と悲しみに沈んだ息子が、弱々しい手で必死に何かを握りしめようとしている光景や、クソみたいな現実を美化しようとする言葉の数々が、頭に浮かんできた。

「一体どうなってる？　って思ってますよね」と神は言った。

「はい」と父は言うと、弱々しく笑った。

「ええと、どうやら――」十二枚の舌を持つ神は、カルテを読んでいるようだったが、クリップボードの端から俺を見ていた――ハッピーエンドほど退屈なものはないと、その瞳は語っていた。俺は創造主を見つめ返し、その視線にたじろがないよう耐え、深呼吸をした。

「血圧が若干高めだったので検査しましたが、それ以外はすべて正常でした。保険証を出せば、もう帰れますよ」十二枚の舌を持つ神は、父に微笑みかけると、俺を見た。退屈でウンザリ、といった表情だ。

父が着替え終わると、事務手続きのために二人で救急外来へと向かった。

「俺がやるよ。車に戻っててくれ。メーターがもう切れそうなんだ」と俺は言った。

「わかった。じゃあ、よろしくな」と父は応えると、放射線科の方向へ消えていった。

悲しみに暮れるイタリア系の一家がいた。彼らの横を通り過ぎるのは、これで最後にしたかった。俺は家族の輪に割って入った。背中に刻まれたⅦの焼けるような痛みで、歩くのもやっとだった。

「愛する人を失ったと思っても、失ってはいませんよ。家に帰りなさい」と俺は明言した。

彼らは不可解そうに俺を見た。まるで、画像が乱れたテレビを眺めるのような表情だった。

「家に帰りなさい。誰であろうが、元気にしていますから」

「なぜそんなことが言えるの？」と女性は言った。

「そういうものだからですよ。彼らは生きてるんです。不可思議な現象ですけど。そしてあなたがたは今回、家族が持つ絆の強さに気づいた。つまり、みんなハッピーってことです」

「そんなこと、あるわけないだろう」と男性が言った。叔父か何かだろうか。「何だか下世話じゃないか？」と言いながら、思わず微笑んでいる。

「まあ、そうですけど、そういうものなんです」

カラフルな看護師が通りかかった。「臆病者！」と彼女は近くの医師に叫んだ。

俺は救急外来に飛び込んだ。壊れた人々はみな、うめき声を上げている。俺は声を張り上げて群衆に知らせた。

「最高の奇跡が起こりました。みなさんは健康体です。家に帰ってください」

患者たちは俺を見上げると、たじろいだ。かすかに微笑む者もいたが、誰も動かなかった。

「ふざけるのはやめてください」と係員は言った。懇願するような目で俺を見つめている。

「保険証をお願いします」。窓口の女性は言った。

「はい、これで」と、俺は二枚の保険証を彼女に向かって投げた。彼女は俺をじっと見つめると、床に落ちた保険証を拾った。彼女が屈んでいる間、俺はカウンターに身を乗り出し、窓口のインターコムを押して話し始めた。俺の声が、病院中に響いた。

「みなさんはもう治りました。家にお帰りください。ここは、病気が終わる病院です。何もかもが上手く行くでしょう。みなさんは、この上なく幸せになります。さあ帰って。みなさんは健康です。特にそこのあなた」

「ちょっと」と係員が言ったが、俺はすでに放射線科に向かって走っていた。チューブまみれの老人は、ゆっくりとした動作で、ゆっくりとチューブを外していた。もう一人の老人も立ち上がり、目を開けるとしっかり俺を見つめていた。Ⅶの焼印が、変化したような気がした。

「その調子ですよ」と俺は言った。

「ここから出て、元気になってください。あなたたちを助けたいんです」

嬉しかった。ひまわり畑で、自分よりも鈍い輝きの仲間を助けるひまわりのように幸せな気分だった。チューブをつけた老人は、ベッドの端まで這うと、タイル張りの床に顔から落ちた。「ああ!」と俺は叫んだ。ようやくすべてのチューブが外れた老人は、空中に浮かんでいた。無重力の偶像だ。空中を泳ぐ水泳選手にも似ている。宙に浮かびながら、老人は必死に俺を見上げた。「ここは、苦痛で空を飛べる病院だ」と彼は言うと、重力に呼び戻され、床に激しく叩きつけられた。

老人は、床に落ちると、まったく動かなくなった。もう一人の老人は、俺から視線を逸らすことなく「ここがその病院だ」と言った。

俺は入口に向かって走り出した。病衣を着た人々の波が、警備員を取り囲んでいた。彼女は、うめき声を上げている患者たちを元の場所に戻そうと悪戦苦闘していたが、俺に気づくと、走り去る俺を睨みつけた。

「ほら、走らないで」と警備員は叫んだ。

病院の外では、父が運転席に座っていた。父が自分で運転するつもりだとわかり、俺はほっとした。病院のありとあらゆる出入口から、苦しみ、傷ついた人々が出て来た。大半が高齢で、他の病院では治療不可能とされている人々だ。それでも、彼らは太陽の下に出て来た。痛みで空が飛べるんだ、と俺は思った。背中に激痛が走った時のように、意識は朦朧としていた。すると突然、年老いて病んだ人々は外に出た瞬間、地面から数センチほど宙に浮いた。彼らは薄い病衣と色とりどりの靴下を履いたまま、漂っていた。完璧な浮遊だった。彼らは宙に浮きながら、注意深く前に進んでいたが、十秒ほどで地面に落下し、足首を挫いた。動ける者に限った話だが、彼らは赤ん坊のように地面を這っていた。さらに多くの患者が外に出て、空を飛び、そして落下した。それがずっと続いた。次から次へと。俺は父の方を見た。

大勢の人々が病院から飛び出して宙に浮かぶさまを見ながら、父は首を振って言った。

「お前、一体何をしたんだ？」

「患者が空を飛べる病院の話を書いてるんだよ」と俺は言った。

「おい、一体何をしたんだ？」と父はすがるような声で尋ねた。

Zimmer Land

ジマー・ランド

俺はマリアムにＩＤバッジを見せた。入口のボックス・オフィスの中に座っていた彼女は、「ジマー・ランドへようこそ」レディ・ジャスティス[*1]が言った。

俺に向かって眉をひそめた。

俺はレディ・ジャスティス（全長三十フィート／約九メートルある）の後ろに回り、従業員用の入口を使った。静かな時には、レディ・ジャスティスが持っている巨大な天秤の歯車の音が聞こえる。彼女がもう一方の手で持っている剣は、人間の体よりも長く、チケット・ブースに並んでいる人々に真っ直ぐ向けられている。

俺はキャシディ・レーンまで走っていった。ここは袋小路のモジュールだ。街灯が光り、機械制御された小鳥のさえずりも聞こえる。

三二七番地に着いた。通りの四軒目の家だ。俺は汗びっしょりになっていたが、それでも問題はない。三二七番地のバスルームは、メイン・プレイヤーの更衣室になっているからだ。トイレの上にあるタイマーは、あとどれくらいでゲスト・プレイヤーが「正義を行使」し始めるかを予測し、メイン・プレイヤー（大体俺しかいない）に表示している。二分。

俺はブリーフ一丁になり、防具《アーマー》を身に着けた。俺たちは、海兵隊員と同じ旧式のパワードスーツを使っている。まずはメカボトムから。茶色の頑強な有機化学メタル製パンツだ。スイッチを入れる前はまともに歩けないが、スイッチを入れれば、〇・五トンを脚で持ち上げられるようになる。メカボトムを履いたら、その上からバギー・ジーンズを履く。次は、有機化学メタル製のパネル二枚を胸と背中で留めたメカトップを着る。肌と肌を重ね合わせているみたいな感触だ。上半身を保護したら、白いストレッチTシャツの袋を開ける。三枚入りだが、このシフトで二枚は使うだろう。ブーツを履き、目を保護するために濃い色のサングラスをかけたら、ゆっくりと深呼吸。バスルームの鏡は二面式だ。俺は一面で自分の姿を映し出し、役柄に合った外見をしているかを確認した。もう一面は、三三六番地の家の中と、俺がこれから関わることになるゲストを映し出す大きなコンピュータ・スクリーンになっている。俺はベルトを締めた。前屈してつま先を触り、何回か腕を振った。最後に、細長いマリファナたばこのようなものを手に取る。実はこれ、メカスーツを起動するリモコンなのだ。

俺はここで、キャシディ・レーンのメイン・プレイヤーとしての演技を開始した。役柄は、良からぬことを企んでいるか、他意なくうろついているだけの若者だ。

マリファナたばこ型のリモコンを耳の後ろに挟むと、ブザーが鳴った。

俺はスクリーンに目をやった。

ゲスト・プレイヤーは、四十代のようだ。ちょっと太めで、赤みを帯びた髪をしている。服装は、ジーンズとTシャツだ。ソファに座っている。手首にはオレンジのブレスレットをしているが、これは彼が身体的接触を認める文書に署名したことを意味する。グリーンのブレスレットをしているゲストには触れない。オレンジの場合は、より臨場感のある経験を作り出せるよう、メイン・プレイヤーはゲストと妥当かつ適度な身体的接触を持つことが許される。グリーンか、オレンジか。どちらのゲストの方が性質《タチ》が悪いか、俺にはわからない。

ここで導入プロセスが始まる。三三六番地の家の中では、太く滑らかな声が、本棚に置いてある書籍型のスピーカーから流れてくる。

「キャシディ・レーンへようこそ。ここはあなたの家。あなたが安全に過ごせる場所です」

この声が、この時点までのゲスト・プレイヤーのパフォーマンスを概括して簡潔に説明する。

「ワーク・ジャーク（職場のクズ）」モジュールで金を盗んでいた犯人を見つけることができた

か、「テラー・トレイン（テロ列車）」モジュール（プレイするには三十五ドルの追加料金が必要）でテロリストの策略を阻止することができたかなどを総括した後、「ようやく自宅で安心してくつろぐことができますね」とゲスト・プレイヤーに告げるのだが……ここで、この声が不安げに震える。

「これは何でしょう？　今日のキャシディ・レーンは、いつもと様子が違うようです」

まるでポルターガイストに憑りつかれたかのように、家のブラインドが自動的に開く。

「また来ました。あの怪しい男。あなたも、彼がうろついているのを見たことがあるでしょう。あなたの家にどんどん近づいてきます。今週は、あなたが近隣警戒活動《ネイバーフッド・ウォッチ》の当番です。彼にいくつか質問してはいかがでしょうか」

チャイムが鳴る。板張りの床に三つの穴が開き、そこから三つの台座が飛び出す。台座Aに載っているのは、ホロフォン（ホノグラムの電話）だ。これを使えば、警察や家族などと通話ができる。台座Bに載っているのは銃（ただし、本物の銃に見かけも音もそっくりなBB銃）だ。そして、台座Cには何も載っていない。台座Cは、あくまで屈強なゲスト向けだろう。ゲストの大多数（俺がモジュールにいる時は、八十四パーセント）が、台座Bの銃を選び、ホロフォンを使う者はほとんどいない。

「いいですか、これはあなたの家です。彼の家ではありません」

この声で、ゲームはスタートする。

外に出た。新鮮な空気を吸ったら、辺りをうろつくのだ。何もせず、ただブラブラする。スマホを見て、時々耳の後ろのマリファナたばこ（のようなリモコン）をたまに触る。こうして、俺はゆっくりと通りを歩いた。

ゲスト・プレイヤーが家の扉を開けた。その顔は笑っていない。相手の行動を真似て反応するのが、キャシディ・レーンのエンゲージメント・プロトコル[*2]だ。ゲスト・プレイヤーが俺に微笑んでいなければ、俺ももちろん笑顔にはならない。

「やあ」今日最初のゲスト・プレイヤーが俺に言った。彼が俺に向けているのと同じような眼差しを返す。俺たちは目を細めながら、歯を食いしばった。

「やあ」俺は歩道から返事をした。彼は通りに出て、俺の方に向かってくる。

「ちょっと質問があるんだが」と彼は言いながら、小走りでやって来た。

「お構いなく」と俺は言うと、立ち去ろうとした。

「おい、ちょっと待てよ。あんたがここで何してるのか、知りたいんだが」

「あんたはここで何してるんだよ？」と俺は尋ね返した。ゲスト・プレイヤーの頬が紅潮する。

彼は胸を突き出し、歩道に上がると、俺と目の高さを合わせた。

「俺はここに住んでる。これが俺の家だ。ここにいる権利があるってことだ」

「俺もそうだ」と俺も言った。

「あんた、まだ俺の質問に答えてないぞ。一体、ここで何してるんだ？」

「あんただって、まだ俺の質問に答えてないぞ」と俺も言い返す。

彼は首を振って辺りを見回し、俺に向き直った。

「今答えただろ。俺はここに住んでるんだ。それが俺のやってることだ。住んでんだよ。じゃあ、あんたは何してるんだよ？」

「同じだ。住んでんだよ」と俺は言うと、彼に背中を向けてそのまま歩き続けた。

「いいから聞け。俺だって厄介事はごめんだ。こっちは単純な質問をしてるんだ」彼が声を荒げたため、俺も声を荒げた。

「あんたが何を質問しようと、俺は答えない」そう言うと、振り返って彼を見た。彼の両手は、腰の辺りを彷徨っている。

「それなら、ここから出て行ってくれ」

「あんたの管轄なのか？　あんたが世界のボスなのか？」と俺は尋ねた。

「あんたに対してはそうだ。さあ、とっとと出ていけ」

「何だって？」俺は訊き返した。

「いいから、とっとと失せろ！」とゲスト・プレイヤーは言った。俺に向かって叫んでいる。

「どこにも行かねえよ」俺は声を荒げることなく言った。ここでは、エンゲージメント・プロトコルは無視だ。

「いいか、ここはギャングお断りなんだよ。出てってくれ」

俺は男の周りを小さく回って笑った。

「俺はやりたいことをやらせてもらう」

彼の拳が俺の耳の下に当たり、俺は後ずさりした。眼鏡を叩き落とされた。ふだんはここまで不意を突かれることはないのだが。俺は耳にかけていたマリファナたばこを口に入れた。たばこを嚙むと、そのプレッシャーでメカスーツが起動するのだ。脚と胸の有機化学メタルが拡張し、俺の体と一体になっていくのがわかる。有機化学メタルはさらに俺に密着し、しばらくすると、どこからがマシンで、どこからが人間なのかがわからなくなるほどだ。これで動きやすくなった。スーツを起動すると、まるで水の中から青空の下に出たような、自由な気分になる。メカスーツを着たまま一週間のトレイニングを受けて、ようやく俺はメカスーツを使う資格を与えられた。

「このクソが」と俺は吐き捨てた。真に迫った演技は、半分本気だったからだ。有機化学メタルのおかげで、ダボダボだったパンツがきつくなった。シャツもきつくなった。俺は巨大な筋肉の塊となったのだ。俺は人間よりも危険な、何か別のものになった。頭痛がする。ゲスト・

プレイヤーは、一瞬目を見開いた。俺は役柄の気持ちになって行動する。今の俺は、見ず知らずの男に殴られた少年だ。俺は彼の顔ではなく、近くの私道に停まっていた車をパンチした。拳の形に合わせて、車のボディが曲がった。俺は男に向かって歩いた。二歩前に進むと、男は俺に拳銃を向けた。俺が生きるか死ぬかは、俺のことなど何も知らない男の胸一つで決まる。そしてその男は、俺に生きる価値などないと思っていた。

「待ってくれ」と俺は言ったが、男は俺を撃った。偽の弾丸が俺の胸で破裂した。高速の衝撃を受けると、メカスーツにひねりが加わり、四つのポケットのうちの一つから血液袋が噴き出した。四回プレイするごとに、俺は血液袋を取り換えなければならない。

さて、次はどうする？　俺は突進した。しっかりと地面を踏み鳴らし、大股で走った。男がまた発砲した。血のりが彼の顔に飛び散るよう、俺は彼との距離を詰めた。男は激しく呼吸している。マーダーペイント™の血のりが、彼の顔に降りかかった。もう彼は、俺とここでゲームするために自ら金を払ったことすら忘れていた。俺は有機化学メタルで強化された手で、彼の首を触った。すると彼は、ふたたび引き金を引いた。彼のシャツが、血のりでびしょ濡れになった。彼が撃たれたかのように見えるほどだ。俺は死の咳をしながら彼の足元に倒れ、唸り声を上げた。ゲスト・プレイヤーは俺を見下ろしながら、最後の一撃を加えた。

メカスーツのおかげで、胸を撃たれてもほとんど何も感じない。俺は静かに息を引き取る。

目は開いたままだ。青空のようなゲスト・プレイヤーの瞳を見つめ、彼の魂を真っ直ぐに見据えている。ゲスト・プレイヤーは三三六番地の家に駆け込んだが、ふたたび俺のところにやって来た。彼は俺の眼鏡を拾うと、眼鏡を地面に置き、自分のシャツで眼鏡を拭いた。彼は怯えていたが、興奮していた。何をすべきかわからず、俺の脈を取ろうとしては考え直し、何やら声を出している。心からの涙でも流して、嗚咽している声だったらいいと俺はいつも思うが、ゲスト・プレイヤーは大体、単にパニックって激しく息をしているだけだ。きっかり三分後にサイレンが鳴った。警官のペアを演じるサーラーとアッシュが、現場にやって来た。二人は車から降りると、何が起こったのかゲスト・プレイヤーに尋ねた。極めて厳しい口調だ。

「こいつが私を襲ったんです！」とゲスト・プレイヤーは答えた。

「私を殺そうとしたんです」

俺は目を閉じて死んだふりをしながら、浅く呼吸している。ガイドラインによれば、ゲスト・プレイヤーはここからモジュールの第二部『警察署』に移り、短い尋問を受ける。その後、正当防衛が認められて無罪となったストーリーが、無料でゲストにEメールで配信される。サーラーとアッシュがゲストを連行した。俺はそのまま一分間、コンクリートの上に横たわった後、起き上がった。臍の近くの解除ボタンを押して、メカスーツを解除したら、シャツを着替えに行き、次のゲストを待った。

ゲストはプレイを終えると、アンケートに答える――「まったくそう思わない」の一から「非常にそう思う」の五段階評価だ。俺がシフトに入っている時、アンケートの答えはすべて五になる。「お楽しみいただけましたか？」五。「正義が行使されていると直感的に思いましたか？」五。「また来たいと思いますか？」五。コメント欄には「また来ます。子どもも連れて来られたら最高なのですが」などと書かれている。

俺はその朝、さらに六回のプレイをこなした。誰かとランチをする気にもなれなかった。いつもはサーラーとランチを取りながら、どれほどこの仕事が嫌か冗談を言い合うのだが、サーラーはテラー・トレインでのプレイを増やしていたので、俺は控え室で昼休みを過ごした。出番が来たら控室を出て、さらに何回か撃たれて、一日の仕事を終えた。

俺はマリアムに手を振って、「今日はこれで上がりだ」と言うと、彼女は俺の退勤時間を記録した。

以前、抗議者が駐車場にいるのに、車に乗り込むという間違いを犯してしまった。それ以来、俺がシフトを終えると、いつも何かが待ち受けていた。生卵が窓ガラスにぶつけられ、黄身で侮辱的なことが書かれていることもあった。今日は、数えきれないほどの紙片が、俺の車の周りで風に吹かれ、飛び散っていた。フロントガラスにもたくさん挟まっていて、落ち葉のように揺れている。俺は唇を噛みながら、そのうちの一枚を手に取ると、残りを払いのけた。その紙には『ChrIStOPHer COONLumBus（クリストファー・「クーン」ロンブス）』と書かれていた。クーン（白人に迎合する黒人）とコロンブスをかけるとは、なかなか面白いじゃないか。

初めて車に落書きをされた時、俺はメラニーと泣いた。でも今は、ただチラシを払いのけるだけだ。車に乗り込み、自宅の場所をセットする。車が動き出し、俺はシートを倒して寝る準備に入った。家に着いても、半分寝ぼけているだろう。ベッドに入るまでに、何かを考える時間などないはずだ。

目覚めた時、ネクタイをしようと思った。昇進した時、まず買ったのが新しいネクタイだ。メラニーが俺を見つめている姿を思い浮かべた。その表情は優しく、恍惚としている。うなずきながら、俺の襟を直してくれているところも想像した。なぜこんなことを考えたのか、自分でもわからない。付き合っていた時ですら、彼女はそんなこと、滅多にしなかったというのに。そしてもちろん、あの記事が出て以来、彼女はそんなこと、一切しなくなった。あの記事とは、『正義を忘れたパーク：課金プレイで死んだアメリカの倫理』のことだ。あれ以来、抗議する人々が全米で報道されるようになった。一ヵ月にわたって連日、中継車がパークを取り囲んだが、報道陣はしばらくすると飽きて去っていった。こうして今は、抗議者たちだけがパークに残っている。彼らは飽くことを知らないのだ。あれ以来、俺は自宅でも数ヵ月にわたって裏切者《セルアウト》よばわりされた。新しいモジュールの企画書（ただし、誰かに見えもらえる保証などない）を作るために夜遅くまで起きていると、メラニーはいつも「ゼイ、どうしてまだあそこで働いてるの？」と尋ねたものだった。

「安定した仕事だからな」俺は決まってそう答えたが、これが理由ではなかった。

するとと彼女はいつも「魂のない仕事して、どうなるの？」と問い質してきた。だから俺は、企画書を作る手を止めて、いつもの説明に入ろうとした。百万回目と繰り返してきた説明だ。

でも俺は、「魂を売っていない」という説明をする代わりに「そう言いつつ、君がここで飯食って、ここに住む分にはオーケーなんだ？　それはいいってことか？」と尋ね返した。いつもは「実際に子どもが殺されてこの世界から消えるよりも、俺が一日に一千万回でも二千万回でもゲームの中で殺される方がマシだ。誰もこういった視点で考えたことはないのか？」と議論するのだが、そんな気にもなれなかったのだ。

「信じらんない」とメラニーは言った。ここで俺は、無職の彼女に心苦しい思いをさせたことを後悔するのだった。ジマー・ランドの前は、俺たちは仲の良いカップルで、お互いをわざと心苦しくさせることもなかった。

「ごめん」俺は謝ると、すぐに彼女のそばに行った。

すると彼女は、「ゼイらしくないこと、やって欲しくないだけ」と言いながら、俺の背中をさするのだ。そして俺は、二人で演劇部に所属していた大学二年の頃から、ずっと彼女を心から愛していることを思い出すのだった。

メラニーに捨てられた後、彼女を憎んでいるか、とサーラーに訊かれた。

俺はユーモアを交えながら、こう答えた。

「一から五段階で、一は『まったく憎んでいない』、五は『ガチで憎んでる。彼女は俺を捨て、俺の心をズタズタにしたばかりか、ヒーランドと付き合い始めて、ズタズタになった俺の心をさらに粉々にして太陽に振りかけたけれど、よりを戻せるなら金を払ってもいい』だとしたら、彼女に対する俺の愛は五だ」俺とサーラーは、この答えに笑った。

ネクタイを締めている間、メラニーが俺を見つめている姿が目に浮かんできた。予定より一時間近くも早く出勤の支度を整え、俺はクリエイティヴ・ミーティングに向かった。絶対に参加できるようになってやる、とずっと言い続けてきたミーティングだ。

「ゼイ、どうしてまだあそこで働いてるの？」メラニーの声が頭の中で響く。

俺は最後にもう一度鏡を見て、心の中で答える。

「パークの中には改善できる点もあると思うからな。それに、君がヒーランドと一緒にいるところを見ると、自分の目をくり抜きたくなるほどつらい気分になるけれど、それでもパークにいれば、君の姿を見ることができる。たまにはしゃべる機会すらある。だからこそ、まだ働いてるんだよ」

俺はパークまで手動運転した。車を従業員用の駐車場に停める。外は良い天気だ。パークは二時近くまで開かないが、まだ九時半にもなっていない。クリエイティヴ・チームのミーティングは十時からだ。駐車場には既に車が停まっていた。一番乗りしたかったのに、残念でならない。俺は誰よりも早く、ミーティングの席に着きたかった。そして、みんなが到着して席に着く時、俺の存在に気づいて欲しかった。

駐車場の大部分には、警察の黄色いテープが張り巡らされ、「立ち入り禁止」の表示が掲げられている。テープで仕切られた空間の後ろには、しっくいの壁があり、建築中の新しいモジュールを隠していた。

建築現場の前には、経営陣がミーティング用に使うトレイラーが停まっている。

俺はドアを開けた。トレイラーは満員だった。場は静まり返り、全員が俺を見た。一人が悪さをした時に、みんなでお互いの顔を見つめ合う幼子たちのような表情を浮かべている。宙に浮かぶヒーランドの顔がまず口を開いた。「アイザイア、ミーティングに参加してくれてありがとう」とヒーランドのホログラムは、優しげに微笑みながら俺に話しかけた。ヒーランド・ジマー。ジマー・ランドのCEOだ。実物の彼は、寝覚めに何本か木を切り倒して、朝食に生卵を六つ食べるような類の男に見える。ホロコムでホノグラムとなった彼は、あごひげを生やした巨大な顔だ。

　それから、ヒーランドは白人だ。抗議団は黒人である俺に対し、その事実を頻繁に訴えかける。ヒーランドは愚か者だ。自分は正しいことをしていると勘違いしている愚か者。俺はそう思っている。メラニーという黒人の彼女《ガールフレンド》を持つ愚か者。なお、どこかのフォーカス・グループによれば、ヒーランドが人種差別主義者であるという印象は、黒人の彼女がいることにより、消費者の間で二十パーセントほど軽減しているという。

「あれ？」俺は言った。クリエイティヴ・チームの視線が俺に集まった。

「もう締めに入るところだったが、まあ座ってくれ」俺は宙に浮かぶヒーランドの顔を見つめた。

「すいません」と俺は言った。

「気にするな。楽にしてくれよ」とヒーランドは言った。

　俺が通れるよう、みんながいすを引いた。席は埋まっていたため、俺は部屋の後方に立った。隣のテーブルには、食べ散らかされたフルーツの大皿と、わずかに残ったコーヒーが載っていた。「さて」と、ヒーランドは話を続けた。

「君たちも知っているように、我が社はこのところ苦戦を強いられてきたが、それでも将来は安泰だと信じている。来週、四番ロットがようやくオープンするが、これでインタラクティヴな正義行使ゲームに新時代が訪れるだろう。ダグ、ここからは君が説明してくれるか？」

ダグはラップトップを携え、ヒーランドの前に座っていた。ヒーランドの右腕だ。パーク運営の最高責任者で、クリエイティヴ・チームを率いている。かつて一度、メカスーツをフル装備した時、ゲスト・プレイヤーが俺に「このクソ猿が！　アフリカに帰れ！」と叫んだことがある。俺は彼の頭を摑むと、彼の足が地面を離れるまでそのまま持ち上げ、彼の脇腹を一発殴った。あまりに強く殴ったために、彼の肋骨が二本折れたほどだ。ダグはこの事件に関する顛末書を書いたが、あくまで形式上のものだから、心配はいらないと俺に言った。そして二週間前、ダグはゲスト・プレイヤーに本気で攻撃するのをやめた俺に対して、「がっつり本気でやれよ。他にもこの仕事、やりたい奴がいるかもしれないからな」と忠告していた。

「喜んで」とダグは言った。「ジマー・ランドは、企業理念を忘れることなく、創造性と革新性を尊重する」彼はラップトップ上の何かをクリックした。ジマー・ランドのミッション・ステートメントがブルーのホノグラムとなり、彼の背後に浮かんでいる。

ジマー・ランドのミッション

一）問題を解決し、正義を行使し、意思決定する安全な場所を成人に提供する。

二）監督された極限状態の下で、ゲストが自分について学ぶ手段を提供する。

三）楽しませる。

「根本的には、ジマー・ランドの目的に変化はない。我が社はこれまで、状況に適したモジュールを提供してきた。そしてとうとう、ゲストから集めた情報とクリエイティヴ・チームの尽力のおかげで、ジマー・ランドを拡張し、収益を大きく伸ばす準備が正式に整った。幅広い層をターゲットとしたパークへと拡張するのだ。新しいモジュールが、この変化の先陣を切る。これがジマー・ランドの未来だ」

仰々しくフラッシュが光り、ミッション・ステートメントがふたたび現れた。

ジマー・ランドのミッション

一）問題を解決し、正義を行使し、意思決定する安全な場所を提供する。
二）監督された極限状態の下で、ゲストが自分について学ぶ手段を提供する。
三）あらゆる年齢層を楽しませる。

変更点に気づくと、俺ののどはカラカラに乾いた。

「今日から一週間後、ジマー・ランドは正式に全年齢向けの施設になる。四番ロットは、ＰＳ９１１（第九一一公立学校）という名前だ」

ホログラムが光ると、パークでお披露目される建物の立体模型へと変化した。小さな学校だ。

ダグは、新モジュールの基本設定を説明した。このモジュールでは、未成年の意思決定／正義の行使に焦点を当てており、彼らは目、耳、知恵だけを使って、体育館に爆弾を仕掛けようとしているテロリストが誰かを見極めなければならない。ダグはラップトップを数回触って建物の中を案内し、このモジュールでゲスト・プレイヤーに与えられる選択肢を説明した。他のゲスト・プレイヤーとチームを組んでテロリストを阻止するか、抜け駆けして一人でテロリストを始末するか。どちらかに決められない場合は、激しい爆発で死ぬ。このモジュールはどのモジュールよりも改定しやすい、とダグは言うと、「何か質問は？」という言葉で説明を終えた。

誰がメイン・プレイヤーをやるのか、という質問があがった。ダグは、新規採用されたプレイヤーが今週トレイニングにやってくると説明すると、このモジュールに挑戦したい現役プレイヤーには、来週オーディションがあると言い添えた。俺は手を挙げた。

「他のモジュールも、子どもに解放されるということですか？」答えはわかりきっていたが、俺はみんなが明快な答えを聞くところを見たかった。

「ああ、そうだ。一番人気のモジュールですら、客足が落ちてきたからな。子どもを新たに取り込むことで、客足の鈍化は緩和され、ダイナミックな新しい可能性が生まれるだろう」とダグは答えた。

「それからもちろん、実際にサーヴィスを始める前に、新しいモジュールのテストを今週から始めるつもりだ」とヒーランドは言った。

「他に質問は？」とダグは尋ねた。誰もが黙っている。みんな、退室したくてしかたないのだ。俺には訊きたいことがまだまだあった。

「よし、それじゃ今日はこんなところで。これからの展開が実に楽しみだ」とダグは言った。

ヒーランドの巨大な頭もうなずいた。これを合図に、全員が席を立った。俺は、他のみんなが出ていく姿を眺めた。クリエイティヴ・チームにいる黒人は、俺を除けばダグ一人だけだ。ミーティングの中で、俺はそれについて何か言おうと思っていた――これを話の起点にして、パークが今やっていることや、パークができることについて、みんなで考えられると思ったのだ。

俺はその場に残った。ダグは座った。ヒーランドは瞬きをした。

「ミーティングは十時からだと聞いていたのですが」と俺は言いながら、ダグからのメールを取り出した。そこにははっきり十時と書いてある。

俺がスマホのスクリーンをダグの顔に近づけると、ダグは「すまん、俺のミスだ」と言った。ダグの興味なさげな態度を見て、俺はスマホを引っ込めた。「前は十時だったんだ。変更するのを忘れていた」

「気にするな、大したことじゃない」とヒーランドは微笑みながら言った。「これからは九時だ、いいな?」

「ミーティングで議題にしたいことがあったんです」俺には議題にしたいことがいくつかあった。「キャシディ・レーンには、大きな変革が必要だと思います」

「キャシディ・レーンは、今でも一番人気のモジュールだぞ」とダグは言った。俺の方には目もくれず、ヒーランドを見ている。

「どうした?」とヒーランドは尋ねた。ヒーランドを見ると、どうしてもメラニーのことを思い出してしまう。

「準備段階で、もっと多くの選択肢を提供すべきだと思うんです。銃器だけが」——俺はここで一呼吸おくと、彼らが聞きたそうな言葉を探した——「楽しめるオプションじゃないってことがわかるように。今のモジュールは、ちょっと単調な気がします。もっとダイナミックになるはずです。ゲスト・プレイヤーがメイン・プレイヤーに会う前に、いくつか面白い問題解決のタスクを入れるチャンスはたくさんあります」

「アイザイア、言いたいことはわかるが、君はモジュールの醍醐味をなくしたいようだな。あのモジュールの主旨は、厳しい選択を迫られる状況に置かれる点にある。生死に関わる決断を下さずに、本物の正義は行使できないだろ? だからこそ、ドンパチが必要なんだ」

俺はダグを見た。

「俺は一年以上、あのモジュールで働いています。ゲストの大半は、俺を何度も殺したくて来ているリピーターです。彼らにとって、俺を殺すことなどつらい選択のうちに入りません。殺人という選択をあまり目立たないものにして、ゲストが殺人を選んだ場合には、こちらも彼らを殺すことができるようにしたらどうでしょう。その方が、緊張感も増すはずです。キャシディ・レーンの小道具について、詳細なプランを作ってきました。ゲスト・プレイヤーは、事前にこうした小道具を購入することができます。ゲストは裁判にもかけられて、殺人の罪で終身刑を言い渡される可能性もあれば、自分が殺した男の家族と会うこともあります」

「わかった、それじゃあぜひプランを送ってくれ」とダグは言った。「だが忘れないでくれよ。緊張感に満ち、直感に訴えかける、挑戦的な状況を再現しなければならないってことを。正義のために行動しなければならない状況に追い込まれた時の――」

「ゲストに都合がいいように、殺人と正義を同義にしているような気がするんですが」俺はきっぱりと言った。

「まあ、同じこともあるだろう」とヒーランドは言った。「違うこともあるだろうがな。それがあのモジュールの魅力なんだ」

「もう一つあるんですが」ヒーランドとダグは俺の話を聞く気などなさそうだったが、俺にはまだ言いたいことがあった。「メカスーツはもう要らないと思います。モジュールの中であれを着ているのは、現実的じゃないですからね」

「いい加減にしてくれ」とダグは言った。「君があのスーツを起動した瞬間、ゲストはどのモジュールでもいちばん感情的にゲームと結びつく。あれこそ、俺たちが狙っている感情なんだ。だから、メカスーツは必要だ。それに、君の安全のためでもある。責任問題になるからな」

「メカスーツを買えるティーンエイジャーは、世界に何人いるでしょうか？　メカスーツはゲストを驚かせますが、現実ではありません。子どもがメカスーツを持つことはないでしょう。戦車みたいな体になって、大人の男と戦うことなどできないのです。銃弾の雨をくぐり抜けることなどできません」息づかいが荒くなっているのが、自分でもわかった。俺は落ち着こうとした。

「わかった」とダグは言いながら、ラップトップを閉じた。「もちろん、考えてみる価値のあるアイディアだな。メールしてくれ。次のミーティングで話そう」クリエイティヴ・チームは、月一回ミーティングを行う。

「素晴らしい。その熱意、気に入ったぞ、アイザイア」とヒーランドは言った。

「ありがとうございます」と俺は言うと、ダグとヒーランドを尻目にトレイラーを出た。二人は、俺が今話したことなどもう忘れたかのように、他のことを話し合っている。

俺が初めてきちんとヒーランドと話したのは、新規採用者のために開かれた晩餐会だった。

俺はメラニーを連れて行った。ヒーランドは、ウォール街で働いていた頃の話をしてくれた。彼は、高給の仕事を辞めてオールバニーでソーシャル・ワーカーになると、貧困地域の子どもたちを助け、元依存症患者たちのために住居を探したという。ジマー・ランドは「社会の連帯と福祉の振興を助長するための次なるステップだ」と彼は俺に言った。彼を信じたわけじゃないが、彼が嘘をついているとも思えなかった。それに俺は、仕事を必要としていた。

シフトの時間がくるまで、どこかでのんびりしようと俺はパークを出た。まだ時間が早いから、俺の車もきれいだ。「魂を売るって、どんな感じ？」と、俺に尋ねるチラシも置かれていない。すると、どこにも隠れる場所のない屋外の駐車場に、彼女はいた。車から降りて、パークへと向かっている。タグと新規採用の打ち合わせでもするのだろうか。彼女はパークの人事部長になったばかりだった。

「メラニー、どうしてここで働いていられるんだ？」二度目に彼女とパークで出くわした時、俺はそう尋ねた。初めて鉢合わせした時には、何も言えなかった。「ジマー・ランドは、自分たちの周りにある狂気の沙汰をお客さんに気づかせることができるってことに、ようやく気づいたからね」と彼女は答えた。

しかし、俺の質問の意図は違っていた。「決してよりを戻すことなどないのに、どうして別れた男の近くで働いていられるんだ？」という意味を込めていたのだ。

「あ、どうも」と彼女は言った。彼女の声を聞いて、俺は自分の不甲斐なさを恥じた。

「どうも」と俺は答え、俺たちは歩み寄った。お互いの目の前まで来ると、俺たちはただその場に佇んだ。

「大舞台《ミーティング》、どうだった？」とメラニーは尋ねた。同棲していたある時点から、ヒーランドに雇ってもらってはどうか、と俺はメラニーに提案するようになった。しかし、本気で言っているつもりはなかった。

ヒーランドは、メラニーと付き合い始めた頃、俺と「話し合い」をした。彼女がパークで働き始めてから、まもなくのことだ。すでに俺たちは別れていたから、彼女がいつ面接を受けたのかも俺は知らなかった。「メラニーのことだが、問題ないか？」とヒーランドは言い、俺は「大丈夫です」と答えた。そして二週間前、俺はヒーランドのオフィスに呼ばれた。ヒーランドは、パークの開発に携わるクリエイティヴ・チームに俺を入れてはどうか、とメラニーに提案されたという。俺は話を聞きながら、「こいつを絞め殺したらどんな気分になるだろう」なんて想像していたが、クリエイティヴ・チームに入りたいかどうかを尋ねられると、すぐに頭を切り替え、「ぜひ宜しくお願いします」と答えた。

「最高だった」という俺の答えに、メラニーは微笑んだ。俺は彼女の口元を見つめた。

「それなら良かった」と彼女は言うと、俺の肩に触れた。すごく嬉しかったが、すぐに哀れな気分が襲ってきた。

「ああ」と俺は言うと、車に向かって歩き、彼女はパークへ向かって歩いた。

その日の午後、俺は十回のプレイをこなした。十回中、八回殺された。

その夜、俺は殺される夢を見た。銃殺だった。しょっちゅう見る夢だ。しかし今回は、死んだ後に自分の魂が体から離れていく感覚を覚えた。俺の魂は、俺の体を見下ろしながら、「俺はここにいるよ」と言っていた。

「魂を売る」なんてみんな簡単に言うが、そんな簡単な話じゃない。魂とは自分のもので、売れるものではないのだから。売ろうとしたところで、魂は持ち主のもとを離れない。魂はそのまま、持ち主に思い出してもらえるのを待っているのだ。


翌日、開園前にパーク全体のミーティングが開かれた。各モジュールのプレイヤーが四番ロットの前に集合した。新しいモジュールが完成したのだ。小さな学校の前庭の芝生には、アメリカの国旗が翻り、学校の前には、ＰＳ９１１（第九一一公立学校）という看板が出ている。メラニーはダグとともに、四番ロットの前に置かれた小さな台に立っている。ヒーランドの顔もホノグラムで並んでいる。今日、ヒーランドの体は、カボの投資家とのミーティングに向かっていた。

「ねえ、大丈夫?」サーラーが俺の脇腹を突いた。サーラーはインド人とアイルランド人のミックスだ。彼女は大体、テラー・トレイン・モジュールでイスラム教徒三人のうちの一人を演じている。A市からB市へと向かう電車の中で誰かがテロを企て、数人の乗客が死亡するかもしれない、という筋書きのモジュールだ。

ヒーランドはまず、従業員の勤労ぶりを大いに喜び、従業員なしにパークは存在し得ないことを強調した。

「リアルタイムで正義を行使するアクション・ゲームの様相は変わろうとしている。我が社は先行者としてこのまま革新を続け、人生が変わるほどの体験を人々に提供し、真の成長を促そうではないか」

そしてヒーランドは、ジマー・ランドが今日から子どもにも開放されると発表した。自分の後ろにそびえるPS911は、青少年に特化して作られた最新モジュールだとヒーランドは説明した。サーラーは俺の手を摑み、すぐに離した。他のプレイヤーも、気まずそうに見つめ合っている。メラニーは唇を嚙んだ。少なくとも、良心は残っているということか。

「客層に若干の変化はあるだろうが、君たちの仕事は基本的に変わらない。理屈抜きの反応を引き出せるよう、挑発し続けろ」ダグは深く落ち着いた声で言った。「ジマー・ランドの今後について質問がある場合は、俺に訊いてくれ」とダグは自分を指差した。「新規採用者の中で、自分のポジションや役割について質問がある場合は、メラニーに訊くように」

「よし、ミーティングは終了だ」とヒーランドは言った。参加者はしばらくその場に残ったが、そのうちそれぞれの持ち場に戻った。

「ってか、マジで」サーラーは言った。「だよな」と俺は答えた。

「もう辞めた方がいいよね」とサーラーは言った。「今までは、まだ何かしら良いことできてたかもしれないけどさ」

「これからもできるかもしれないぞ。俺たち、まだ人々に影響を与えることができるはずだ」

俺はそう言って彼女を説得しながら、自分を納得させようとしていた。

「もう辞めた方がいいよ」とサーラーは言った。「俺、クリエイティヴ・チームに入ったばっかなんだ」

「だから？」

「だから辞められない」

「じゃあ、好きにすれば」とサーラーは言った。

「辞めんなよ」と俺は言った。

「ふん」と彼女は鼻白んだ　俺たちは顔を見合わせ、彼女は俺をハグした。

彼女は去り、俺はキャシディ・レーンに向かった。

三二七番地のバスルームで、俺はスタンバイした。プロトコルの訂正版に目を通す。子どもには手を触れないこと、と明言されていた。子どもたちは全員がグリーンのブレスレットをつける。しかし、成人のゲストに対しては、子どもの前であれ、いつも通り暴力行為に従事することが許された。

俺はレーンを歩いていた。人畜無害なのか、よからぬことを考えているのか。どちらかはわからない。しかしそれは、世の中の誰だって同じだろう。三三六番地のドアが開いた。男が外に出てくるのが見えた。彼は前庭で伸びをして、俺の方を向いた。俺はその男の名前を知らない。しかし、あまりに頻繁に俺を撃ちに来るため、もう家族同然のような気がしていた。彼の息子が、家の中から外を覗いているのが見えた。案の定、子どもだ。十一歳くらいだろうか。

父親の方は、俺に向かって威勢よく歩いて来た。

「おい、ここで問題を起こそうっていうんじゃないだろうな」と彼は言った。腹が少々出ていて、ジーンズの上に贅肉が乗っている。四十代前半だろう。髪は短く刈り込んでいる。騎士の絵がついたシャツを着ているが、騎士は地元の高校のマスコットだ。彼はいつもこのシャツでやって来る。これが殺し用のシャツというわけだ。シャツにはすでに、赤茶けた染みがついていた。

「いいや」俺はぶっきらぼうに答えた。

「しかし、俺にしてみりゃ、あんたはここで問題を起こしてる」子どもが前庭に出て来た。幼い頭には大き過ぎる帽子を被っている。俺たちの距離は、郵便箱にして数個分しかない。

「あんたがそう思ってんなら、俺はどうすりゃいいんだよ？」

男の顔は紅潮した。「いいか、俺はここに住んでる。俺の家で、問題を起こせると思ったら大間違いだからな」

「問題って、何だよ？」と俺は尋ねた。

「いいか、今すぐ消えてくれ。さもなければ、厄介なことになるぞ」

「ってかさぁ」と俺が大声を上げると、彼は俺の腹を殴った。俺は崩れ落ちて膝をつき、必死に呼吸をしようとした。メカスーツが出番を待ちわびているのを感じる。しかし俺は、ゆっくりと立ち上がると、メカスーツのスイッチを地面に置いた。

「いいからとっとと失せろ！」男は言った。彼は俺を地面に押し倒した。俺は飛び上がり、彼の腕を振り払った。

「これで満足かよ？　おい？」と俺は叫んだ。

「パパ！」子どもが男の脇に走り寄った。

男が腰から銃を抜いた時、グリーンのブレスレットをつけた少年の手は、男のジーンズにしがみついていた。

「父さんの後ろにいなさい」彼は子どもに向かって言った。

＊1――【レディ・ジャスティス】神話に登場する正義の女神のこと。司法・裁判の公正さを表すシンボルとして、裁判所や法律事務所など司法関連機関に、彫刻などが飾られることが多い。片手に剣、もう片方の手に天秤を持っている。

＊2――【エンゲージメント・プロトコル】契約の要綱のこと。

Friday Black

フライデー・ブラック

「各自、担当セクションについて！」アンジェラが叫んだ。

どん欲な人間どもが唸り声をあげる。ゲートが軋み、ガタガタと音を立てている。奴らが卑しい指を芋虫のごとく格子に絡ませ、ゲートを揺り動かしているせいだ。俺は硬質プラスチックでできた小さなキャビンの屋根に座り、両足を窓の近くに垂らしていた。キャビンの中には、フリース製品が吊るされている。俺はポールを手に取った。ポールの長さは八フィート（約二・四メートル）。金属製の棒だ。先端には小さなプラスチックの口がついていて、この口で最上段のハンガーをつかむ。ポールの使い道は他にもある。これでフライデーの狂人衆を食い止めるのだ。

俺にとって、これが四度目のブラック・フライデー。[*1]最初のブラック・フライデーでは、コネチカット州からやってきた男が、俺の上腕三頭筋を噛みちぎった。そいつの唾液は熱かった。俺は売り場を十分だけ離れて、傷口の手当てをした。こうして俺の左腕には、今でもギザギザのニコニコ・マークが残っている。鎌形で半円形。ブラック・フライデーで負った幸運の傷だ。

リチャードの騒々しい足音が近づいてきた。

「ラスボス、準備はいいか？」とリチャードは尋ねた。俺は片目を開けて彼を見る。こっちはいつも準備万端なんだ。だから俺は何も言わず、再び目を閉じる。

「わかった、わかった。すごい気迫だな！　その調子だ」とリチャードは言った。俺はゆっくりとうなずく。リチャードは神経を尖らせていた。彼は地域統括マネージャーで、ここはプロミネント・モール。俺たちの店は、リチャードの管轄で最大の店舗だ。これから三十日間で、百万ドルの売上を期待されている。そして、売上の大半は、俺の腕にかかっている。

メイン・ゲートがキーキー、ミシミシと軋んでいた。

「裏にスーパーシェルがあったな。サイズはMか？　それともLか？」

「Lです」と俺は両目を開けながら答えた。

店内ではコンテストが行われ、最高の売上を記録した者は、好きなコートをもらえることになっている。優勝したらどうするつもりだ？　と俺はリチャードに尋ねられ、スーパーシェルのダウンジャケットを母にあげるつもりだ、と答えた。リチャードは顔をしかめたが、立派なもんだ、と言った。俺も、立派でしょう？　と乗ってみた。

　スーパーシェルは、今シーズンで一番高価なジャケットだ。撥水加工を施した表面に、通気性を保つジッパー式の通風孔、伸縮性に富んだヘムラインを持つ、羽毛入りのジャケット。フード部分にフェイクファーをあしらって、高級感を演出している。リチャードは、スーパーシェル以外の商品なら、どれだって好きに選ばせてくれたはずだ。だからこそ、俺はあえてスーパーシェルを選ぶと、Lサイズを確保して、裏の部屋に置いておいた。発送ミスのせいで、Lサイズはこの一着しか在庫がない。それでも誰も触りはしないだろう。俺が店の稼ぎ頭なのだから。

　フライデーの狂人衆は、大半がポールフェイス™目当てだ。今週末、ポールフェイス™のセクションで売りまくるのは誰だ？　ランスでもミシェルでもないことは確かだ。もちろん、新顔のデュオでもない。デニム・セクションを見渡すと、デュオが忙しなく動きながら、商品をきれいに畳み、きちんと並べている。あいつはなかなか筋がいい。時々、出荷の手伝いを頼んでくることもある。同年代の客と同じように、Tシャツとスキニージーンズで決めている。アンジェラは、俺を見て学ぶよう、デュオにアドバイスした。デュオは俺の後継者だ、なんてことも言っていた。デュオのことは好きだが、彼は俺とは違う。彼は誠実な対応ができるし、顧客のニーズもわかっているが、俺と同じことはできない。ブラック・フライデーなら尚更だ。それでも、デニム・セクションでは生き延びるだろう。

ミシェルとランスは、靴とグラフィックTシャツのセクションを担当している。二人とも、ごくふつうの店員だ。ランスは床を掃いていた。

金属音が激しく鳴り響いている。アンジェラは最前列にいた。

アンジェラがボタンを押し、鍵を回した。格納式のメイン・ゲートは、天井めがけて丸まっていった。

「どいてください！」俺はリチャードに叫んだ。リチャードはレジへと走り、予備金庫の見張りをした。

八十人ほどがゲートを駆け抜けると、激しく争いながら、突進して来た。商品棚を押しのけ、客同士でぶつかり合っている。火事や銃声から逃げる人を見たことがあるだろうか？　あの光景に近いものがある。ただし、そこから恐怖を減らして、欲望を増量した感じだ。俺のキャビンからは、子どもの姿が見えた。六歳くらいの女の子だったが、興奮した買い物客の波に飲み込まれて、消えていった。女の子はうつ伏せで、大の字になって倒れている。ピンクのコートには、汚い靴の跡がついていた。ランスは小さなピンクの体に歩み寄った。ハンドリフト[*2]を引き、大きな押しぼうきを持っている。ほうきの頭を彼女の胴体に押しつけ、ハンドリフトに載せようとしている。こうすれば、死体置き場に指定されたセクションまで女児の体を運ぶことができるからだ。しかし、グレーのスカーフを巻いた女性がランスを押しのけ、女児の手を引っ張って立たせた。この女性は母親で、娘はまだ死んじゃいない、と説明しているのだろう。するると、母親は娘を俺の方向に引っ張った。女児は足を引きずりながら、母親の後を追っている。しかし俺はもう、二人に構っていられなくなった。

「ブルー！　息子！　スリークパック！」

ダウン・ヴェストを着た男が、俺の左足首を摑みながら、狂気じみた目で叫んだ。口からは、白い泡が滴っている。俺は右足で男の手を踏みつけた。彼の指が、俺のブーツの下で押し潰される感触がする。男は踏まれてけがした手を舐めながら、「スリークパック！　息子！」と唸り声を上げている。俺は彼の目を見つめた。目の縁は赤く染まっている。特に、目頭と目尻は真っ赤だ。彼の言葉なら、完璧に理解できた。彼はこう言っていた。

「俺の息子。俺のことをクリスマスに一番愛してくれる。ホリデー・シーズンは一緒にいられるんだ。俺と息子。欲しいものは一つ。たった一つ。息子の母親は買わない。俺が買わなければ。父親らしいことがしたいんだ！」

最初のブラック・フライデーで腕を嚙みちぎられて以来、俺はブラック・フライデー語を話せるようになった。少なくとも、理解はできる。流暢ではないが、不自由はしない。俺の中にも、ブラック・フライデーの買い物客が生きているからだ。着用者、サイズ、タイプ、ブランド、購入の理由が聞こえてくる。たとえ、単に彼らが口から泡を吹いているだけだとしても。

俺はポールを使って、高い棚に掛けられていたスリークパック・ポールフェイス™を取った。ブルーのMサイズだ。俺が男の顔めがけてジャケットを投げつけると、彼は「ありがとう」と唸った。

俺はキャビンから飛び降りると、誰も近づいて来ないよう、ポールを振り回した。長いポールが、空を切り、ヒューッと音を立てる。買い物客の大半は、まともな言葉で話すことができない。ブラック・フライデーがすでに彼らの思考を奪っているせいだ。それでも、大半の客は似通っている。俺はMサイズのフリース・ジャケットを二枚摑んだ。誰にも頼まれてはいなかったが、誰かが欲しがることはわかっていた。買い物客は声を荒げ、怒号を上げた。娘、息子、彼氏、夫、友だち、自分、娘、息子。俺は一着をレジに向かって投げ、もう一着を後方の壁に向かって投げた。群衆は二手にわかれた。

レジ付近では、三十代の女性がヒールを脱ぐと、フリースを摑もうとしていた少年のあごをヒールで殴っていた。彼女はタグを確認し、Mサイズだとわかると、あごにヒール大の穴が開いた少年にフリースを投げた。次に俺は、LサイズのフリースニーMサイズのフリース二着を群衆に放り投げた。その後は、まだ言語能力のある客に対応した。俺の周りは押し合いへし合いだ。

「コ、コ、コール・バゾル。S。俺！　コールグレー！」

　ある男は胸を叩きながら言った。職場でコールマイスターを持っていないのは、俺だけなんだ！　そんな体たらくじゃ、シニア・アドバイザーなんて務まらないだろう？　俺だけなんだよ！　俺はポールの先端を男の首に押し当て、その飢えた口を遠ざける。それから、男から目を離すことなく、コールマイスターのダウンジャケットを背後のラックから掴む。ダウンジャケットが男の手に渡った。彼はダウンジャケットを抱き締めると、レジへと駆けていった。

「こっち！　こっちだってば！」とグレーのスカーフを巻いた女性が言った。彼女は大きなゴールドのイヤリングをつけていて、イヤリングは頭の横から垂れ下がっている。彼女の脛あたりには、ピンクのコートを着た娘が立っていた。顔には痣があったが、それでも子どもはまったく涙を見せていない。

「ダメだ！　スタイじゃないと！」スカーフを巻いた女性の夫が言った。家族団らんの時間には、四十二インチのHGテレビが欠かせない。バイ・スタイ（家電量販店）のバーゲン品は、数に限りがある。このバーゲン価格でなけりゃ、手が届かないんだ。

　ブラック・フライデーから受ける影響は、人によって違う。家族はとりわけ大きな影響を受ける。家族どうしでも、俺みたいにそれぞれの言い分を理解できるとは限らない。

「ろくでなし！」妻は激高していた。それから彼女は俺を睨み返した。

「ポールフェイス。ピンク™」彼女は娘を指差しながら言うと、今度は自分の顔を指差しながら、「コールグレーのスリークパック」と言った。子ども用ポールフェイスと、コールグレーのコール マイスター・スリークパック。ファミリー・セットだ。

女性は一秒で二着のコートを手にすると、子どもを引っ張りながら、怒涛の勢いで去っていった。

いつもこの調子ってわけじゃない。今週は、ブラック・フライデーの週末なのだ。平常時なら、誰かが死んだら、少なくとも清掃クルーがシートを持って来る。去年のブラック・フライデーでは、百二十九人が犠牲になった。

「ブラック・フライデーは、特殊なケースです。顧客サービスと人間どうしの結びつきを大切にする当モールの姿勢に、変わりはありません」

モールの経営陣は、モール全体に向けた覚書の中でそう綴った。スイッチをつけたり消したりするみたいに、人を思いやる心を自在に操作できるかのような言い草だった。

最初の五時間で、俺は七千ドル以上を売り上げた。ここまで売りまくる奴は、いまだかつて存在しなかった。もうすぐ俺は、五百ドルのジャケットを手に入れる。このジャケットで、母に永遠の愛を証明するんだ。ジャケットをもらった時の母の顔を想像すると、俺の鼓動は速くなった。

午前五時、喧騒が少し落ち着いた。買い物客の第一波は、家路につくか、眠りにつくか、あるいはモールのあちこちで死んでいた。

俺たちの店の死体置き場には、三体の遺体があった。最初の犠牲者は、開店から一時間でやってきた。ジャストサイズのデニムをもう一本探そうと、デニムの壁をよじ登った女性だ。彼女が叫び声を上げながら、木製の収納壁を激しく揺らしたために、壁がそのままデュオや買い物客に倒れそうになった。デニム・セクション担当のデュオは、ポールを使って彼女を壁から突き落とし、彼女は首から落下した。すると、死んだ彼女の手から別の女性がスキニーストレッチを奪い取った。ランスは、ハンドリフトとほうき、ペーパータオルで死体を処理した。

朝の五時半。俺にとって最初の休憩時間だ。退出時間を記録しに行く途中で、俺はデニム・セクションを通った。

「かなりのカオスだったみたいだな」俺はデュオに話しかけた。ジーンズが散乱している。どれもぐしゃぐしゃだ。そして、床一面の血痕。

「はい」とデュオは答えた。白いTシャツを着た少年が、俺たちに向かってよろめきながら歩いて来た。「ウーッ……」と言いながら、何かを齧っている。俺はその場を離れ、彼にぴったりのスリムストレートを投げてやろうとした。少年は、これを履けばクラスの人気者になれる、と思っているのだ。でも、すぐに足を止めた。デュオが瞬時にジーンズを投げていたからだ。少年は、ブランドもサイズも希望どおりのジーンズを受け取ると、足を引きずりながらレジへと向かった。

「客の言うこと、理解できるのか？」と俺は尋ねた。

「わかるようになりました」とデュオは言った。彼は床に転がっていた歯を蹴とばすと、親指と人差し指の間にできた傷を俺に見せた。

「これぞ、ブラック・フライデー」

「僕にとっては、初めての経験です」

「まあ、峠は越えたよ」俺は半笑いで言いながら、デュオの心情を探った。

「どうだろうなあ」とデュオは言った。

「大丈夫」と俺は言うと、レジに向かって歩き続けた。

「僕の休憩は、先輩の次です」とデュオは言った。ちなみに小売業界では、「早くしろ、腹が減ってるんだ」という意味になる。

俺がユーザーネームとパスワードをコンピュータに入力していると、リチャードは俺を崇拝するかのように深く頭を下げた。アンジェラは、俺を見てうなずいた。まるで誇らしげな母親のようだ。俺の休憩中は、アンジェラがポールフェイス™で俺の持ち場を守る。今は売り場も小康状態だ。彼女にでも対応できるだろう。

　店の外に出ると、モールは血だらけで、ぶっ壊れていた。ブラック・フライデーは大盛況、というわけだ。朦朧としながらベンチに寝転んでいる人もいれば、ごみ箱から足だけを突き出している死体もある。スピーカーは見えないが、クリスマスソングが聞こえてきた。ここでは、クリスマスソングから逃れることはできない。ここでは、クリスマスが神なのだ。

　腹が減った。今年、俺の家では感謝祭《サンクスギビング》をやらなかった。何だかほっとしたものの、恒例のスタッフィング[*3]を食べられなかった。俺は家族の買い物を手伝うつもりだった。母は失業していた。俺の時給は八ドル五十セントだったが、貯金はしていた。母、父、妹に、俺。でも、結局はお祝い自体をやめてしまった。というのも、もうお互いのことが好きじゃなくなっていたからだ。貧しい暮らしの副作用。昔はみんなでゲームを楽しんでいたというのに。いまや両親は、金のことで怒鳴り合いをしている。怒鳴り合いが唯一の会話だ。俺は歩きながら、モールの中にスタッフィングが売っているかな、なんて考えていた。

　俺にとって二年目のブラック・フライデーでは、店の業績が良かったために、コミッションがあった。自分が売り上げた総額の約二・五パーセントをもらえることになっていた。売り場担当の俺たちにとっては一大事だ。当時はウェンディが売上トップで、ウェンディの売上目標が一番高かった。この年、ウェンディはみんなにパイを焼いてきた。俺は絶対に食べるつもりはなかった。無理強いしてくる奴の食べ物には手をつけないって、決めていたからだ。ウェンディは「お店の中で感謝祭ができるわよ！　自家製パイ！」なんて言いながら、ずっとパイの話をしていた。みんなも、ウェンディは親切だの、気が利くだの言っていたが、その日、ウェンディと俺以外の全員が、ひどく腹を下した。

ウェンディがパイに何を入れていたか、俺には知る由もない。とにかく、俺はウェンディに勝つことを自分の使命とした。そして勝った。圧勝だった。彼女が仕掛けた生物テロのおかげで、俺は靴、グラフィックTシャツ、帽子、さらにデニムのセクションまで任された。これが勝因だったのかもしれない。一方ウェンディは、ポールフェイス™のセクションのみを任されていた。勝てたのは、あの年が暖冬だったせいかもしれないし、俺が後にも先にも例のない、この店で最高のセールスマンだったからかもしれない。とにかく、俺はウェンディを打ち負かした。あれ以来、俺はずっと売上トップの座をキープしている。ウェンディは、正月前に辞めた。俺は稼ぎ出したコミッションで、ゲームボックスのコントローラーを買った。

フードコートに到着した。食べ物の匂いが、新鮮な死体から放たれる悪臭を覆っている。生存者もいた。第一波の勝者たちだ。彼らは、パンパンに膨らんだ買い物袋を引きずっていた。最後の力を振り絞り、新たに手に入れた幸せを引きずって帰るのだ。死体は至るところに転がっている。俺はバーガーランドで一ドルのバーガー二つにポテトの小、ドリンクを買った。レジ係の男は、あまりに多くのドラマを目の当たりにし、あまりに多くのカフェインを摂取したせいだろうか。俺から促されるまで、金を受け取ることすら忘れていた。そして、金を受け取る間も、俺と目を合わせることもなく、虚ろな目で前方を見つめていた。俺はフードコートの白いテーブルについた。死体が乗っていないテーブルを選んだ。

バーガーにかぶりつき、ゆっくりと噛んだ。口の中でずっと噛んでいれば、バーガーもスタッフィングのような食感になる。俺がバーガーを食べていると、箱に入ったテレビを引きずった女性が、俺の前のテーブルにやってきた。小さな血だまりに顔を突っ込んだまま息絶えた女性をいすから押しやり、そのいすに座っている。店で見た顔だ。彼女の片耳は、歯で齧られたようだった。もう片方の耳には、大きなゴールドのイヤリングがついたままだった。さっきまで巻いていたグレーのスカーフはなくなっていた。それでも彼女は、新しいコートを着ている。彼女を見ると、彼女は俺を追い払うようにシーッと声を出し、先の尖った白い歯を見せた。

「何も取りませんよ」と俺は言った。

「さっきお手伝いした者です」

彼女は戸惑いながら俺を見た。

「ええと、スリークパック、コールグレー」

俺はブラック・ファイデー語で話しながら、自分を指差し、それから彼女を指差した。険しかった彼女の表情が和らいだ。彼女はくつろいで座りながら、フードについているフェイクファーに頬をうずめた。

「たくさん買えましたか?」と俺は尋ねた。彼女は激しくうなずくと、テレビが入った箱の表面を撫でた。「ご家族はまだ買い物中で?」

女性は目の前の血だまりの中に、人差し指を突っ込んだ。

「四十二インチ、HD」と彼女は言った。

この家族がこのテレビを買えるのは、ブラック・フライデーだけだ。

赤く染まった人差し指で、彼女は段ボール箱に小さな円を描くと、円の中に小さな目、その下に微笑んだ口を入れた。笑顔を描き終える前に、血は乾いてしまった。

「どうしたんですか?」俺は尋ねた。

「死んだの」と彼女は言った。「バイ・スタイで。圧死」

「そんな」と俺は言った。

「そうよ」「娘は弱かった。夫も弱かった。私は強い」彼女は段ボール箱の表面を撫でながら言った。箱にはほとんど血の染みがついていない。「弱かった」と彼女は繰り返した。

「そうでしたか」と俺は応えた。

俺はバーガーを一つ食べ終えると、二つ目を彼女に投げた。彼女はバーガーを受け取ると、包装紙を引きはがし、嬉々として食べ始めた。携帯が振動した。俺は携帯をつかんだ。休憩時間は、あと十五分残っている。でも、店からの連絡だ。

「今すぐ来てくれ！」リチャードが叫んでいる。

「休憩に入ったばかりなんですけど」と俺は言いながら、立ち上がって歩き始めた。

「デュオが辞めたんだ」

「えっ」

「休憩に入るっていうから、あと数分待ってくれって言ったんだが、そのままいなくなった。辞めちまったんだ」

「今すぐ向かいます」と俺は言った。

エスカレーターの方に向かって歩き、下りに乗った。上りに乗っていたのはデュオだ。

「腹、減ってんのか？」と俺は尋ねた。

「もう無理っす。哀れ過ぎますよ」とデュオは言った。

確かに哀れだが、俺にはこの仕事しかない。そう言いたかったが、きちんと言葉にできず、俺は低くうめくだけだった。

「いいコートだけど、それだけの話だし」とデュオは言った。

「え？」

「コートは愛の証明にはならない。コートをあげなくても、お母さん、わかってますよ」

デュオはそう言いながら前に向き直り、エスカレーターを昇っていった。

「頼む、お願いだから辞めないでくれ」

「すいません」

「ああ」と俺が言うと、デュオはエスカレーターを昇りきり、姿を消した。

俺にとって三度目のブラック・フライデーでは、会社の業績が振るわず、コミッションもなければ、賞品もなかった。それでも俺は、誰よりも多くの売上を記録した。

店に戻ると、死体の山の上に新たな死体が乗っていた。ポール™フェイスのセクションでは、少女がアンジェラを殺そうとしていた。辺りを引っ掻き回しながら、絶叫している。店の入口からでも、俺には彼女の欲しいものがわかった。アンジェラは、スーパーシェルが陳列されている壁に押しつけられていた。どうやら彼女は、アンジェラの鼻を嚙み切ろうとしているようだ。ランスは死んだ十代の少年を死体置き場まで転がしている。ミシェルは靴のセクションで接客をしている。リチャードは俺を見ると、アンジェラと少女を指差した。彼女のお目当ての品、俺にはわかる。

「助けて！」

アンジェラは叫びながら、振り返って俺を見た。アンジェラは、ポールを使って少女を遠ざけていたが、もうすぐ力尽きるだろう。俺は方向転換して、バックルームに行った。スーパーシェルのジャケットが掛かっている。唯一のＬサイズだ。俺はそれをハンガーから外すと、バックルームから出た。少女は、スーパーシェルの匂いを嗅ぎつけたようだ。俺の方を見ると、狼のように唸った。

これを着れば、独りぼっちじゃなくなる。みんなに好かれるはず。少女はそう言っていた。少女は俺めがけて突進して来た。俺は闘牛士のように、体の横でコートを翻した。彼女がコートに向かって走ってくる。俺はコートから手を放して跳びのくと、彼女はそのままコートに突っ込んだ。そして、コートを手にすると、「ありがとう」とかすれた声で言った。俺はレジで少女を見守った。

「ありがとうございました」

レジを打ちながら、リチャードは言った。彼女は唸り声をあげた後、「こちらこそ」と応えた。俺はコンピュータに再び時間を入力した。アンジェラは、俺の肩に手をかけると、「ありがとう」と言った。

「いえいえ」と俺は言うと、自分のセクションに戻った。

買い物客の群れが、店の前で立ち止まった。まだ残っているポールフェイス™を見ている。俺はキャビンの屋根に上った。大勢の人々が押し寄せた。倒れて立ち上がる体もあれば、倒れたままの体もある。誰もがわめき、怒鳴り、いがみ合い、うめいている。俺はポールを手に取り、彼らを見た。財布に札束を入れ、ブラック・フライデーに頭脳を浸食された、血だらけの人間たちが、俺に向かって突撃して来た。

俺は群衆に向かって微笑んだ。

「いらっしゃいませ。今日は何をお探しですか？」

彼らは押し合いながら、あらゆる方向を指差した。

＊1――【ブラック・フライデー】11月の第四木曜日（感謝祭）の翌日の金曜日のこと。アメリカの小売店で1960年代に始まった小売店の安売りセールのこと。買い物客が殺到し、一年のうち一番売上が見込める日だと言われている。年末商戦のスタートを告げるイヴェントでもある。

＊2――【ハンドリフト】荷物を載せるパレットを移動させる器具で、手動のフォークリフトのこと。小売店や倉庫等で使われている。

＊3――【スタッフィング】詰め物のこと。ここでは感謝祭のごちそうである七面鳥の丸焼きの中の詰め物を指す。

The Lion & the Spider

ライオンと蜘蛛

父は大声を上げながら俺たちに襲いかかると、左手の指をライオンの爪に見立て、俺たちの肋骨を激しくくすぐった。

「一、二、三羽、子ウサギなら一口でいただき」

父《ライオン》が唸ると、俺たちは飛び上がって笑い、大声で叫んだ。父は俺たちが三人で寝ているベッドを揺らした。しかし、高い場所からこの光景を眺めていた別のキャラクターは、父が握りしめた右手に隠れていた。父が右手をゆっくりと開くと、その右手は蜘蛛のアナンシになって、俺たちの前に現れた。「間抜けな猫め」とアナンシは呟くと、小さな脚（素早く動く父の指）で俺たちのマットレスと頭上を越え、森へと歩いていった。こうしてアナンシは、何か特別なものを探して、藪の中へと消えていった。

卒業式は二週間後だった。父がいなくなってから、数ヵ月が経っていた。

家を出た日、父は「ちょっと片づけなきゃいけない仕事がある」と言っていた。

「で、今日行くの？」と、俺はできる限り平静を装った。俺は自ら宗教を作り、熱心に信奉していた。この宗教で最も重要な儀式は、心に怒りや痛み、怖れを感じた時、きっちりと冷静さを保つことだった。状況が思わしくない時、英語やトゥイ語[*1]で好き勝手に叫ぶ父のような人間は異端者だ。無視するか、憎悪するしかなかった。

「ああ。もうすぐ飛行機に乗る。二週間で戻るよ。母さんも調子がいいし、医者も母さんは大丈夫だって言ってるしな。差し当たっては、お前がこの家の主だ。妹の宿題、見てやるんだぞ」

父は俺に四十ドルを渡した。家を空けるなんて、この時に初めて聞いた。父は海を渡り、祖国へと戻る。父と母が生まれ育った国へと。

その日の午後、「すぐに戻ってくるから」と父は言いながら、タクシーに乗り込んだ。

「わかった。それじゃあまた」

父が出ていくと、俺は母のところへ行った。母は何も言わず、静かだった。母は長い間、体を壊していた。働くことができず、ずっと家にいた。俺が高校の最高学年に上がった年、家が差し押さえられ、母は賃貸アパートで日々を過ごしていた。

「すぐに戻って来るわよ」と母は言った。傷つきながらも冷静さを保つ母の姿は、俺の心を打った。

数ヵ月経っても、父からは何の音沙汰もなかった。父はもう帰って来ないと思った俺は、ホームセンターでバイトを始めていた。週に六日、五時から十一時まで。埃っぽい巨大な貨物トラックから荷物を下ろす仕事だ。俺の肩書きは「荷下ろしの専門家《アンロード・スペシャリスト》」。荷下ろしのスペシャリストは、俺を含めて三人いた。

トラックの荷下ろしをめぐる冒険が映画化されていたとしたら、ケイトーが若き主人公《ヒーロー》になっていただろう。彼は俺よりほんの少し年上で、たくましかった。いざという時には、みんなから頼られる人物だ。もう一人は、リース。おそらく俺の父と同年代だろう。したたかな古参の冒険家。この仕事にもう嫌気がさしていて、たばこで何とか精神の破綻を免れている。それでも働き続けているのは、彼だけがフォークリフトの使い方を知っていて、現場で貴重な存在だったからだ。それに、まだ自分の宝物も見つけていないから、辞められないのかもしれない。

俺の役柄はわかっている。映画の後半で腕を失くす男だ。たぶん、二人のうちのどちらかを救おうとするのだろう。もしくは、主人公が俺を救おうとしてけがを負い、続編では俺が主人公になるのかもしれない。俺たちは、荷下ろし《アンロード》チーム。ジャスティス・リーグ[*2]やアベンジャーズ[*3]のようなもの。スペシャリストだ。

シフト前にレッドとブルーのヴェストを着て、俺たちは荷下ろしの専門家へと変身した。ヴェストは薄手で軽いナイロン生地だが、それでもうっとうしかった。リースは、会社から支給された腰サポーターを着けていた。ケイトーは、会社の帽子《キャップ》を後ろ向きに被っていた。俺には何の持ち物もなかったが、他の二人が何か持っている中で、何も持っていないことが、逆に特別なことだとも言えた。

シフトをスタートする前に、夜間マネージャーのカーターは俺たちに激励の言葉をかけた。

配送トラックが商品搬入口に入って来た。

ビーッ。「大きいのが二台来るぞ」

ビーッ。「でも、俺たちなら全部下ろせる」

ビーッ。「木枠《パレット》はすべて出てるし、フォークリフトの準備もできてる」

ビーッ。「さあ、始めよう」

ビーッ。「ほら、行くぞ！」

ビーッ。

白く巨大なトラックが搬入口に接触すると、雷のように大きな音を立てた。まるでゴリアテ[*4]

の咳のようだ。

俺たちは、搬入口で大半の時間を過ごした。巨大なコンクリートの空間。巨大なガレージドアが三つ付いている。リースはトラックのドアを閉めている鍵を切るためのボルトカッターを持って来た。俺たちは、これをちょっとした儀式《セレモニー》にした。リースがボルトカッターの取っ手を握り締めると、首の血管が浮き上がった。金属が折れ、俺たちは歓声を上げた。ボルトが切れたら、ケイトーと俺は、慎重にドアを上へとスライドさせた。タイルのセットやコーキング材といった商品が、雪崩《なだれ》のように落ちてくることもあった。

俺たちは、木枠に商品を並べた。手順は決まっていた。

「ここにいる時は、必ず手袋をしておけよ」

俺が新米の頃から、リースはそう言っていた。指の部分に赤いワックスがついた手袋を使っていたが、それでも毎日のように、手のひらには木片が刺さっていた。

ライオンはすっかりご満悦だった。ご馳走をたらふく食べたからだ――ここで父は、満腹がどんな状態かを俺たちに思い出させるために、自分の腹を突き出して撫でた。「しかし、もったいなかったなあ」とライオンは腹を撫でながら言った。

「慌てて食べたもんだから、子ウサギたちをきちんと味わえなかった」

ライオンは木の上で幸せそうに眠った。ライオンの夢の中で、ウサギの母は子どもたちがすべて消えたことに気づき、ショックを受けていた。ライオンは、アナンシのことを考えながら笑みを浮かべた。アナンシは、自分よりも先に山頂に着いたら魔法の薬をやる、とライオンに約束していた。アナンシには、約束を帳消しにするための策をめぐらす時間すらないだろう。

スペシャリストにとって、貨物トラックは敵であり、目標であり、大半の時間を過ごす家でもあった。八時から九時の間に、俺たちは大型の電化製品のような重い商品を下ろした。使ったのは、手押し車とハンドリフトだ[*5]。リースがフォークリフトでトラックの中に入らなければならないこともあった。組み立て済みの作業台は象のように重かったが、乾燥機は思っていたよりも軽かった。

ケイトーが、塔のようにそびえる二台の洗濯機を下ろそうとしたことがある。積み重ねられた二つの段ボール箱は、半透明なブルーのビニールでぐるぐる巻きにされ、繋ぎ止められていた。

ケイトーは手押し車の縁を段ボールの下に滑り込ませると、「ヘラクレス」と俺たちに声をかけた。彼は縁をさらに奥に入れると、後方に手押し車の重心を傾けた。これが彼の決まり文句だった。一人では下ろせないようなものを下ろしている時、彼は「ヘラクレス」と言いながら、見せつけるのだ。

俺は乾燥機をハンドリノトの上に乗せながら、「ヘラクレス」と返事をした。相棒の俺は、それを誇りに思っていた。

ケイトーの声が聞こえた。のどに食べ物が詰まったかのような音だった。俺が見上げると、二台の洗濯機はグラグラと揺れ、倒れかけていた。俺はケイトーの方に向かって突進したが、間に合わなかった。俺け叫んだ。ケイトーを助けようと、俺は洗濯機を押し、リースは洗濯機を強く引っ張った。恐怖で火事場の馬鹿力が出た。俺たちは、重量級の段ボール箱を素早くどかした。ただし、商品に傷をつけないよう、注意も怠らなかった。というのも、大きな機械に損傷があると、損失防止部門の担当者が俺たちをクビにしようとするからだ。

ケイトーは、段ボール箱の下敷きになってうめいていた。段ボール箱の下の彼がどんな状態なのかはわからなかった。俺たちは洗濯機をどかして、ケイトーを見た。彼は埃っぽいトラックの床の上で、仰向けに倒れていた。彼の上には、手押し車があった。「大丈夫だ」と彼は言った。安全指導書で説明されていた通り、手押し車の両側には棒があり、荷が重すぎた時に、使用者が完全に押し潰されないような作りになっていた。洗濯機の下敷きになって身動きが取れなくなり、少しは痣もできたかもしれないが、それでも彼は無事だった。

「ヘラクレス」と、ケイトーはつぶやいた。俺とリースに支えられて立ち上がると、照れ隠しに笑った。

「ヘラクレス」とリースも返事をした。

俺には兄も弟もいない。でも、ケイトーは、俺が思い浮かべる兄そのものだった。高校でケイトーは俺の二学年上で性格も優しく、みんなから神のように崇められていた。二百メートル走で州二位の成績を残していたくらいだから、誰にでも優しくする義理などなかった。しかし、卒業直前で内側側副靭帯《ないそくそくふくじんたい》*6を断裂した。これは学校にとっても悲劇だった。彼に興味を示していた大学は、推薦入学のオファーをこぞって取り下げた。彼はそれ以来、ずっとこのホームセンターで働いている。

俺たちは一緒に休憩を取った。ケイトーは母親の車で出勤することもあり、そんな日には俺が歩かなくて済むよう、家まで送ってくれた。彼は複雑なマトリックスに基づき、店の全女性スタッフの魅力度に順位をつけていて、俺も総合リスト作りを手伝った。その後、俺たちのリストへの返答として、レジ担当の二人が男性店員をランク付けしたリストを作った。もちろん、第一位はケイトーだ。俺は十二位だった。なかなかの成績だと思った。大きな店だったのだ。

一緒にランチを食べている時、ケイトーは「お前はここから抜け出せよ。ハマり込んじゃダメだ」と真面目な顔で言うこともあった。

ケイトーが洗濯機の下敷きになった日、俺は辞めたくて仕方なくなった。父が行方不明でなければ、時給十ドル十セントの一セントすら無駄にできないほど金に困っていなければ、辞めていただろう。

でも、辞められなかった。夜はトラックで過ごし、昼はトラックのことを考えて怯えた。俺は学校からトラックへ直行し、トラックでの仕事を終えると、あとは家で寝るだけだった。妹や母とも、ほとんど顔を合わせなかった。二人を避けていたからだ。妹に出くわした時には、父親っぽく振る舞おうと、「学校はどうだった？」なんて尋ねた。

「自分だって行ってたでしょ」と妹は答えた。妹とは、ほんの数歳しか違わない。ありがたいことに、妹は何事もないかのように振る舞ってくれた。これが俺たちの得意技だ。俺も妹も、崩壊しかけている自分たちの生活に、知らんぷりを決め込んでいた。


床に敷いたポリウレタンのマットレスの上で、俺は涙を堪えて文句を言った。

「嘘だ！　ライオンは、マザー・ラビットの子どもたちを食べちゃいないよ！　そんなのあんまりだ！」

俺には受け入れられなかった。父が語る話には、大きな力があった。自分の思うように父の話が進まない時、俺はいつでも思い切り憤りをぶつけた。言うまでもなく、マザー・ラビットの子どもたちは、妹、母、そして俺と同じ名前だった。父が作る物語はどれも、俺たちを主人公をしていた。

「いいから話を聞け」と、父は俺を黙らせた。

俺の部署では、俺の大学進学が大きな話題になっていた。誰もが応援してくれた。原子核物理学者になろうが、大統領になろうが、獣医になろうが、忘れないでくれよなんて、みんなが冗談を言っていた。父がいなくなり、すべてが暗礁に乗り上げていたことは、誰にも言わなかった。父が戻って来なければ、俺はそのままホームセンターで働き続け、管理職に就くつもりだった。夜間マネージャーのカーターみたいになるのだ。そう考えると、胃の中に鉛が詰まったかのような苦しみに襲われた。ニューヨーク州北部の大学、ニューヨーク市内の大学、コネチカット州の大学。俺がどれかに行くものだと、誰もが信じていた。

ある日、肥料の袋を木枠に乗せるリースに手を貸してた時のことだ。「いいか、俺を信じろよ」とリースは俺に言った。

「お前はどこに行こうと、抱いて欲しいって女が後を絶たないはずだ」

彼はたばこのヤニがついた前歯を見せながら微笑んだ。不適切な事を言った時、彼はいつもこうやって笑う。

リースの腕は長く、細かった。彼はいつもたばこの煙の匂いをさせていて、歯茎に何かがかくっついているかのように、頬を吸っては口を動かしていた。彼のような人物には、会ったことがない。リースには俺のことを誇りに思って欲しかったが、俺がこの仕事を始めた時、ケイトーはリースが人種差別的だと話していた。

「ニガーが何とかって言ってたんだぜ」

ホームセンターで働き始めて三週間目の俺に、ケイトーは言った。

「聞いたんだ。ニガーって、語尾をはっきり伸ばしてた。九十八パーセント、確信してる。あいつから俺の姿は見えなかった。電話してた。たぶん奥さんか何かと話してたんじゃないかな」

ケイトーにはできる限り異議を唱えたくなかったが、リースはそんな奴じゃないと思う、と俺は自分の意見を言った。もし彼が人種差別主義者なら、妻の待つ自宅に帰った後で、夕食を取っている時や、テレビを見ている時に、俺とケイトーが同僚だということで、黒人について何か言いたくなったのだろう。俺はそう思いたかった。そわそわと落ち着きなく、「俺がニガー二人と働いてるって、知ってたか?」なんて言ったのかもしれない。妻（おそらく人種差別主義者だろう）は彼を見上げながら、話のオチを待つ。リースは皿の上の豆を何度か滑らせながら、こう続けたのだろう。「悪い奴らじゃないよ」と。だからといって、黒人全般が良いと言っているわけじゃない、といった調子で語ったはずだ。五十二歳にもなろうとしているのに

（実際は何歳か知らないが）、今さらそんなことを認めるなんて、決まりが悪い。同僚の二人に限っては悪くないという口ぶりで話しながら、もしかしたら生まれてこのかた信じてきた黒人に対する印象は、間違っていたのかも、なんて心のどこかで思っていたのかもしれない。

「ああ、ライオン。夜の闇に逃げたのかと思ったよ」

決戦の朝、アナンシは言った。アナンシを演じる時の父は、小さな声で利口そうに話した。

「ウサギ一家の運命を決める競争の準備はできてるか？　いいか、僕が先にトーゴ山の頂上についたら、君はその尻尾を切って、二度とウサギの家族に近づかないって約束だからな」

前の晩から、ライオンはお腹が痛くて仕方がなかった。父は腹を押さえながら、うめき声を上げた。子ウサギ三羽が腹の中で鎮座している。ライオンが思っていたよりも、ずっと重かった。

トラックの真ん中では、いつも気が遠くなった。商品の箱はびっしりと詰め込まれ、天井にまで届いていた。下ろす順番を間違えば、塔のごとく積み重なった商品が倒れてしまう。

退屈を紛らわそうと、俺は頭の中でゲームをした。手早く仕事をして、トラックの端までたどり着き、壁のようにそびえ立つ最後の洗濯機と冷蔵庫を下ろしたら、何か素晴らしいものが待っているところを想像した。札束の入った袋や赤ん坊、金塊、何でもよかった。ただし、何か特定のものを思い浮かべた。たとえば赤ん坊なら、クリスティという名前の捨て子。名前がわかったのは、赤ん坊と一緒に残されたメモにそう書いてあったからだ。俺が洗濯機《ワールプール》を動かすと、小さな赤ん坊のクリスティがいて、彼女をくるんでいた柔らかいブランケットにメモが挟まれている。

「この子をお願いします。あなたの方が、私よりも親にふさわしいはずです。お願いします。私はこの子を愛しています。愛しているのです。クリスティ、愛してるからね。それじゃあ。アイ・ラヴ・ユー」

百戦錬磨の俺たちスペシャリストでも、さすがに捨て子とメモを見つけたことはショックで、五分くらいどうしていいかわからず狼狽するだろう。交代で赤ん坊を抱きながら、渋々マネージャーを呼ぶと、マネージャーは警察を呼ぶ。もちろん、その日の仕事はここで終わりだ。それ以来、俺とケイトー、そしてリースは、クリスティの動向を追い続ける。俺たちは彼女に匿名で小さなプレゼントを送って、遠くから内緒で見守る父親となるのだ。彼女は地元のニュースで、赤ん坊と工具を掛け合わせたようなニックネームで知られるようになる。たとえば、「トゥール・ボーン・タイク（ツールから生まれた赤ちゃん）」とか。

でも、実際にトラックの端までたどり着いて、すべての荷物を下ろしたところで、板がそびえるだけで、何も見つかりはしなかった。

「位置に着いて、よーい、どん！」

猿が木から叫んだ。ライオンは山に登ろうと、麓に向かって走り始めた。ライオンが振り返ってアナンシを見ると、アナンシははるか後方にいた。ライオンを演じる時の父は、意地悪そうな大声で話した。

「蜘蛛め、愚かになったもんだな。俺はジャングルで最速の男」

ライオンはそう言いながら、大山を登り始めた。彼はまた、（ウサギの子どもたちなど、もう食ってしまった。俺がこの競争に勝ったら、お前の魔法薬をよこせ）と心の中でつぶやいていた。ライオンからはるかに後れを取って、アナンシはゆっくりと地面を歩いていた。まるで山になど何の興味もないかのように、下を向いたままだ。

「なあ、アナンシ、どうして走らないんだ？」と猿は尋ねた。「哀れなウサギの子どもたちを救いたくないのかい？」

「僕はすでに子どもたちを救っているんだ。これから、あの愚かな猫に恥をかかせてやるよ」とアナンシは答えた。

「なあ、アナンシ、ライオンはもう山に入ってるぞ。走らなければ、絶対に負けちまう」

「いいから見てろ」とアナンシは言った。「まあ、見ててくれ」


　数年前、まだ俺たちが持ち家に住んでいた頃、父は俺と近所のジェリーを映画に連れていく約束をしていた。俺たちは一週間、ずっと楽しみに待っていた。午後七時に家を出て、七時半の映画を見るぞ、と父は言っていた。当日の六時五十五分、父の車が私道に入って来た時、俺とジュリーは、コントローラーを激しく叩いて、格闘ゲームをしていた。第三ラウンド目の真っ最中で、日本人の空手家が、ミュータントの顔面に蹴りを食らわせていたところだった。

「お父さんが外にいるわよ」と母が呼びかけた。車のクラクションが一回鳴り響いた。まるで父の声が乗り移ったかのような、長く激しい音だった。父が車の中で待っているのがわかった。

　俺たちはゲームをやめて、階段を駆け下りた。外に出ると、私道に父の車はなかった。庭の緑豊かな芝に比べ、私道のコンクリートの割れ目から仄見える芝は、所在なさげに見えた。ジェリーは困惑して、俺を見た。

「僕たちのこと、忘れたのかな？」

　俺は郵便受けまで歩いた。テールライトが光っていた。父の車は、まだ坂道をのぼっていた。俺は激しく両腕を振りながら、坂道を懸命に駆け上がった。これは冗談だと思いたかった。ジェリーも俺と一緒に走った。俺は叫んでいた。

「父さん！　父さん！　俺たち、ここにいるよ！　ここだってば！」

ジェリーも叫んだ。「ヘイ！　ヘイ！」

俺たちは坂道を走りながら、日産の販売代理店の前で風になびいて揺れているゴム人形のように、激しく手を振った。

「父さん！　父さん！」と俺は叫んだ。父の車は、対向車が近づいてくると速度を落としたが、角を曲がって四十二号線に入ると、スピードを上げた。

俺たちは汗だくで放心状態のまま、歩いて家に戻った。車を追いかける楽しいゲームは終わった。おじさんはふざけているだけかもしれないから、戻って来るのを待とう、とジェリーは言った。俺は「そうかもな」と答えた。

俺たちは、答えを求めて母を見つめた。母はジュースを注ぐと、黙ってジュースを飲む俺たちの姿を見つめていた。ジェリーはジュースを飲み終えると、家に帰った。ジェリーがいなくなると、俺は尋ねた。

「どうして父さんは、俺たちを置いていったの？　ほんの一分待たせただけなのに」

「ただの映画でしょ？　いつでも観れるわよ」と母は答えた。

「でも、どうして父さんは俺たちを置いていったの？　すぐそこにいたのに」

「がまんしてあげて。お父さんは短気だから、あなたががまんしなくちゃ」と母は言った。

「それって不公平だよ」と言いながら、俺はゆっくりと事実を説明した。

「映画ならまだやってるでしょう。お父さんはマイペースなの。そのうちまた連れてってくれるわよ」と母は言った。

俺はがっかりした。父とはもう二度とどこにも行きたくない、と思った。


「マザー・アース、マザー・アース」とアナンシは叫んだ。

「母なる大地よ」大地が揺れた。

父がマットレスを前後に素早く動かし、ポリウレタンのマットレスも揺れた。

「アナンシ、私の名前を呼んだか」とマザー・アースはアナンシの呼びかけに応えた。彼女の声は、風や木の中から聞こえてきた。

「美しきマザー・アース、ちょっとお願いがあるのです」

「アナンシ、お前は何も与えることなく、お願いだけするのか？」地面が揺れた。猿は木から落ちた。

「いえいえ！　そんなことは決して！　偉大なる母よ、私は求める前に約束をし、約束を果たします」アナンシはそう言うと、地面に向かって頭を下げた。

「お前が与えたものは？」とマザー・アースは尋ねた。

「あなたに種を植えました。あなたの美しさに花を添えることをお約束します」アナンシは、地面から目を逸らすことなく言った。

「わかった。それで、お前のお願いとは？」

「この道から大山まで、小さな風を吹かせて欲しいのです」とアナンシは言った。

「俺の息子も、もうすぐ卒業なんだ」とリースはある日、トラックの中で言った。俺は、「猛犬注意」の標識が入った箱と、「芝生立ち入り禁止」の標識が入った箱を持ち上げていた。

「息子さんの名前は？」と俺は尋ねた。

「二代目だから、リース・ジュニアだ。我が家ではＲＪって呼んでるよ」

「へえ。卒業後の予定は？」リースに息子がいるなんて、初耳だった。

「まずはコミュニティ・カレッジで一、二年勉強して、本格的な進路を考えるのは、それからかな」とリースは言った。

「俺もそうするかも」と俺は言った。知り合いの大半は、すでに名門大学への入学を決めていた。俺はニューヨーク州北部の大学、コネチカット州の大学、ニューヨーク市内の大学に秋学期から通うと伝え、最初の前金をもうすぐ支払うと話していた。

「いやあ、お前に限ってそれはないだろう」とリースは言うと、俺を勇気づけた。彼は俺よりも、俺の未来を確信していた。

小さな草の葉を持っていたアナンシは、マザー・アースの大きな力を感じた。彼女の手は、アナンシを道端から大山へと運んだ。ライオンは、麓からほんの少ししか進んでいないというのに、もう疲れていた。アナンシは風のてっぺんから叫んだ。
「お前のお腹に入っているのは岩だ。愚かな猫め。お前が悪さすると思って、子ウサギのベッドに岩を置いておいたんだ」
ライオンは唸り声を上げ、草の葉に乗って大山を登るアナンシを殴ろうとしたが、届かなかった。山の頂で、アナンシは笑い転げた。

卒業式の一週間前、父が戻って来た。予定よりも三ヵ月半遅い帰宅だった。三ヵ月、何の連絡もなかった。俺はリースと一緒にいた。その日は貨物がなかったから、俺たちはペンキのセクションの応援に回っていた。父が俺を見つける前に、俺は父に気づいた。自分の内面の変化が、外面にも表れていたらいいな、と思った。強くなった気がしていたのだ。父が俺に気づいた。すると、何も考えられなくなった。父は激しく手を振ると、まるで自分が遅れていることに気づいたかのように、速足で歩き始めた。ジーンズの短パンに、革のサンダルを履いている。

俺が父に気づいているのは明らかなのに、父は俺の名前を二回呼んだ。父は俺のところまで来ると、俺の肩に手を置いた。

「父さん」と俺は口に出すと、心の中でつぶやいた。冷蔵庫の中に食べ物があるのは、俺のおかげなんだ。俺はプロムにも行った。父さんは一生戻って来ないと思ったけれど、生き延びたんだぞ。

「ありがとう」とも思った。なぜそう思ったのかは、わからない。

ペンキの缶を並べていたリースが、顔を上げた。

「お前の親父さんか？」と彼は言い、グローブを外して手を差し出した。

「素晴らしい息子さんをお持ちで」父はリースの手を取ると、朗らかに笑った。

「ああ、立派に成長しましたよ」父は俺に目を向けた。リースは俺たちのもとから離れ、褐色や緑色のペンキが並ぶ長い通路の逆側へと歩いた。

「今帰ったところだ。ペンキと一緒にふらふら待ってるのが、お前の仕事なのか？」父はそう言って笑った。「仕事の邪魔をするつもりはない」

父はもう一度、俺の肩を叩いた。

「父さん」冷静ではいたくなかった。でも、息をする以外は、何をどうしたらいいかわからなかった。

「駐車場で待ってる。車で帰りたいだろ？」

「うん、よろしく」と俺は答えた。

＊1――【トゥイ語】アフリカ大陸のガーナ共和国で話されている言語の一つ。クワ語族・アカン語の方言に分類される。
＊2――【ジャスティス・リーグ】DCコミックスの刊行するアメリカンコミックに登場する、スーパーヒーローチーム、およびそのコミックや映画のタイトル。スーパーマン、バットマン、ワンダーウーマンなどが主なメンバーとなっている。
＊3――【アベンジャーズ】マーベル・スタジオの製作によるアメリカンコミックのヒーローが集結した映画。
＊4――【ゴリアテ】旧約聖書の「サムエル記」に登場するペリシテ人（フィリスティア人）の巨人兵士のこと。英語読みでは「ゴライアス」。
＊5――【ハンドリフト】荷物を載せる木枠（パレット）を移動させるための器具。パレットジャッキ、ハンドパレットトラック、パレットトラックなどとも呼ばれる。
＊6――【内側側副靭帯（ないそくそくふくじんたい）】膝関節の内側の側面に位置する、骨と骨をつなぐ靭帯。膝内側側副靭帯（ひざないそくそくふくじんたい）の断裂は、膝靭帯の損傷の中でも起こる頻度が最も高い障害。

Light Spitter

ライト・スピッター——光を吐く者

彼はみんなに知って欲しかった。こうなったのは、お前らのせいだと。チューブ状の容器から親指大の口紅を出すと、額に大きくFと書く。しかし、気がついた時には遅かった。Fが逆向きになっていた。

「クソッ」

彼は一人声を上げた。それでも、文字を洗い流して、書き直そうとはしなかった。もう、間違いなんて気にしない。もう、間違うことなんてない。間違っていたのは、あいつらなのだから。ずっとずっと、そうだった。あいつらは。彼には今、それがはっきりとわかる。彼は間違っていない。間違っていたこともなければ、今後も間違いを犯すこともないだろう。彼は自分の名前を完成させた。みんなが決して忘れられないよう、太字で赤く、額に注意深く書く。FUCKTON《ファックトン》。あいつらから、つけられた名前を。Fが鏡文字でも、美しいじゃないか。彼はバッグを摑み、外に出た。これから運命を見つけるのだ。

安全な家の中で、メラニー・ヘイズは言った。

「ラヴ・ユー、スウィーティー。その調子で頑張って。今学期はもっといい成績が取りたいでしょ？」

娘がウンザリした表情を浮かべているのが、手に取るようにわかる。でも、発破をかけるぐらいはいいだろう。娘は優等生だが、人間だ。気が散ることもある。母娘で気が散ることもあるが、ずっと仲良くやってきた。夫が去った今、娘と二人で力を合わせ、さらに仲良くやっていかなければ。

「ラヴ・ユー」

メラニーは大学生の娘にもう一度言った。ここで止めておこう。新学期は、始まったばかりだ。彼女は娘の声を聴きながら、一人微笑んだ。娘の声はいら立ってはいたが、それでも柔和だった。それがディアドラなのだ。

ファックトンは、ブラントノーズを掴んだ。愛用しているグリーンの櫛だ。青白い指を、櫛の歯に滑らせた。手が震えている。ファックトンは目を閉じると、櫛の歯がたわんで、元の位置に跳ね返る音をじっくりと味わった。櫛を髪に当てる。イエス。髪の毛の一本一本が輝き、整えられて直立する。戦いに備える兵士の髪型だ。よし、壊滅に向けて、身だしなみは整った。この重大なイヴェントのために、彼はコンタクトレンズすらつけていた。しかし、このコンタクトで、危うく朝を台無しにするところだった。歯を磨いている最中、指に歯磨き粉がつき、その手でコンタクトを入れたために、左目が数分間、燃えるように熱くなったのだ。それでも無問題。大した災難ではない。歯磨き粉なんて、世の終末の前には無価値に等しい。目の充血なんて、取るに足らないことだ。これから、どれだけ多くの人が目を真っ赤に腫らすだろう？彼らはどれほど大きな涙を流すだろう？　彼が流した涙一粒に対して、十、二十、何百粒という涙が流れるだろう。ファックトンはもう一度、ブラントノーズで髪を梳かした。ブラントノーズが、彼の頭皮にそっとキスをする。このうららかな報復の日、彼は燦然と輝くだろう。

彼は大学の寮に住んでいたが、いまだに友だちはいなかった。男女混合の親睦会にも出席してみたが、友だちはできなかった。チェス・クラブに参加して、クラブの財務部長に完勝したが、友だちはできなかった。大学の民主党員向けミーティングで友だちを作ろうとしたが、リベラルな生徒たちがクスクスと笑いながら、あからさまに自分をネタにしたテキストを送り合う姿を見つめるだけで終わった。とてつもない勇気を振り絞って立ち上がり、慎重な財政支出の利点について意見を述べたというのに、老いぼれ扱いされただけだった。

大学の共和党員が主催した『フリー・トゥ・ヘイト（憎悪の自由）』集会にも参加してみたが、すぐさま水鉄砲で攻撃された。民主党員のミーティングに参加していたことがバレて、何らかのスパイだと誤解されたようだ。どちらにせよ、友だちはできなかった。できたのは、敵だけだ。ずっとこんな調子だった。生まれた時から、ずっと。でも、だからこそ、計画を容易に実行できる。彼は、陽気の良い一日に足を踏み出した。強い大男になった気分だった。これから、足元の小人たちを踏み潰すのだ。

図書館の入口に着くと、女子学生が出てくるところだった。彼女は足を止め、ドアを押さえた。ファックトンは彼女を見つめて微笑むと、彼女は冷めた目で訝しそうに彼を見た。「やあ」とファックトンは言った。返事はない。鼻に皺を寄せているところを見ると、彼が話しかけようとしたことすら、迷惑だったようだ。無礼な態度、大歓迎。ファックトンは、自分が手にした力を想い、有頂天になっていた。ありふれた光景に、隠された秘密の計画。これから数分間の出来事で、彼はずっと夢見ていた名声を手にするのだ。

図書館の一階。閉じた本に親指を挟んでいる女子学生が奥の席に座り、携帯を耳に当てていた。髪にはきれいにスカーフを巻いている。笑顔だ。よし、あの娘にしよう。

「大丈夫だってば。今着いたとこ。心配しないで」と彼女は囁くと、電話を切った。勉強に集中しなければ。リッジエア大学の三年生になった、第一週目。彼女は図書館にいる。

図書館にいるのは、ようやく今年、自分の心にまっすぐに向き合い、ベッドの中で教科書は読めないことがわかったからだ。十ページ、二十ページぐらいで、彼女は眠りに落ちてしまう。爆睡だ。そして二時間後に目を覚ますと、自分に失望し、お腹を空かせる（失望すると、食欲が湧くようだった。失望と食欲は、危険な組み合わせだ）。それでも、「わあ、ディアドラ、すごくきれいになったね！　一瞬、誰かわからなかった！」なんて言う人たちがいる。一年生の時に増えた体重を、最近減らしただけの話なのに。褒め言葉には思えなかった。

先学期、ディアドラはベッドで寝落ちして目を覚ました後も、教科書に戻らず、テリーに電話した。二人は食堂に行って、ご飯を食べておしゃべりした。おしゃべりといっても、テリーが彼氏との問題を語り、ディアドラはアドバイスに終始した。（そしてテリーは、ディアドラのアドバイスを聞かず、後悔した。）彼女には定評がある。アドバイス。彼女は聞き上手。率直で、無遠慮なくらいだ。でも、長い目で見れば、誰もがその率直なアドバイスのありがたみに気づく。食堂でサラダを食べた後、ディアドラはまた疲れてベッドにもぐり込み、頭を空っぽにして笑える動画をノートパソコンで見ることが多かった。運が良ければ、二回目の夕食に後ろめたさを感じ、ジムに向かうこともあった。どちらにせよ、教科書を読むことはなかった。現代文学の授業でAを取り、優等生名簿入りを確実にするには、教科書を読まなければならないのに。優等生名簿入りは、ママへの良いプレゼントになる。パパは出て行ったし、先学期のディアドラの成績はひどかった。それを考えると、ママには良いニュースが必要だったし、ママには良いことが起こるべきだった。

誰かが何かを言った。聞き覚えのない声だ。まだ教科書に集中できていなかったから、少しいら立ちながらも、何だかホッとした。ディアドラは「あっ」と言いかけたが、次の瞬間、即死した。

悲鳴が上がった。ファックトンが辺りを見回すと、誰もが一目散で逃げ出していた。「ご、ごめん」という言葉が、ファックトンの口から思わず飛び出した。自分で殺しておいて、その台詞はないだろう、とも思ったが。彼は死んだ女性を見つめた。ウィップテイルという愛称で呼んでいたグレー／ブラックのピストルを使い、自分がこの手で地上から消し去った女性を。ファックトンは、喜びが体中に漲るのを待った。目を見開いて、目の前の死体を凝視する。顔の損傷がひどい。彼はすっかり恐ろしくなった。辺り一面が血に染まっている。彼の唇にも、髪にも、血が飛び散っていた。ファックトンは女性をもう一度見ると、身を翻して走り出した。

しかし、カーペットの縁につまずき、膝から倒れた。ウィップテイルから弾丸が飛び出し、床に食い込んだ。叫び声を上げて逃げまどう人々と同じように、ファックトンもその発砲音に震え上がった。誰もが逃げまどい、絶叫している。ファックトンは立ち上がると、トイレに駆け込んだ。トイレの中には、手を洗っている男子学生がいた。「わぁ」とファックトンは言いながら、ウィップテイルを彼に向けた。男子学生は振り返り、たじろいだ。そして、まるで背骨をもぎ取られたかのように、タイル張りの床に崩れ落ちた。彼は命乞いをしていた。トイレの外では女子学生の頭を吹き飛ばしたファックトンだが、この男子学生のことは見逃すことにして、個室に入った。本当にやってしまった。ファックトンの体は震えていた。消え入りたい気分だ。彼はすぐに個室の鍵を閉めた。男子学生が立ち上がり、慌ててトイレから出ていく音が聞こえた。ファックトンはポケットからブラントノーズを取り出し、髪を梳かそうとした。

「クソッ、クソッ、クソッ！」ファックトンは叫んだ。彼が額を拭くと、赤い蠟のような口紅が指についたが、気にもとめなかった。手の震えが止まらない。

　ファックトンの頭上では、ディアドラ・ヘイズの魂から生まれた天使が、彼をじっと見つめていた。もう一度、銃声が響いた。人殺しのファックトンは、トイレの個室で倒れた。天使は微笑んだ。二本の黒い角が、彼女の頭から伸び、彼女はトイレから出て行った。

ファックトンの亡霊は、トイレから出ると、天使に引き寄せられた。天使は、かつて自分のものだった体の上を漂っていた。その体はぐったりと、柔らかいいすの背にもたれている。ディアドラとファックトンの目が合った。

「何があったんだ？」ファックトンが尋ねた。

ディアドラは振り返ると、ファックトンに唾を吐こうとした。でも、口から出てくるのは細い光だけだ。いくら唾を吐こうとしても、口からは光しか出てこない。

「あんたが彼女――ってか、私を殺したんだからね。私を殺したの」と天使は言った。彼は天使を見つめた。いすに倒れている女の子が生きていた時の姿にそっくりだ。彼は死体を見た。

「ああ、そうだった。何だか、すげえ昔のことみたいだ。ごめんな」とファックトンは言った。

「まだ出血してんですけど」と、ディアドラは指を差しながら言った。死体の顔からは、血が噴き出している。周りにはもう誰もいなかった。ディアドラもファックトンも図書館にいたが、二人とも時間や空間に縛られてはいないことを、感覚で理解していた。

「俺はどうなった？」ファックトンは尋ねた。

「ピストル自殺してた」

「みんな見てた？」

「ううん、でも私は見てた。こんな風になって、初めて見たのがそれ」ディアドラは自分の体と、新たに生えてきた翼を見せた。「私が助けることもできたけど、助けなかった。あんたが自殺してるの見てたよ。勝手に死んでろって」

ディアドラの翼は小さく、輝いていた。翼はゆっくりとはためき、クラゲのように伸び縮みしている。頭の角は、黒く、鋭い。

「それで、これからどうなる？」とファックトンは尋ねた。

「私は天使になった」

「俺は？」

「何にもならないんじゃない？」とディアドラは言った。「とりたてて、何にもならないはず」

「何にもならないって？」ファックトンは言った。

「うん。何にもならないよ。ほら」ディアドラはファックトンの胸を指差した。幽霊になったファックトンの胸では、こぶし大の空洞が脈打っていた。

「わあ」とファックトンは言った。彼は胸の穴に手を入れると、空洞の縁を触った。「何だかアイアン・マンみたいだな」

「全然。アイアン・マンとは違うって。あんたはそのうち、無になって消えちゃうんだから」

「どうして何でも知ってるんだよ？」ファックトンは尋ねた。

「こんな風になると、情報がついてくるの。まだ、体に流れ込んでる最中だけどね」

「へえ」

「そういう決まりなんじゃないかな。私、飛べるんだよ。ほら、翼もあるし。何にもならないあんたには、穴が開いてるだけだけど」

「マジかよ」とファックトンは言った。「俺も飛べるんじゃね？」と、彼は飛び上がった。足を蹴りながら、手のひらを地面に向けたが、彼はタイル張りの床に落下した。落ちた場所には、新たにできたディアドラの血だまりがあった。血だまりは、どんどん大きくなっていく。

「飛べないや」と彼は言った。

「ご愁傷様」とディアドラは呆れた表情で言った。

「それじゃあ、これからどうなる？」

「何で私に訊いてんの？　あんたのこと、大嫌いなんだけど。私のすべてを台無しにしたんだから」

「天使って、人を憎んでもいいのか？」とファックトンは尋ねた。

「いいんじゃない？　できることなら、あんたを生き返らして、あんたが死ぬところを繰り返し見たいぐらいだもん」

「そっか」ファックトンは、ディアドラの頭を指差した。「天使に角ってあったっけ？」

ディアトラは顔をしかめ、片手を角に持っていった。片方の角を一瞬触ったが、すぐさま手を放した。火傷するほどの熱さだ。

「これが流行りなんだよ」と彼女は答えた。「私には家族もいたし、夢だってあったのに」

「俺だってそうだよ」とファックトンは言った。

「だから？」とディアドラは肩をすくめた。

「マジで昔のことみたいだな」とファックトンは言った。

「昔じゃないよ。あんたなんて、まだ完全には死んでないし」

「死んでない？」

「うん」とディアドラは言った。「今のところ、あんたはクズ。クズのできそこない。まだ幽霊にもなりきれてないみたいだしね」

「ルール、まだわかってないのか？」

「まだ全部は無理だって。だんだんわかってきてるけど。ダウンロードみたいな感じでね。でも、どうでもいいよ。あんたはもうすぐ死ぬし、その後あんたに何が起こるかは、私にもわからない。悪い事が起こるといいな」

「キツいなあ」ファックトンは、頼りのブラントノーズをポケットから出そうとしたが、見つからなかった。それからグリースをつけた髪をかき上げようとしたが、髪は乾いていた。額に書いたはずの文字もない。

「自業自得でしょ」とディアドラは言った。「もう行かなきゃ」

ファックトンは辺りを見回した。「俺は？」

「てかさ、わかんない？　私の知ったこっちゃないんだけど。あんたはただのクズだし」

「行かなきゃって、何でだよ？」

「やることがあるから。感覚でわかるの」

「一緒に行ってもいいか？」ファックトンはディアドラの死体を見つめながら言った。

「二度と顔も見たくないんだけど」

「お願いだ」

「やだ」

「頼む」

「死ねばいいのに」とディアドラは言った。彼女の体が輝き始めた。

「待ってくれ！」ファックトンは手を伸ばし、彼女を摑もうとした。閃光が走り、空間が移動した。


ディアドラとファックトンは、グリーンのカーペットが敷かれた居間にいた。ブラウンのソファのアーム部分には、焦げ跡がついている。テレビの画面には、ヘリコプターから撮影したリッジモア大学の映像が流れていた。ファックトンは、テレビに引き寄せられた。ニュースキャスターが画面に登場した。

「リッジモア銃撃事件の続報です。犯人は一年生のウィリアム・クロッパーと特定されました。犯人は拘留されており、現在重体とされています。第一報によれば、『反感を買うタイプの一匹狼』とのことです。現時点では、一名の死亡が確認されています」

ニュースキャスターはそう言って首を振ると、スポーツキャスターのヴィンス・ヴァイスにバトンタッチした。

「いやあ、本当に痛ましい事件ですね」とヴァイスはコメントし、担当ニュースに入った。

「それではここで明るい話題を。昨夜のシーズン開幕戦で、ツイタワ・タイフーンズが、キリアム・ハウンド・ドッグズに快勝しました」

「え？　これだけ？」とファックトンは言った。振り返ってディアドラを見つめると、再びテレビを見つめ、またディアドラを見つめた。

「ねえ、何でここにいんの？」ディアドラはファックトンに尋ねた。

「どうやら、君の後を追えるみたいだ」ファックトンは、握っていた手を開いてディアドラに見せた。ディアドラの羽根だ。彼の手の中で光っていた。

「移行期間中だからナイスにしてるけど、マジであんたとは関わる気ないからね。わかった？

羽根、返して」ディアドラは地上に舞い降りると、ファックトンから羽根を取り戻そうとした。

「後で返すから。移行期間中って？」ファックトンは羽根をさらに固く握りしめると、ディアドラに背を向けた。

「てかさ、もう死んでくんない？」とディアドラは言った。角の先端が引火している。彼女は静かに幾度か深呼吸した。炎が静まり、煙になった。

「移行期間は、お試し期間って感じ。この任務っていうか、この職に向いてるか、テストを受けてるの。役職、みたいなものかなあ？　やりたいことを選べたから、私はこの世に残って、人助けすることにした」

「俺も残って人助けしたいな」とファックトンは言うと、目を伏せながら立ち上がった。

「あんたに同じ選択権はないと思うけど？」とディアドラは言った。

「俺に選択権がないって、君も確実にはわかってないってことだね？」

「わかんない」

「とりあえず、今のところはここにいられるってことだよな？」ファックトンは、手を体の後ろで動かしながら、ディアドラを見た。ファックトンが胸に開いた穴に右手を通し、左上腕をつまんでいるのが、ディアドラにも見えた。

「勝手にすれば」とディアドラは言った。

「サンクス。他に行くとこないしさ」とファックトンは言った。

ディアドラがファックトンを見つめていると、玄関のドアが開いた。ウェットモス高校から帰宅した少年だった。名前はポーター・ランクス。彼も自分と同じ陰鬱暗黒隔絶クラブの仲間だと、ファックトンはすぐに気づいた。痩せた体と猫背ぎみな姿勢のせいで、ポーターはクエスチョン・マークのように見える。ピンク色の肘、汚いスニーカー、顔のにきびが嫌でも目につく。彼の瞳は大きく、青い。ポーターの母は家にいた。

「ハイ、ハニー。今日は学校、どうだった？」母は料理をしていたが、ポーターが家に入ってくると、料理の手を止めて、彼をじっと見つめた。

「別にいつも通りだよ」

ポーターはそう言いながら、辛うじて母を見つめ返した。彼の声は低く、太かった。体とは不釣り合いな声だ。彼は階段を駆け上がると、自分の部屋に入った。ディアドラはポーターの後を追い、ファックトンはディアドラの後を追った。ポーターはドアを閉めると、そっと鍵を閉めた。ディアドラとファックトンは、塗料木材の壁を通り抜けて部屋に入った。ポーターはベッドの枕を掴むと、枕を顔に当て、叫び始めた。ファックトンは地上から、ディアドラは天井についている扇風機の近くから、その様子を見つめていた。ポーターは、横顔が青くなるまで叫び続けると、そのまま声を殺しながら、枕を真っ二つに裂く真似をした。しかし枕は裂けない。そこで彼は、ベッドの上で枕にまたがると、枕を何度かパンチした。ポーターの拳は乱れ飛び、宙を舞った。

一瞬にして、ディアドラとファックトンはリッジモア大学に戻っていた。トイレの中だ。眼下には、ぐったりとしたファックトンの体が見えた。その体は蛍光灯の下で青白く光り、額には口紅が滲んでいる。頬には穴が開いており、動かなくなった手には銃が握られている。ブラントノーズは便器の中だ。救急隊と警察が、ファックトンの周りを囲っていた。トイレットペーパーの束が、床の血を飲み干していく。男性と女性、そしてもう一人の男性が死体を眺めていた。救急隊員の一人が言った。

「彼は死んだ方がいいかもな」

「マジかよ」指で髪をかき上げながら、ファックトンは言った。

「またここに戻って来たの？」とディアドラは言った。「さっきも言ったけど、私にはやることがあるんだよ。もうこれは、私の問題じゃないし」

「どうしてみんな、助けようとしない？」

「あんたがクズだって、わかってるからでしょ」ディアドラはファックトンを見つめた。彼女の角が、燻り始めている。

「何だか俺、もう少しで……」

ファックトンは救急隊員の一人に触ろうと手を伸ばすと、そのまま救急隊員の頭の中へと消えていった。ファックトンには、その隊員の人生が見えた。彼は、傷ついた人々を助けてきた。多くの修羅場を見てきた。毎日が残酷だった。自分が救った男が、後に家族と無理心中をしたこともある。彼はファックトンに激しい嫌悪を感じていた。しかしそれでも、人々の命を救うのが、彼の仕事だった。

ファックトンは、すぐにまた姿を現した。

「彼の頭の中にいたんだ。たぶん、だけどな。俺を助けろって、彼に伝えた気がする」

「誰もあんたのことなんて、助けたくないよ」とディアドラは言った。「助けてもらう資格なんてないでしょ。あんたがやったことは、単に自分を無に近づけただけ」と、ディアドラはファックトンの胸の穴を指差した。もうスイカぐらいの大きさになっている。ディアドラは笑った。彼女の角で、再び炎が渦巻いた。ディアドラは笑うのをやめて、目を閉じた。

閃光が走った。

二人はポーターの部屋に戻っていた。ディドラの角は熱い鉄のように光り、次第に冷えて黒くなった。「うわっ」とファックトンは言った。彼はカーペットの上で、足を組んで座っていた。ディアドラの羽根を使って、床に小さな円を描いている。ディアドラは宙を漂いながら、動き回っていた。ポーターはコンピュータに向かって、一人つぶやいている。

「みんな、すげえ怖がってるみたいだな」とファックトンが言った。

「そりゃそうだよ。殺人が起こったんだから」とディアドラは言った。

「つまり、俺が君を殺した、ってことだよな」

ディアドラが見つめる中、ファックトンは話し続けた。

「みんなから、ずっとファックトンで呼ばれてきたんだ。豚野郎ファックトン、カバ野郎ファックトン、ファックなファックトンって。ずっと、毎日な」

「だから？」

「単に説明してるだけだよ。いくつか思い出してきたから。減量した後でも、そう呼ばれてたんだ。本当の名前はビリーなのに、とにかくファックトンって名前をいちばん覚えてる」

「私だって、いじめられたことあるよ。自分で何とかしたけどね」とディアドラは言った。

「この体になってから、一部の記憶は消えかけてるみたい。全部は思い出せないけど、誰も殺してないってことは覚えてる。あと、あんたが大っ嫌いってこともね」

「そうだよな」とファックトンは言った。

「当然でしょ」

「君には何の関係もなかったんだ。実際に知ってる奴を殺ればよかったんだろうな」

ポーターは、机に拳を叩きつけた。

「あいつら、またいじめまくったんだな」ファックトンが静かな声で言った。

「誰のこと？」

「あいつらだ。学校のみんなさ。彼はみんなを憎んでる。ハンパなくいじめられてるからな」

ディアドラは地面に舞い降りると、ポーターの前のコンピューター画面に目をやって言った。

「あんたの記事、読んでるよ」コンピュータ画面には、長文の書き起こし記事が表示されている。記事の冒頭には、ファックトンの写真が載っていた。

「ウィリアム・クロッパー、十八歳」と説明がついている。

ファックトンは記事を読もうとコンピュータに近づいた。数秒の間、ポーターと一緒に記事を読むと、モニターから目を離して言った。

「ああ、これは俺だ。どうやら俺、すげえ有名になったみたいだな」

「いや、全然。まあ、どうでもいいけど。私は仕事するだけだから。この子があんたの二の舞にならないよう、助けなきゃ」

「そんなこと、できるのか？」

「やってみるつもり」

「わかった。俺は何すればいい？」

「知らないよ。別にどうでもいいし」

ファックトンはカーペットに視線を落とし、髪の毛をかき上げた。

ディアドラは目を閉じて、手を伸ばした。その体は、ポーターの中へと消えていく。ファックトンは、そわそわと歩き回った。彼は持っていた羽根で、胸に開いた大きな穴の縁を触った。それから、羽根を握りしめながら、ポーターのベッドに横たわった。目を閉じてみる。すると、自分が泣いている姿が浮かんできた。そして思い出した。これはずっとずっと昔のことだ。銃を手に入れた日、ファックトンは泣くのをやめた。涙を流すかわりに、リストに名前を書き、空想に耽ったのだ。

ポーターは、泣いていなかった。

「君も俺みたいに殉死するつもりか？」ファックトンはポーターを見つめながら問いかけた。

「やるつもりなのか？」ポーターはモニターを見つめている。そして再び拳を机に打ちつけた。

ディアドラはどこからともなく現れ、床に転げ落ちた。

「ああ、もう！」ディアドラは言った。角は燃えるように赤く輝き、翼は不規則にはためいている。

「どうした？」

「悪化させちゃったかも」ディアドラの翼は、彼女の背後でさらに忙しなくはためいた。「良い思い出を呼び起こしたの。彼もみんなも、昔はどれだけ幸せだったかってこと、思い出させてみたんだけど」

「何でそんなことするんだよ？」とファックトンは尋ねた。ポーターは机から立ち上がると、クローゼットに入った。彼はきっちりと持ち物をかき分け、黒い拳銃を取り出した。

「シグの拳銃だ」とファックトンは言った。

「どうしよう！　楽しい思い出を呼び起こしたら、助けられるかもって思ったのに」

「そんなことしたら悪化するだろ。こういうの、得意じゃないんだな」

ディアドラはファックトンを見た。「知らなかったんだもん」

ポーターは手にした銃を眺め、両手で銃を挟んだ。銃を握ると、まずはファックトンの背後の壁、次にコンピュータに銃を向けた。温かい微笑みが浮かび、彼の唇が開く。

「スティングレイ（毒針を持つエイ）の騎士団。偉大なる真実を守る者たち」ポーターは独りつぶやいた。

「あれ、俺がノートに書いてた言葉だ」とファックトンは飛び上がって言った。彼はポーターに近づいた。

「俺たちみたいな奴らに呼びかけたんだ。俺たちだって、みんなと同じものを手にする価値があるってこと、世間の奴らにわからせようってね。俺たちは、奴らより多くのものを手にする価値があるんだって」

「わかった。つらい日々を送ってたのは気の毒だけど、今は黙ってて」とディアドラは言った。

「彼のことが理解できるって言ってるだけだよ。俺には昔、架空の友だちがいたんだ」

　ファクトンは目を細め、何かを思い出そうとしていた。

「え？」

「空想上の友だちだよ。そいつ、かなり滅茶苦茶でさ。俺よりもひどかった。両腕がなくて、トゥレット障害[*1]もあったから、『尻の山』とか『ラザニア』とか、デタラメばっか言ってた」

「何のこと言ってるのか――」

「そいつ、俺にはすごく優しくて、いつも俺に手を振って挨拶してきた。俺はといえば、『この馬鹿野郎、腕もないくせに。とっとと消えろよ』なんて返してた。それでもあいつは俺とつるもうとしてた。俺はあいつに意地悪しかしてなかったのにな。ルーカスって名前だった。あいつのことは好きだった。スティングレイについても教えてやったよ。俺、スティングレイについては詳しいんだ。あいつのおかげで、俺は気が楽になったんじゃないかな。自分よりも下の奴がいる。決して自分を見捨てない奴がいるってね」

「あんたって――」ディアドラは首を振った。

「『ほら、行くぞ』ってボールを投げて、あいつの顔に当てたりもしてた。あいつは、『クソッ、マンコ、カボチャ』とか言ってたな。『スティングレイは、毒を持った賢いサメみたいなもんだ』って、俺が説明すると、あいつは『アーモンド！』なんて叫んでた。木に登って、『お前もここまで来い』なんて命令もしてたけど、あいつは手がないから登れないんだよ。だから、何度も何度も木の幹に顔を突っ込んでて、あれはおかしかったたな」

「意地悪した方がいいってこと？」とディアドラは尋ねた。

ポーターの部屋をノックする音がした。ポーターは、凍りついたように動きを止めた。

「ポーツ」と母は呼びかけた。ポーターはドアに向かって歩いた。手には銃を持ったままだ。

「ダメだよ！」ディアドラは叫んだ。翼は忙しなくはためき、彼女はコウモリのように宙を舞った。部屋は静かだ。ポーターの小さな息づかいしか聞こえない。

ポーターは、母の声がする方向に銃を向けた。

「ポーツ、お腹すいてる？　夕飯前に何か作ろうか？　きゅうりのサンドイッチは？」

ピストルの暗い銃口は、白いドアのすぐ近くを彷徨っている。ディアドラはドアを通り抜けてポーターの母を見ると、部屋に戻って来た。何か手を打たなければ、と焦りながら、くるくると回っている。ファックトンはディアドラを見上げ、それからポーターを見つめた。

「落ち着けよ。こいつのこと、助けられるか？」とファックトンは言った。

ディアドラはファックトンを見ると、首を振って深呼吸をした。彼女はもう一度、ポーターの頭の中に入っていった。ファックトンは、身じろぎもせずに様子を見守りながら待った。

「ねえ、ポーツ」と母親は言った。中指の関節で、ドアを強く叩いている。

「ママ、大丈夫だよ」ポーターはドアに頬を当てながら答えた。

「わかった。それじゃあ下にいるわね」と母は言った。ポーターはドアから離れた。ディアドラが笑顔で再び姿を現した。

「やったぁ！」と、ディアドラは肩を小刻みに揺らしながら言った。光の輪が、角の上に浮かんでいる。左の角は、乳白色になっていた。ディアドラは、その角が外れるまで引っ張った。取れた角は、手の中で砂となり、床に舞った。彼女は右の角も摑もうとしたが、触ると角は高温でシューシューと音を立てた。ファックトンはディアドラを見上げた。黒い角一つに、新しい光の輪を持った天使。「これで私も、本物の天使に近づいたってことだね」とディアドラは光の輪を誇らしげに指差して言った。

「わあ、すげえ。おめでとう」とファックトンは微笑んだ。ディアドラも思わず微笑み返したが、そんな自分に顔をしかめた。

「あいつ、何やってるんだ？」とファックトンは尋ねた。

ポーターは、標的となる人々を思い浮かべながら銃を構えた。それから銃をTシャツに包むと、バックパックに入れ、ジッパーを閉めた。

「ダメ！　ダメだよ！」ディアドラは叫んだ。

「みんなに復讐するつもりなんだろう」とファックトンは言った。「一度だけでいいから、あいつらは痛い目を見るべきなんだ。こいつは毎日、最悪な気分なんだぜ。一回ぐらい、あいつらがひどい目に遭ってもいいだろ」

「何もわかってないくせに」とディアドラは言った。

「わかってるよ」とファックトンは静かに言うと、天使になったディアドラを見上げた。「でも、君は彼のお母さんを助けた。どうやったんだ？」

「彼が忘れかけてた思い出を蘇らせたの。私にも生きてる時には、お母さんがいたしね」とディアドラは答えた。

二人はここでまた、空間を移動した。


二人はある部屋にいた。床はフローリングだ。壁にはスポーツ選手のポスターやニュースの切り抜きが留めてある。そこでは中年女性が紫色の羽毛布団にくるまり、ベッドを叩きながら号泣していた。ディアドラが女性を見つめベッドに舞い降りると、彼女の黒い角から蒼い炎が上がった。ファックトンは部屋の隅に移った。女性の手には投薬びんが握りしめられている。

「ねえ、ねえ」ディアドラは女性の隣で言った。「大丈夫だからね」

「どうして彼女――」

「黙ってて」とディアドラは低い声で言った。その声には神が宿っていた。「彼女は娘を亡くしたの。だからだよ」

ファックトンは髪を触り、胸の穴に手を当てた。女性はベッドから体を起こしてまっすぐに座ると、枕を顔に当てた。彼女は枕に顔をうずめて深呼吸し、投薬びんを開けると、手のひらに大量の錠剤を出した。

「マズいな」とファックトンは言った。

「ねえ、ママ。落ち着いて。大丈夫だから」とディアドラはベッドの中の女性と一緒に泣いた。

「落ち着いて」と彼女は囁いた。

「助けてやってくれ、お願いだ」とファックトンは叫んだ。

「うん、もちろん」とディアドラは言うと、母の体の中に消えていった。

生前の娘は強かった。娘は死してもなお、記憶に残り、愛され続けるべき存在だ。ディアドラは、母にそう吹き込んだ。ママ、自殺なんてしたら、絶対に許さないから。そして全神経を集中させると、ディアドラは母に自分の姿を見せた。この母の娘としての人生。背景には、天使としての新たな人生も映し出した。ディアドラが再び姿を現す前に、母は大量の錠剤を床に投げ捨てた。錠剤は、雹が降るような音を立てて床に散らばった。ディアドラは姿を現すと、もう一度母を見つめた。

「やったな」とファックトンは言った。

「手助けしただけ。簡単だったよ。ママは強いから。もっとやるべきことがあるけど、ママはもう大丈夫」

ここで再び空間移動だ。二人はディアドラの部屋を出た。


二人はポーターの部屋にいた。翌日の朝になっていた。ポーターは、一睡もしていないような顔をしている。壁にかかった鏡を見つめながら、彼は言った。

「俺は神聖なる怒り。俺が掟だ。今日は良い日になるぞ」

ポーターは部屋を出た。母にキスとハグをすると、母もポーターのハグを温かく受け入れた。ポーターは外に出て、バスを待った。ディアドラとファックトンも後を追った。

「この子は勝手が違う。私は助けられない。どうしたらいいんだろう」とディアドラは言った。

「ひどいものを見せてやれ。こいつは俺と似てる。ルーカスみたいな奴を見せてやれよ。もっとつらい人生もあるんだぞって」

バスがやってきた。ファックトンは一列目、ポーターの隣の空席に座った。ポーターは、バスに乗り込む生徒の一人ひとりに微笑みかけた。

「クッソキモいんだけど」 背の高い女子生徒は、すれ違いざまに言った。ポーターは、彼女に向かって物欲しげに微笑んだ。

「うわっ」ディアドラはポーターを見ながら言った。「彼、もう何も気にしちゃいないんだね」

「ひどいものを見せてやれ」

「それで何とかなる?」

「うん、なるんじゃないかな」とファックトンは唇を噛みながら言った。

「わかった」ディアドラはそういうと、ポーターの頭の中に消えていった。

「俺もあいつらに目をつけられるのが、すっごく嫌だった。その気持ち、わかるよ」とファックトンはポーターを見つめながら言った。

「あいつらが放っておいてくれたら、少しはマシになるのにって思うんだよな。でもあいつら、放っておくとなると、ガン無視だもんなあ。これもキツいっていうか、ガン無視の方がキツい。自分が無に等しいっていうか、まったく無価値な人間に思えるもんな。あれは嫌だった。俺は大学に行くまでがまんした。もう一度、チャンスがあるってね。あいつらにもう一度、反省の機会をくれてやったんだ。それでも相変わらずだった。友だちなんて、一人もできなかった。女の子にも縁がなかった。まったく相手にされなかったよ。俺は——あいつらに、たくさんチャンスをあげたんだ。スティングレイの同志よ。俺、スティングレイに触ったことがある。本物のスティングレイだ。誰も殺さないように、毒針を抜かれてたけどね。何だか気の毒に思った。なあ、スティングレイの騎士団は、本当の話じゃないんだ。リアルにあるわけじゃない。俺たちは、魔術師なんかじゃないし。わかってるよ。あいつらは報いを受けて当然だって思ってるんだろ？　でも、お前は何を受けるに値する人間なのか？　自分のこと、死んだも同然だと思ってるみたいだけどさ、お前、まだ死んでないからな」

「この子には聞こえてないよ。あいつらだって、何の報いを受ける筋合いもないし！　あんたは、ディアドラ・ヘイズを殺したんだよ。だから、そんな惨めな状態になってるんでしょ」

ポーターとファックトンの頭上に再び姿を現したディアドラは言った。彼女の翼は、猛スピードではためいている。その声は、あらゆる方向から聞こえてくるかのようだった。

「この気持ち、わかるって思っただけだよ」とファックトンは伏し目がちに言った。

「いろいろと思い出してきた。僕も君みたいなことをやろうと思う。人助けがしたい」

「今さら人助けする気になったんだ？」

「俺には助けが必要だったんだ」ファックトンは、髪の毛を二回かき上げると、話を続けた。

「うまく行ったか？」

「ううん、ダメだった。マズかったみたい」

「そっか、ごめんな」

「うん」とディアドラは言った。

「ええと、考えてたんだけどさ。君を利用したのは、君が良い人そうだったからだと思う。感じが良いから、みんなから同情されるだろうなって。ニュースやメディアでね。そんな風に考えてたことを思い出した」

「ねえ、詫び入れてんの？　もういいよ。私、今や天使だし。私ぐらいの地位になると、前を見るだけで、過去は振り返らないから」

「わかった。ディアドラって言ってたよね。それが君の名前？」

「ディアドラは、生きてた頃の名前」

「ああ」

ポーターは立ち上がり、バスを降りた。大勢の生徒たちが、学校に向かって歩いた。彼らはポーターを押しのけながら歩いた。みんな笑いながら、冗談を言い合っている。ポーターの指は、バックパックのストラップを強く握りしめていた。

「事態は好転するはずだって、彼に伝えてみるね。もう一度、がんばってみる」

「やめとけよ」とファックトンは言った。子どもたちは、彼の体をすり抜けて歩いている。

「明るい展望を吹き込んだりしたら、あいつマジで人殺しするぞ」

「どちらにせよ、彼は殺す気なんでしょ。それもすぐに。やれることはやってみなきゃ」

ファックトンは、ディアドラを見上げた。

「俺が知ってることを伝えらたら、もしかするかも。あいつに見せられるかな？」

「何を？」

「人殺ししたところで、人類が淘汰されるわけでもなければ、どんでん返しが起こるわけでもないし、新しい時代が始まるわけでもないってこと。ただトイレで死ぬだけだぞって。スティングレイ騎士団なんて実在しない。人を殺したところで、あいつが思ってるような気分は味わえない。良い気分にはならないんだ」

「そこまで伝えられるかわからないよ。人殺しがどんなものか、私は知らないし」

「俺なら伝えられるかもしれない。自分が知ってることと、この気持ちをあいつに伝えてみるよ。君みたいにね。やってみてもいいかな？」

ディアドラはファックトンを見つめ、ポーターを見つめた。ポーターはロッカーのダイヤルを回している。

「今のあんたに残ってるのって、たぶんその気持ちだけなんだろうね。それをあの子にあげて、見せてしまったら、本当に無になっちゃうよ」ディアドラは、ファックトンの胸の穴を指差しながら言った。

「俺がずっと悪人だったとでも思ってる？」とファックトンは尋ねた。

「わかんない。ねえ、すぐに手を打たなきゃマズいよ」

「こんなに俺としゃべってくれた人は、君が初めてだ。君はもう、誰よりも俺のことを知ってる。俺がずっとこんな奴だったと思う？」

「わかんないけど、たぶん違うんだろうね」ディアドラは床に降りながら言った。

「いろいろ大変だったんだろうけど、今はとにかく時間がないんだってば」

「わかってる」

ファックトンは手を開き、ディアドラの羽根を手放した。羽根は輝き、宙を漂いながら、ディアドラの翼に戻った。

「あんなことしなきゃよかった。ごめんな。俺だって、ずっとああだったワケじゃないんだ」

「あの子に伝えるの、手伝ってあげられると思う」とディアドラは言った。

「あんたはたぶん、最後まで持たないと思うけど、それでもいい？」

ポーターはロッカーを開けた。バックパックをロッカーに入れ、ファスナーを開けている。

「俺にやらせてくれ。でもその前にいいかな。俺のこと、まだ憎んでる？」

「私、もう天使だからさ」とディアドラは言うと、ファックトンの手を取った。

二人は、ポーター・ランクスの中に入り込んだ。ウェットモス高校の廊下に、ポーターの無様なヌード写真が貼られている光景が見えた。二人には、ポーターが少年に立ち向かっている姿も見えた。少年の方が背も高ければ、体格もいい。あばら骨に拳が食い込むのを感じた。鼻の骨も折れた。

二人はポーターだった。そしてポーターが、引き金を引くのを感じた。二人はポーターだった。みんながポーターの周りから逃げていくのを見ていた。これからずっと、みんなが自分の事だけを話題にするだろう。そんな想像をするポーターを二人は見ていた。この輝かしき審判の日、ポーターは黒魔術師のように、恩知らずなろくでなしを選ぶ。二人の目には、そんな栄光の瞬間を想像するポーターが映っていた。ポーターの名前は、永久に刻まれる。彼の名前を聞けば、子どもたちは泣きわめくだろう。彼は子どもたちの悪夢を支配するのだ。ポーターは、逃げまどう生徒たちを見ていた。生徒たちが血を流す姿を見ていた。崇拝の対象となるべきは、僕だ！　僕だったんだ！

それから、ポーター・ランクスには、自分が死んでいく姿が見えた。誇らしげな気分が血で流されていくのを感じた。でも、誇らしげな気分なんて、最初から感じていただろうか？　ポーターは、テクノロジー・ホールに近いトイレにいる自分の姿を見た。いつものごとく、トイレの個室で独りぼっちだ。個室には、まだ落書きが残っていた。

「ポーター・ランクスはＦＲＯＧ（蛙）」

「ポーター・ランクスはＦＡＧ（おかま）」と書かれていたのだが、ポーターは自習時間をまるまる使って、「ＦＲＯＧ」と彫り直した――いじめる側を喜ばせる一方で、いじめられている自分が毎日眺めても、死ぬほどの苦痛を味わわずにすむ言葉だった。さらに、ポーターには見えた。トイレの個室の中、大量殺戮の王としてではなく、蛙よりも下等で愚かな者として死んでいく自分の姿が。彼の名前が、すぐに忘れられていく光景も。

ごった返すウェットモス高校の廊下で、ポーターはバックパックの中に手を入れると、薄いノートとペン、そして生物の教科書を取り出した。ポーターがテクノロジー・ホールにほど近いトイレまで歩いていく間、ディアドラは宙を舞いながら、ポーターに寄り添っていた。

ポーターはトイレの個室に入ると、声を出さずに泣き始めた。ずっと、こうやって泣いてきたのだ。気晴らしに、ポーターはペンを取り出した。そして、「Ａ」と「ＦＲＯＧ」の間に矢印を刻むと、「ＦＬＹＩＮＧ（空飛ぶ）」という文字を加えた。

＊１――【ツゥレット障害】チック（突発的に起こる、体の一部の痙攣的な速い動きや発声を繰り返す状態）という神経精神疾患のうち、主に音や行動の症状が慢性的に起こる障害のこと。

How to Sell Jacket as Told by IceKing

アイスキングが伝授する「ジャケットの売り方」

父親と母親、そして子どもが二人。母親は、™ポールフェイスのロゴに視線を注いでいる。俺は作り笑いを浮かべた。家族全員に声をかけるふりをしながら、主に母親に向かって「今日は何をお探しですか？」と尋ねた。ずっと彼らを待っていたかのような口ぶりで。四人は俺を見た。彼らの店の入り方と、店の奥を見据えた目線から、俺にはこの家族の欲しいものがもうわかっていた。だから、母親が「ええと――」と言った時、先回りしてこう言った。

「今、こちらで一番のお買い得は、冬物コートとジャケットです」

「それはちょうど良かった」と母親は言った。この時点でもう、売れたも同然だ。

「全米で七位と十位。拍手でお祝いしましょう」とマネージャーのアンジェラは言った。店中のスタッフが、俺たちに拍手をした。俺は、みんなが拍手する姿を眺めていた。

俺は二年連続で全米のトップテンに入っていた。今年は総合売上で史上三位に入る可能性も高い。それでも、好きなスタッフだけでなく、シフトのたびに嫌いだと実感する奴らも含め、大勢の人たちから拍手されるのは奇妙な感じがした。でも、ここでは軽く微笑む程度にしておかなきゃならない。「ああ、俺って最高だろ」なんて言わんばかりの満面の笑みは禁物だ。

みんなの拍手を受けている間、フローレンスは完璧な笑顔を浮かべていた。俺も彼女を見つめていた。

店に入って二週間で、フローレンスはボーイフレンドの帽子を買いに来ただけの女性に、秋物を一式買わせてしまった。フローレンスが働き始めて、まだ一年も経っていない。彼女は「天賦の才能の持ち主」なのかもしれないが、実のところ、俺が教えたことも多い。今では、ジーンズを買いに来た女性客は、「フローレンスは今日いますか?」と尋ねてくる。まるでフローレンスだけが、自分たちのヒップに張りつくデニムを見つけられるかのように。

それでも、正しい手本が必要な時、アンジェラが例に出すのは俺だ。とはいえ、アンジェラが語る模範的な従業員の行動なんて、俺は何一つやっちゃいない。それは誰もが知っている。俺がやっているのは、売ることだけ。モールの中で重要な真実は、数えられるものだけだ。販売目標、レジの現金、在庫。数字だけが真実。その他はすべて、ほとんど意味をなさない。

売上のおかげで、俺は販売主任になった。マネージャーたちが食事や煙草、出荷室でのセックスのために席を外す時は、俺を指差して「フロアは任せた」と言う。全スタッフの休憩時間と一日の目標額が書かれたクリップボードを渡されることもある。俺がシフトに入っている時は常に、俺の販売目標が一番高かった。それが俺の志気を高めると、誰もが思っているからだ。


俺は一家を引き連れて、ポールフェイス™のセクションへ向かった。俺があまりに速足だから、一家も遅れないよう、速足になっていた。

「この冬、コートが必要なのは誰ですか？」

俺が速足で歩くのは、一．目的地まで邪魔が入って欲しくないから、二．フローレンスに付け入る隙を与えたくないから、三．家族を俺のペースに巻き込みたいからだ。

末っ子は小さな女の子だった。ティーンになった彼女なんて想像できないくらい、小さな女の子。もう一人は、にきび面の少年だ。十四歳くらいだろうか。俺は素早く子どもたちに笑顔を向ける。父親と目を合わせる時は、真面目で思慮深い表情をする。母親を見る時には、自分の母親を思い浮かべ、瞳に世界中の愛を湛えて微笑む。

俺たちの店は、ハンガーと棚が並んだ大きな倉庫のような外観をしていて、ラッパーやスケートボーダーで人気になったブランドの洋服を売っている。俺が全米で上位に入っているのは、ここにいる一家のような買い物客のおかげだ。子どもが二人いて、いまだにみんなでショッピングする円満な白人家庭。いかにもアメリカン・ドリーム的な家族だ。

「私のコートと、それからたぶん、これにも」

父親は息子を指差しながら、こっそりと言った。息子は、グラフィックTシャツのセクションに向かって歩いていた。

「長持ちするものを」と母親は明言した。

「ねえ、これ見て！」と末っ子は言うと、テーブルから青いシャツを引っ張り出した。シャツには、緑のヘラジカが描かれている。俺たちは立ち止まり、幼子の方を向いた。俺は彼女に微笑むと、様子を伺った。

「戻しなさい」と母親は言った。「でも――」

「リア」母親は真面目くさった声で言った。親というものは、第一子を授かった途端に、子どもを諭す声を授けられるようだ。

リアの笑顔が消えた。彼女はシャツを戻そうとしていた。

「冬のセールの一環で、高級アウターウェアの多くにはギフトカードが付いてきます」と俺は言った。リアはその場で立ちどまり、微笑んだ。父親を見て、母親を見て、そしてまた父親を見ている。青いシャツを買って欲しいのだろう。

「あら、そうなの？」と母親は言った。「はい」と俺は答えた。

俺たちは再度、™ポールフェイスのセクションに向かった。リアは青いシャツを固く握りしめると、ボアのように首に巻いている。両親が見ていない時、俺はリアにウィンクをして、二人でにっこりと笑った。俺たちは店先のレジの前を通り過ぎた。そこではアンジェラが店番をしながら、待機していた。

冬物のセクションに家族を先導していると、アンジェラの視線を感じた。ここは俺のセクションだ。休憩時間になったが、アンジェラにはそのまま俺を働かせてくれるだけの分別があった。

俺は休憩時間を余分に取る。休憩じゃない時には、トイレに行って便座に座ったまま、十五分ぐらい何もせずに過ごすこともある。数分ごとにトイレを流して、水が流れていく音を聞いている。地域統括マネージャーは、店舗にやって来ると俺にピザをおごってくれる。もう、何が欲しいか言う必要もなかった。ペパロニ・ピザ二枚とアイスティーだ。

リチャードがやって来ると聞くと、大半のスタッフは緊張する。でも俺は違った。条件反射で涎が出てきた。そう、リチャードというのは、地域統括マネージャーの名前だ。誰もが彼のことをリチャードと呼んでいる。リチャードが最後に俺の名前を呼んだのはいつだろうか。覚えちゃいない。彼は俺をアイスキングと呼ぶ。俺に会うたびに、「見つけたぞ！　無敵のアイスキング」なんて言っていた。リチャードにアイスキングと呼ばれるようになったのは、二年目のブラック・フライデーが終わった後だ。あれは特におぞましいブラック・フライデーだったが、俺は予想の二倍を売り上げた。冬のバーゲン・シーズンの神だから、アイスキングなんだ、と彼に言われた。俺はリチャードを名前で呼ぶことはないが、一緒にランチをしていた時、彼はこう言った。

「リッチと呼んでくれ。まだ金持《リッチ》ちじゃないが、夢くらい見てもいいだろ、な？」

彼が笑ったので、俺も彼の真似をして無理やり笑ってみせた。

「これですべてです」

俺は大きく腕を振りながら、「我が家へようこそ」と言うかのように売り場を紹介した。薄手のジャケットとフリースは、フロアの棚に並んでいた。スキージャケットと厚手のコートは壁のラックに掛けられて、店の入口に向かって陳列されていた。どれも、ぐったりとした体のように見えた。乳児用の小さなコートまであった。「何をお探しですか？」と俺は一家に尋ねた。買い物に来たことを思い出させるためだ。

「ありがとう。あとは適当に見て回るよ」と父親は言った。

「スキーに行った時に着られるものを探しているの」と母親はため息をつきながら言うと、「デンヴァーでね」と付け加えた。まるで、大きな秘密を漏らすかのような口ぶりだ。俺は控えめな笑顔を作った。

「いいですね。このセクション全体が――」俺が何歩か進むと、彼らも後に続いた。

「――スキーとスノーボード用にデザインされた商品です」

俺は反射用のシルヴァーをアクセントに加えた鮮やかな色のジャケットの前に立った。洒落たデザインだ。他の商品に比べて薄手で、店の中でも特に値段が高い。それでも、この家族には経済的な余裕がある。困窮した母親の声なら、俺にも聞き分けられる。この母親は、お買い得品を漁る必要などないが、自分のことを買い物上手だと思っている。彼らは幸せな一家で、俺はアイスキングだ。


俺と同等の才能を持っている者がいるとするならば、それはフローレンスだろう。彼女は俺に似ている。アンジェラによれば、フローレンスは文字通り分娩室で仕事の応募書類を書いたという。だからこそ、彼女は凄いのだ。フローレンスには子どもがいるが、彼女も俺も若いだけあり、販売業を憂鬱だとは思っていない――一生ここから抜け出せないと思うから、憂鬱になるのだ。

それに、フローレンスは容姿端麗だった。一方、俺にはセールストークと笑顔があった。俺は若者の流行を心得た服装で身を固め、帽子のスナップをジーンズのベルトループに掛けていた。フローレンスは流行を押さえていた上に、美しかった。彼女には大きなえくぼがあった。ヘアスタイルだって、いつも最高に決まっていた。「今日は誰かお手伝いしましたか？」とレジ係が尋ねると、買い物客は「素敵な髪型の女性」とフローレンスを形容していた。俺はといえば、白人の客には「背の高い店員」、黒人の客には「ブラック・ガイ」と形容されていた。

この一家のような買い物客の場合、誰が服を必要としているかは関係ない。ターゲットは母親だ。

「そうねえ……」と母親は言うと、セカンド・オピニオンを求めて俺を見つめていた。父親が試着しているのは、質の良いジャケットだ。すべての商品を勧めていては、客の信用は得られない。勧めない商品も必要だ。父親は、ジャケットのアーム部分を見ながら、眉をひそめていた。バックパックに姿を変える黒と青のジャケットだ。俺はこの特徴を繰り返した。

「手の込んだものは要らないんだ。ただのスキーだしな」と父親は言った。彼は今日、モールになど来たくなかったのだ。

「そうですね、こうして見てみると、あまりお勧めできない気がします」と俺は言った。父親は俺を見つめ、笑いを堪えていた。

「商品は他にもたくさんありますし。これは息子さん向けかもしれません」

「あいつは好きなものを選べばいいよ」と父親は言うと、ジャケットを脱ぎ始めた。

「でも俺は、バッグになるジャケットなんて要らないよ」

「確かに」と俺は言いながら、彼のように含み笑いをした。

母親は腕を組みながら、退屈そうに待っている。父親が四苦八苦しながらジャケットを脱いでいる間、俺は母親に目をやった。いら立った面持ちをしていた彼女に、俺は同情のまなざしを向ける。言葉を発することなく、俺と彼女は「男って、何でもかんでも難しくしますよね」と目で語り合うのだ。俺はボヤいている父親からジャケットを受け取ると、「これだから女性ってやつは……ねえ」と彼に目で訴える。

「わたちのは？」青いシャツを持った幼い娘が言うと、両親は厳しい視線を向けた。

リアは黙って顔をしかめていた。俺が彼女に笑顔を見せると、彼女はさらに大きな微笑みを投げかけてきた。

「そうですね……」俺は辺りを見回すと、オリーヴ・グリーンの分厚いコートを選んだ。このコートは重いが、通風孔があるため、生地の通気性は良いことをわかりやすく説明した。

「これがいいと思います」

これで決まりのはずだ。最初のジャケットを試着している時、父親の視線がこのコートにじっと注がれていたことに俺は気づいていた。母親がこれを気に入ることもわかっていた。高そうに見えるからだ。確かに高価だが、最初のジャケットよりは少し安い。俺は高い商品を売ることもできれば、安い商品を売ることもできる。どんな商品でも売れるのだ。「試着してみるよ」と父親はつぶやいた。サイズを訊く必要はない。最初のジャケットは、若干大きめの作りだからLを渡したが、今回はXLを渡した。さっきはただジャケットを渡しただけだったが、今回はコートを開いて、彼が羽織るのを手伝った。こうすることで、このコートは楽に着られる、という印象を植えつけられるからだ。

「ありがとう」と彼は言った。

ジッパーを閉じては開け、一回、二回と肩をすくめている。彼は妻を見た。既婚男性は鏡代わりに妻を使う。俺がここで学んだことだ。

フローレンスは既に今日だけで三着の冬物コートを売っていた。現時点で、全米七位の売上を記録している。彼女はホンモノだが、俺は唯一無二のツワモノだ。俺は出荷エリアの壁にアイスキングと刻んだ。こうしておけば、モールを辞めても、俺の伝説は永遠に残るだろう。

父親は母親の承認を待っていたが、母親が俺を見つめていることに気づいた。俺は笑顔でうなずくと、父親の周りを回りながら、見落としがちな細かい点をつぶさに観察する振りをした。二人とも、周回する俺を眺めていた。

「これで決まりですね」ようやく俺は言った。

「私もそう思うわ」と母親はすぐさま言った。父親は鏡まで歩き、自分の姿を確認した。リアは、ハンガーにかかったジャケットを引っ張っている。息子はふらりと戻ってくると、家族に合流した。

「これがいいかな?」と父親は尋ねた。

「はい、シンプルですが上品ですし、もちろん耐久性もあると思います」

俺は同じことを、同じ調子で、大勢の客に向かって言ってきた。

「そうね、質がいいのはわかるわ」と母親は言った。

「これはいくらするのかな?」と父親は言いながら、フロントジッパーからぶら下がっている赤い値札を見ると、大きく眉をひそめた。

ポ™ールフェイスに金を払わない客の場合は、値段を見せられた時に「冗談だろ? おい?」

と言ったり、「なあ、それで本当の値段はいくらなんだ?」と訊き直したりする。すると俺はすぐ、悪い冗談を言ったかのように、「ですよね、あり得ないですよね」と取り繕って、もっと安い商品へと走る。三十秒以内に客を繋ぎ止めなければならない。客が立ち去る前に、俺は同品質だが価格は半額のジャケットを見せる。

「これなんですが、私はこれをニューヨークの北部で着てますよ。オールバニーで」

「オールバニー?」

「はい、よく行くんです。あそこの学校に通う予定なんで」願望。嘘。どちらだろう。

「すごく寒いんです」と俺は言う。

「へえ」と客は反応する。


「ジャケット一着にこの値段は高いなあ」と父親は言った。

「生涯保証がついてきますからね」と俺は答えた。「それに——」

ここで当然のごとく、フローレンスが現れた。

「今なら、コートとジャケットを二百ドル以上お買い上げのお客様に、ギフトカードをプレゼントしています」

彼女はクリップボードを持って立っていた。俺は察した。この家族は、俺とフローレンスのどちらかを選ぼうとしている。

「まだ他も見られるなら、そちらのジャケット、レジでお預かりしておきましょうか？」

フローレンスはそう言うと、俺に向き直った。

「アンジェラが、休憩に入れって言ってましたよ」

その声は優しかったが、棘があった。俺は一瞬、動きを止めた。今日、フローレンスは正式に昇進していた。「セールス・スタッフ」だった彼女の名札は、「アシスタント・マネージャー」になっていた。


去年のブラック・フライデーで、俺は一人でコート、フリース、ジーンズを合わせて一万八千ドル近くを売り上げた。これは店の新記録だった。去年はコンテストもあった。売上一位のスタッフは、ポールフェイス™の商品をもらえたのだ。俺は母のためにジャケットをもらったのに、サイズが合わず、母はほとんど着ていない。リチャードは、ピザを丸ごと一枚買ってくれた。でも俺は、同僚には一切おすそ分けしなかった。バスを待っている間、一切れ食べた。バスの中では、油が染み出したピザの箱を膝に乗せていた。このピザが、暫定的な賞品だった。事務手続きを終えるまでジャケットをもらうことはできなかったからだ。もう一切れ食べたが、バスを降りた時に、駅の外で段ボールを敷いて寝ていた男のところに箱ごと置いてきた。俺はずっとここで働くつもりはない。アンジェラ、リチャード、フローレンス、ここにいる奴ら全員に、それをわからせてやりたかった。確かに販売は得意だが、俺はただの販売員じゃない。余計な仕事をやらされそうになった時、俺は店のみんなに伝えていた。俺は販売の達人だが、そのうちもっと良い仕事で、さらに成功するつもりだと。

「ああ、ちょうど休憩から戻ったばかりなんだ」とフローレンスに言おうかとも思った。でも俺は疲れていた。もう長時間、働いていた。俺は一家とフローレンスを見て言った。

「それじゃあ、あとはフローレンスがお手伝いします」

父親と母親が残念そうな表情を見せるかと思ったが、二人はフローレンスを見つめていた。

「それじゃあ、これをいただこうかな」

父親は、まるで自分だけで決断を下したかのように言った。

「値段については、これ以上どうにもならないの？」と母親は尋ねた。

「そうですね、息子さんにもスキージャケットが必要なら、高額商品を複数お買い上げのお客様には、さらなる特典があります」とフローレンスは答えた。

フローレンスは、仕事を始めたその週に、二回遅刻した。どんなに優秀なスタッフでも、三回遅刻したら例外なくクビだ、とアンジェラは忠告していた。その週末、フローレンスが入店する予定時刻の五分前に、俺の電話が鳴った。俺は便座に座り、トイレが流れる音を聞いていた。ジャー。ジャー。ジャー。

「ねえ、お願い、助けて欲しいんだけど。ベビーシッターが遅刻してきたの。私の代わりにタイムカード、押してくれない？　今そっちに向かってるから。もうすぐ着くけど、遅刻しちゃう」フローレンスは涙声で言った。

「わかった」と俺は言った。努めて冷静な声を出した。

「それだけ？」フローレンスは尋ねた。

「ああ」と俺は答えた。

「アンジェラに気づかれたら――マズくない？」

「俺は大丈夫。それに、気づかれないよ。ユーザーネームとパスワードは？」

「どっちもNaliaXO」

「わかった」と俺は言った。アンジェラは気づかなかった。この出来事が起こるまで、俺とフローレンスは同類だと思っていた。でも、違う。彼女は彼女。俺はアイスキングだ。

俺はレジに行くと、休憩時間を入力した。アンジェラは、温かい微笑みを送っている。フローレンスが、大きな冬物コートと鮮やかなジャケットを持ってレジに近づいていたのだ。一家は、彼女のすぐ後ろを歩いていた。

「今日、お手伝いしたスタッフはいますか？」とアンジェラは愛想よく尋ねた。

「ああ、商品まで運んでもらってるよ」と、父親はフローレンスを指差しながら、静かに笑った。レジの後ろから、俺は弱々しく一家に微笑みかけた。母親、父親、息子は俺を見たが、まったく他人行儀だった。フローレンスにとって、俺たちみんなは食い扶持だった。リアは俺を見て、満面の笑みを浮かべた。アンジェラは入口の向こうを見つめて言った。

「リチャード、お疲れさま」

リチャードはその視線をフローレンスから俺、そしてフローレンスへと移した。俺はリチャードを見た。条件反射で涎が出てきた。

In Retail

小売業界で生きる秘訣

小売業界では、ルーシーになっちゃだめ。殺伐とした状況を、少しでも良くする方法を見つけなくちゃ。ルーシーは先月、昼休み中に四階から飛び降りた女の子。タコ・タウンのレジ係だった。今じゃ、彼女の名前は動詞になっている──「こんなに時間が経つのが遅かったら、ルーシーっちゃうよ」名詞にもなっている──「新入りの女の子、絶対に笑わないの。ルーシーっぽいよね」

私は死んだ人を侮辱する気はない。でも、プロミネント・モールに勤める他の店の人たちは、彼女をしょっちゅうネタにしている。

私はここでしばらく働いているけれど、ここで得た一番の学びは、「プロミネント・モールで楽しく仕事したいなら、自分で幸せを掘り起こさなきゃダメ」ってことだ。幸せは、向こうから歩いてきて、「ねえ、元気?」なんて声をかけてくれるわけじゃないんだから。でも、英語を話さないお客さんが、こちらに歩いて来ることはある。これはまた、別の話。

年配のヒスパニック女性が店に来ると、すごく嬉しくなる。彼女たちは、娘や息子、姪や甥の服を買いに来る。スペイン語を話せる店員がいない時には、私が相手をする。年上の女性を接客するのが好きだ。私たちのような若い世代は、お互いに失礼な振る舞いをしがちだから。年を重ねた人々は、お金を得ては失い、またお金を得てはさらに失う、なんて経験を繰り返して、「もうヤケクソ。とりあえず笑ってやる」なんて思うのかも。単に疲れ果てて、意地悪する気力もないのかもしれないけど。

「スペイン語、話しますか?」と女性は尋ねてくる。少なくとも、これは英語で言ってくれる。でも、たったこれだけでも、英語話者とはしゃべり方がまったく違う。ここで私は、片目を閉じながら、親指と人差し指の隙間を少し開けて返事をする。

「ムイ・ポキート(ほんの少しだけ)」私は半分笑いながら言う。

すると彼女は微笑み返して、「ウン・ポコ・イングレス(英語は少し)」と言い、私たちは一緒に笑い合う。それじゃあ、お互いに助け合いましょう、と話がつく。でも、重荷の大半を背負うのは彼女の方。彼女の英語の方が、私のスペイン語よりもはるかに上手いから。私だって高校時代、スペイン語のテストで八十六点を取ったんだけどな。

「ウナ・カミサ・パラ……シャツを……ええと」女性は辺りを見回す。

「ウナ・ニーニョ、オ、ニーニャ？（男の子ですか？　女の子ですか？）」と私は助け舟を出す。すると彼女は燃える石炭のように目を輝かせ、心からの微笑みを浮かべて、「ニーニャ、ニーニャ（女の子、女の子です）」と答える。

スペイン語、上手いわよ、と言う代わりに、彼女は私の肩を優しく叩く。彼女が大げさに喜んでくれるから、こちらも同じように大げさに振る舞う。この瞬間を大切にしなければ。箱入りジュースの最後の一滴まで吸ってやるっていうぐらいの勢いで、しっかりと味わってやる。

さて、私と女性は長年の友人のように足並みを揃えて、レディース・セクションへと向かう。彼女はスペイン語でペラペラと話しているけれど、私にはほとんど理解できない。それでも、彼女がこの上なくフレンドリーであることはわかるし、私は言葉の響きを楽しむ。運が良ければ、スペイン語の基礎クラスで習った単語に気づくだろう。

こんな私がスペイン語のテストで八十六点取ったなんて、絶対にありえない話だ。スペイン語を教えていたミズ・ラミレスは、よく言えば型破り、悪く言えばガチな狂人だった。ミズ・ラミレスは私を気に入っていた。私が彼女の狂った作り話をすべて信じる振りをしていたせいだ。

彼女はある日の授業中、愛犬が首を吊ったと話した。彼女が飼っていたのは、生きたアクセサリーのように扱われ、人生の大半を合成皮革のハンドバッグの中で過ごす小型犬だった。リードの端をいすの脚に固定して、テラスの梁の間から落ちたそうだ。動物にも思考や感情がある証拠だ、と彼女は言った。私が思うに、彼女は私たちを菜食主義者《ベジタリアン》にしたかったのだろう。彼女がこの逸話を語った時、数人の生徒が詳細な説明を求めた——もちろん彼女は、愛犬が人生に絶望して自ら首を吊った、と言ったわけじゃない。

「もちろん、それはないわよ！」とミズ・ラミレスは言っていた。

厳密には、彼女の愛犬でもなかった。ミズ・ラミレスの愛犬（パプリカ）は、飼い主を心から愛していた。窒息死した犬は、隣人の犬（匿名）だったのだ。ある時点で取り違え（取り違えというか、正確にはすり替え）が起こった。ミズ・ラミレスの隣に住んでいたシドニー（ミズ・ラミレスの世界に繰り返し登場する悪役）は、ミズ・ラミレスに身も心も捧げているパプリカを見て、種類もサイズもまったく同じ犬を飼うことに決めた。でも、シドニーの犬は、パプリカのように愛想を振りまかなかった。するとシドニーは、犬のすり替えを企んで実行に移した。こうしてミズ・ラミレスは、見かけはそっくりだけれど、どうやら精神的に問題を抱えた犬を押しつけられた。それでも彼女は何も言わず、すり替えに気づかない振りをした。

「でもどうして？　ミズ・R？」とクラス全員が尋ねた。ふつうはすり替えなんて、許せないはずでしょ？　彼女は眼鏡を外した。ドラマティックな演出をしたい時、彼女はいつも眼鏡を外す。それから、片手で自分の胸を指差すと、「ミ・コラソン・エス・グランデ（私の心は広い）」と言った。

ミズ・ラミレスはまともじゃなかったけれど、私は彼女の機嫌を取り、彼女に気に入られた。ウケを狙ったと思われる箇所では、声を出して笑った。シドニーの名前が出た時には、しかめっ面をした。私は彼女の作り話を事実として扱った。口頭試験の時、ミズ・ラミレスはほとんど一人で話していて、私は彼女が何を言おうと、「シー（はい）」と相槌を打って、「ミ・コミダ・ファボリタ・エス・ポヨ・イ・アロス（私が好きな食べ物は、チキンライスです）」と「ミ・コロール・ファボリト・エス・ロホ（私の好きな色は赤です）」と答えた。

たぶん、ミズ・ラミレスが常勤の先生になるためには、私たちに良い点数を取ってもらう必要があったんだと思う。

私はヒスパニック女性とレディース・セクションに向かいながら、彼女の歌うようなスペイン語を聞いている。意味は理解できないけれど、彼女（この時点ではもう私の親友）が「ロホ（赤）」と言った瞬間、私は足を止める。

「ウナ・カミサ・ロホ、シー（赤いシャツですね。わかりました）」

私は勝ち誇ったような笑顔で言う。女性は、喜びで飛び上がりそうな勢いだ。彼女はここでまた、私の肩に触れるかもしれない。その手は、さっきよりも力強い。手で私をハグするような感じ。私はTシャツ越しに、彼女の爪をかすかに感じる。もはや、昔からの親友のよう。お互いを知り尽くしながらも、頻繁に連絡を取るわけではなく、お互いの子どもの写真をインターネットにアップするくらいの間柄。ようやくシャツのセクションにたどり着くと、シャツがずらりと並んでいる。私はハープを弾くかのように、並んだシャツを手で撫でつけて、ちょっとしたダンスを披露する。彼女は手を叩いて微笑み、私の肩にまた触れると、「グラシアス、グラシアス（ありがとう、ありがとう）」と言って笑う。ここで私も笑う。でも、ここで二人の笑い声は小さくなっていく。なぜって、これで二人のやりとりは終わってしまうから。二人で微笑み合うと、「他にも必要なものがあれば、声をかけてください」と私は言い、彼女は歌うような口調で「オーケー、オーケー」と返事をする。

それから私は、四つ折りされたジーンズの山へと向かう。十二時半までにすべて数えなくちゃならない。昨日は千五百九十八本あった。今日は千五百九十五本あるはずだ。リチャードが万引き対策を強化しているから、スタッフは毎日ジーンズを数えている。仕事なんてなかなか見つからない。家には私を必要としている小さな天使がいる。だから私は、彼女のために働く。私は接客が得意だ。人に物を買わせることに長けている。だから私は、数える。

クリップボードとペンを持ち、メモしながらジーンズを列ごとに数える。各列を数えたら、最後に総計を出す。データ上の在庫数と合わなければ、数え直しだ。糊のきいたブルージーンズを触っていると、指先から水分が奪われていくのがわかる。ヒスパニック女性は、シャツの山をかき分けながら、最高のシャツを探そうとしている。ようやく好みのシャツを手にすると、彼女はレジに向かう。その軽い足取りから、彼女が満足していることがこちらにもわかる。彼女は誰かを喜ばせるのだろう。こういう場所では、自分で幸せを掴まなきゃならない。全員に行きわたるほどの幸せなんて、存在しないのだから。

小売店での仕事は、軍隊や警察といった名誉あるものじゃない。でも、仕事であることに変わりはない。もっと悪い状況だってあり得る。場所によって、状況は違う。ある場所では、人々はお酒入りのチョコレートをかけた苺を食べる。またある場所では、何を食べてもコレラ菌のような味がする。無意味に思える仕事をしていても、誰かを助けてるんだって感じられる方法を見つけなくちゃいけない。それができなければ、ルーシーになって終わってしまうから。

こんな風に彼女の名前を使うのは嫌だけど、モールで働く誰もがやっていることだ。私の店で売上一位のスタッフは、あまり考え過ぎない方がいいと言っていた。どうせそのうち、他の人の名前に変わるからって。彼によれば、だいたい半年ごとに、誰かが飛び降りるらしい。

ルーシーの前は、ラジオ・キャッスルのジェン。ジェンの前は、アントワイン。アントワインはフリート・フィートでの仕事中にいなくなると、祈るように手を組んだまま、手すりから仰向けに落下したという。ルーシーは、重力を身をもって知っている。ルーシーは、死の扉をノックした。大半の人々が、存在しないふりをしている扉だ。その日、モールは大混雑だった。多くの店が、シーズン半ばのBOGO（一点買えば、二点目は無料）セールをやっていた。まるでサーカスのような騒ぎだった。でも、サーカスはわずか二週間前に、駐車場のGエリアとHエリアでやっていたから、今回はサーカスが来ていたわけじゃない。あの時は二週間、動物とお菓子の匂いがした。

シフトを終えてバス停に行こうとしていると、大勢の人たちが手すりの周りに集まっていた。私が下を見ると、すでに彼女の体には、黄色いシートが被されていた。黄色いシートの周りには、カーペットに染み込んだ血の朱色が見えた。でも、恐ろしかったのは、それじゃない。恐ろしかったのは、上を見ても下を見ても（私の店は三階にあった）、スマホで写真を撮っている人たちがたくさんいたことだ。飛び降りた子、落下の衝撃で即死していますように。そう願ったことを覚えている。彼女の魂がどこにあろうと、彼女が死の直前の光景を覚えていますように、とも願った。落下する間、彼女はずっと叫んでいたと聞いた。でも私は、彼女が怖くて叫んでいたとは思わない。あの時はまだ、彼女の名前を知らなかった。

その日、二階ではコーン・ゾーンの近くで、二人の子どもがふざけながら、手すりに身を乗り出して、落ちる真似をしていた。すぐ下には、ルーシーの遺体と黄色いシートがあった。自殺があったのだから、人々が落ち着きを取り戻すまで、モールは追悼のキャンドルでも灯して、少しの間閉まると思うだろう。だが、そんなことはなかった。ＢＯＧＯのセールは、何があろうと止まらない。私はその夜、ナリアを抱きながらソファで寝た。翌朝、一緒に目を覚ますと、私は娘のつぶやきと泣き声で、夜の間ずっと感じていた気分の悪さを忘れることができた。

さあ、仕事に戻ってジーンズを数えよう。何も考えず、ジーンズを数えるんだ。自殺の瞬間を見たかった、なんて少しでも思ったことは、忘れてしまおう。四階の手すりに立つ彼女。ルーシー、飛んでる。ジーンズ、数えなきゃ。

ルーシーになっちゃいけないと思いながら、リーバイスを数えていると、さっきの美しいヒスパニック女性が背後からやって来て、私の肩を叩く。彼女はバッグの中から、シャツを取り出す。赤いシャツだ。花の絵の周りには、ラインストーンがついている。彼女は私にシャツを見せる。あまりに赤が強くて、触ったら火傷しそうなくらいだ。彼女は「グラシアス、グラシアス（ありがとう、ありがとう）」とさらに数回言うと、別れ際に私の肩を叩く。そして私は、「デ・ナダ、デ・ナダ（どういたしまして、お安い御用ですよ）」と返事をするけれど、「デ・ナダ（何でもない）」なんて大嘘。だって私にとって、彼女はかけがえのない人なのだから。

Through the Flash

閃光を越えて

「あなたは安全です。あなたは守られています。楽しく生きて、このまま取り組みへの貢献を続けてください」

ドローンの鳥が、私の部屋の窓からほんの数メートル上をずっと飛びながら、穏やかな声で言う。私は生まれ変わったから、もう人を殺そうなんて思わない。それでも、枕の下に隠したナイフを触る。

外には、一面の青空が広がっている。「空があるなんて、幸せだよね？　この青さは、神がくれた永遠の祝福じゃない？」って考えてみよう。それでも空を見ていると、打ちのめされた気分になる。というのも、空の向こうで時間を操っている誰かさんは、私たちが同じことの繰り返しにウンザリしていることを知らないのだから。

私は起き上がって、歯を磨く。こうした些細なことが大切なんだ。それから、鏡を見てこう言う。

「あなたは崇高で、無限」

ヘッドスカーフを取って、髪を呼吸させよう。スプレーを吹きかけたら、指で髪を梳かす。こうした小さなことが大切。服を着たら、グレーのウェストポーチをつけて、その中にママのナイフを入れる。

窓から飛び出したら、木の枝、クワンさん家《ち》の屋根、ミセス・ネイゲルの家の屋根へと移り、窓からミセス・ネイゲルの家に滑り込む。彼女の家は、いつものようにシナモンと老人の匂い。私はキッチンでお湯を沸かす。沸騰したやかんは、ピューッと音を出す。私が作ったのは、ニワトコの花と蜂蜜のハーブティー。ミセス・ネイゲルのお気に入りだ。マグカップをベッドの脇に置き、彼女が苦しそうに眠る姿を眺める。鼻を詰まらせている彼女は、古いトラックみたいな音を出している。

「ミセス・ネイゲル」私はできるだけ静かに声をかける。

「うん」

彼女はベッドで少し身をよじると、目を開ける。私を見ているのに、私に怯えていないことが嬉しい。笑顔すら見せそうな表情だ。「アーマ、ありがとう。助かるわ」と彼女は言う。私は床にあったティッシュの箱を拾い、彼女にティッシュを渡す。

「どういたしまして、ミセス・ネイゲル。良い一日を。あなたは至高の存在だって、忘れないでね」

「はいはい」とミセス・ネイゲルは言うと、鼻をかむ。私は彼女に微笑みかけると、窓から外に出て、また屋根をつたって自宅に戻る。

家に入って、弟の部屋を通り過ぎる。弟はベッドにいたけれど、目は覚ましていた。起きていることは、息のしかたでわかる。弟のシーツには、列車の絵が所狭しと描かれている。

「おはよう、イケ」と私は声をかける。イケはイケナの略称だ。

「アーマ、お願いだ」とイケは不機嫌そうな声を出す。

弟は私に人生を終わらせて欲しいと思っている。私に殺して欲しいんだ。昔はこんなじゃなかったのに。閃光が走った時、イケは六歳だった。だから、大人のように体を動かすことができない。頭はまだピーナッツみたいに小さい。思わずつねりたくなるような愛くるしい頬をしている。でも私は、彼の頬をつねったりしない。イケは頬をつねられるのを嫌がるから。それに、私は生まれ変わった。だから今は、他の人の気持ちも考えなくちゃいけない。私は永遠の十四歳。でも、とてつもない能力がある。神の祝福を受けているから。イケだって、イケなりの才能を授かっている。

「アーマ、お願いだ。一息にやって欲しい。頼む」とイケは言う。

「どうして？　外はいい天気なのに？」と私はふざける——幾度となくこうしてふざけてきた。

「僕のこと、嫌いなの？」とイケは尋ねる。「殺してくれないなんて、僕のこと、ガチで嫌いなんだね」

どれほどの知識が頭に詰まっていようと、私にはイケがまだ小さな弟に見える。イケは自分で死ねないタイプだ。意気地なしだから。

「愛してるよ」と私は言う。イケは罵り言葉を乱用して叫ぶけれど、それでも私は殺さない。昔の私ですら、イケを殺したことはないんだ。弟のことは殺せない。彼はもう、ほとんど部屋から出ることはない。私は彼を部屋に残し、キッチンへと向かう。

「おはよう、パパ」

私は歌うような声で挨拶する。この声を聴いて、パパが笑顔になることもある。パパはスリッポンにパジャマのズボンという格好。いつものようにモゾモゾしながら、前後左右に体を揺らしている。じっとしていられないんだ。何かを料理しようとしている。パパの近くにいると、不安になる？　うん。でも、あまり気にしないようにしている。新しい私になったんだから、感謝しなければ。感謝して、恐れない。恐れると、怒りが沸いてくるから。怒りを抱え過ぎたら、昔の私に戻って、ケネディ・ストリートの怪物カールみたいになってしまう。戦いの神様。あらゆる人間を破壊する者。

「おはよう、アーマ」とパパは言うと、振り返って私を見る。その手には、肉切り包丁が握られている。

「パパ」と私が言うと、彼は肉切り包丁で私を切りつける。彼の腕が私の首に回る間に、しっかり考える時間を取れる。パパの包丁が私に刺さる前に、ウェストポーチを開けて、ママのナイフを取り出すこともできるだろう。でも、取り出さない。その代わり、私は考える。

「いつ、終わりが来るんだろう？」

パパは、大半の人に比べて動きが速い。でも、私は誰よりも俊敏だ。はるかに速い。本気を出せば、誰よりも強い。昔の私なら、パパをとことん苦しめていただろう。でも今の私はそうする代わりに、もう一度「パパ」と言おうとする。でも、言えない。首を深く掻き切られてしまったから。パパは、私が死ぬのを眺めている。私は血を流しながら、そんなパパを見つめている。こうして、私は死んでいく。

私は体育館にいる。ユニフォームを着たままだ。汗だくで、動揺している。力強い手が、私の頭を触っている。私の顔は、彼女の腹部に押しつけられている。ラマポ・ミドル・スクールの体育館。床と埃の匂いと一緒に、ママの匂いがする。ママは私の首を撫でて、「大丈夫だからね」と言うと、チームメイトの待つロッカールームに私を連れていく。

「あなたは安全です。あなたは守られています。楽しく生きて、このまま取り組みへの貢献を続けてください」

私は目を覚ます。辺りを見回し、さっきの出来事は、現実だったのだろうかと考える。本当に起こったんだ。私は夢を見た。夢の中で、ママに会った。新しい出来事だ。新しい出来事は、もう二度と起こらないはずなのに。見れる夢といえば、閃光の朝に見た夢だけだ。夢なんて、ずっと見ていなかった。それでも、ママが出て来た。夢の中で、ママは私と一緒にいた。ママにまた会いたい。ママをまた感じたい。私はナイフを取り出す。ママのナイフ。私は刃を見つめると、今回だけだと自分に言い聞かせる。今回だけ。もう二度とやらないから。そして私は、腕にナイフを走らせる。血が流れて、止まらない。そして、私は死ぬ。

夢も見なければ、ママにも会えなかった。いつも通りだ。

「あなたは安全です。あなたは守られています。楽しく生きて、このまま取り組みへの貢献を続けてください」

私はいつも通りに目を覚ます。青い空、ベッドの中。何もかもが同じだということはわかっている。それでも、パパに殺された後、私はこれまでに見たことのないものを見た。私は「夢」を見たんだ。そんなこと、初めてだった。次に死んだ時は夢を見なかったけれど、夢でママに会ったことは確かだ。私はベッドから飛び起きる。

「イケ！」弟の部屋に走りながら叫ぶ。

「なあに？」彼はうめくような声を出す。

「僕のこと、助けてくれる気になった？」

「殺す気はないからね」と私は言う。

「でも、何かが起こったの」

イケは私のことをよく知っている。誰もがお互いのことをよく知っている。私たちは、人類のどのグループよりも長くループに入っているから。それでも、私のことを一番よく知っているのはイケだ。彼はベッドから出ると、足を組んで座る。真剣に考えている時の座り方だ。興味がある時、イケはこうやって座る。

「何があったの？」とイケは尋ねる。何だか、昔のイケみたいだ。

「夢を見たの」と私は言う。「で？」

「閃光の後で、夢を見たの。ループの中で目を覚まして、昼寝して夢を見たわけじゃないよ。

ループに戻る前に夢を見たの。こんなこと、今までなかった」

「ほんとに?」とイケは尋ねる。彼は表紙に紫の豚が描かれた小さなメモ帳と、クレヨンを手に取る。「何を見たの?」と彼は言うと、走り書きを始める。何を書いても、閃光が走ればすべて消えてなくなる――あらゆることが、核爆弾の落ちた日に戻るのだから――それでも、メモを取ることで、弟は考えを整理することができるんだ。

「ええとね、ママに会ったの」

イケは立ち上がると、息をして、座り直す。

「アーマ、何を見たか、正確に話して」

「ママと一緒にいたんだ。ラマポで。学年最初の試合が終わった直後だと思う。私たち、たぶん負けたんじゃないかな。現実では、勝ってたはずだけどね。昔の話だから、あんたは覚えてないと思うけど。でも、ママは私にハグして、気持ちを楽にしてくれた」

「僕だって覚えてるよ」と、私の発言に傷ついたかのようにイケは言う。

「これって、異常現象?」と私は最後に尋ねる。

イケのクレヨンは踊るように言葉を綴っている。「たぶんね」と言うと、イケは唇を噛む。きちんと夢を説明できたらいいのに。弟だって、夢でママに会うためなら何だってするはずだ。

「アーマ」とパパの声がする。私はウェストポーチのあたりに手をやったけれど、まだ寝間着代わりのショートパンツを履いていた。

「アーマ？」

パパは私の部屋にいた。私は身を隠すのが上手い。どこにだって隠れられる。パパはそれを知っている。私はまだ、死にたくない。いざとなれば、昔の私に戻ってやる。

「どうするつもり？」私は忍び足で部屋を出ながら、イケに尋ねる。

「とにかく何かしらやってみよう」

この台詞が聞けただけでも最高だ。イケは長い間、何もする気にならなかったのだから。

「ちょっと考えさせて」

「わかった、じゃあパパのところに行ってくるね」と私は言う。パパと戦う可能性があることを警告するために。

「パパ、攻撃はしてこないと思うよ」イケはノートから顔を上げることなく言う。

「たぶん、謝りたいんじゃないかな」

「パパ」と私は声をかける。パパは短パン、Tシャツ、ビーチサンダルという姿で立っている。パンケーキの山とジュースを入れたトレイを持って。パパは私を殺してループを終えた時には必ず、パンケーキ（私の大好物）かクレープかオムレツを作る。ナイフを首に突き立てられたり、目や胸を何度も激しくパンチされることには慣れたけれど、何度やられても、痛いものは痛い。閃光でループを終える方が、まったく痛みを感じない分、はるかに楽だ。それに核爆弾の場合、必ず落ちるということはわかっていても、いつ落ちるのかはわからないし。それに、父親に殺された日にループが壊れたら、残念過ぎる。殺されていなければ、明日を生きられるのだから。

ループはこうして、パパに影響を及ぼしている。パパはしょっちゅう、惨めな怪物になる。そうでない時は、私のパパ。どちらのパパであれ、私は愛そうと努力している。私を殺した後、ループが再開すると、パパは罪悪感を覚える。罪の意識にさいなまれたら、私を殺すのをやめるかもしれない。いつか、そんな日が来ることを願っている。きっと来る。新しい私は大抵、パパに抵抗せず、そのまま殺される。昔の私は、警笛が鳴るよりもずっと前にパパを殺すことを使命としていた。でも、私は新しいアーマになったんだ。そして、パパを更生に導こうとしている。パパだって、昔からこうだったわけじゃない。パパが私を殺す理由。それは、私がママに似ているから。

パパは私を殺しながら、ママの名前を叫ぶこともある。

「グローリー！　グローリー！　グローリー！」

これが、ほぼ定番のパパの殺し文句。ママは自分のナイフを使って自殺した。そのナイフは今、私のもの。あと二ヵ月待っていたら、ママも永遠に私たちと一緒だったのに。永遠の深さって、どんなに言葉を尽くしても表現しきれない。

心を入れ替えようと、パンケーキを持って立っているパパのことは愛している。難なく愛せる。「パパ、ありがとう」と言いながら、私はママのナイフが隠されたベッドに向かう。パパには夢の話はしない。どんな反応をするかわからないから。パパの機嫌が良い日なら、そのままそっとしておきたい。パパは私のベッドにパンケーキの入ったトレイを置く。

「調子はどうだ？」とパパは尋ねる。でもパパは知ってる。私がパパを八つ裂きにできると。

「無限の力を感じて、ワクワクしてる。何だってやってやるって感じ」と私は言うと、パパをハグする。

「それは良かった。今日の終わりに閃光を見ようと思ってるんだが、一緒にどうだ？　ほら、壁にもたれてさ」

「うん」と私は答える。パパが私の首を掻き切った話はしない。言葉では謝らなくても、パパはいつも最善を尽くそうと努力している。「オーケー、ママ・アーマ」とパパは言うと、またトレイを触り、ふざけてひざまずいた後、部屋を出て一階に下りていく。一階に下りると、パパはキッチンでぐらつくいすに座りながら、涙を流し始める。私は人の居場所を感知する達人だ。家の中の音に耳を澄ますだけで、家族のことが手に取るようにわかる。この感覚は、天からの贈り物。

私はパンケーキの入ったトレイを持って、イケの部屋へと戻る。イケは、歩くと光るスニーカーを履いて、微笑む雲の絵がついたブルーのTシャツを着ている。

「これは本物の異常現象かもしれないよ、アーマ」とイケは言う。

「でも、一つ確認させて。死んでからループを再開する間に夢を見た？　ループを再開した後に夢を見たわけじゃなくて？」

私は、外出着のイケを見つめる。「そうだよ！」と私は答える。ほぼ確信しているから。

すべてが一度に起こったわけじゃない。ずっとずっと昔の話。私は、イケが大人と同じ口調で話していることに気づいた。それが最初に気づいたことだった。ここから私は、どれくらい時間が経っているかを理解できるようになった。この時から、閃光を浴びてループが再開した後も、過去のことを覚えていられるようになった。夢の中にいると気づくような感覚と似ている。でもループは、何があっても絶対に目覚められない夢だ。パパが閃光の後も物事を覚えていられるようになったのは、ずっと後になってからだ。

私が閃光の後も記憶を留められるようになった頃、イケは誰よりも賢くなっていた。これが最初の異常現象だった。ループ終了後の不規則な記憶保持だと、イケは私たちに説明した。つまり、いまだに理解できない理由で、私たちは同じことを何度も繰り返していることに気づいたのだ。ただし、気づく時期は人によってまちまちだった。すごく恐ろしい話だ。無限の空間の中に閉じ込められているのに、誰も理由や原因を説明できないなんて。

はるか彼方まで走ったら、逃げられるかもしれない。そう考えて逃げようともした。

逃げ場はなかった。

誰かがループに気づいた時には、ループ内の人生を少しでも楽にできるよう、私たちは必ずパーティを開いた。良い時代だった。私たちは、戦争のために指定された居住区《グリッド》に住んでいた。グリッドSV－2の中で、閃光を浴びた後も記憶を保持した最後の人物は、ミスター・トゥイアだった。私たちは、彼がループに気づいた日、盛大なパーティを開いた。バーベキューが振る舞われ、音楽が鳴り響く中、イケは踊り、ポープル一家も踊り、私も踊った。ミセス・ネイゲルは、庭いすに座って手を振っていた。彼女にとっては、踊っているも同然だ。パパは笑いっぱなしだった。ミスター・トゥイアは、ずっと泣いていた。最初はなかなか現実を受け入れられない人たちもいる。でも、自分の命が無限で、自分は至高の存在（つまりは万物の主）だということに気づくと、腰がいつも痛くなるとか、高齢だからインフルエンザにかかったら一生寝たきりだとか、母親が亡くなってしまったとか、悲しむのもバカらしくなってくる。

イケとロバート（閃光前は海洋生物学者だった）の説明によれば、二番目の異常現象は、一部の人々が、それぞれの特性を発達させていることだった。彼らは「蓄積」という言葉を使った。人によって、蓄積の仕方は違う。イケの脳は、事実や情報を誰よりも記憶していた。ハーク・ストリートのロペスは、ごくふつうのクラリネット奏者だったけれど、いまや史上最高のミュージシャンとして誉れ高い。私は強さと速さ、正確さを増して、ナイフの女王になった。私たちのグリットは個性派ぞろいだ。

この州の他のグリッドのことは、よく知らない。閃光が走るずっと前に、軍警察（州が出資している軍事防衛機関）がみんなの車を没収してしまったから。彼らのスローガンは、「我々は保護・奉仕する。市民は節約・尊敬せよ」このスローガンが印刷されたポスターが、学校や家の窓に貼られている。息子が徴兵された時、ポープル家の人々は得意げだった。彼らの窓には、このスローガンが大きく入った軍警察のポスターが貼られていた。スローガンの上には、胸を張って誇らしげに国旗と銃を持つ兵士たちの写真。兵士たちの顔は、ヘルメットの黒いひさしで隠れていた。閃光が走るよりもはるか昔、市民は軍警察を高く評価していた。みんな、軍警察が自分たちを守ってくれていると思っていたからだ。人は恐怖を感じている時、嘘を信じる。何でも信じる。でもこれは、また別の話。とにかく、閃光が来る前に、軍警察が他の地域に派遣されて、私たちはラッキーだったと思う。

それでも、水を飲む以外は一切休まず、時間を惜しむあまり、おしっこしながら水を飲んで自転車を漕いでも、閃光から逃れることはできない。何年もかけて訓練をしても、絶対に無理。

私も挑戦してみた。実際に逃げられる人がいるとしたら、それは私しかいない。私は誰よりも体の使い方を心得ているから。オリンピック選手みたいにジャンプできるし、素手で成人男性をぶっ壊すこともできる。ナイフを持てば、世界の女王だ。あくまで昔の私の場合だけど。今では、みんなを尊重してあげている。

「これについてはロバートと話し合おうと思う」とイケは言った。

するると、警笛が鳴り始める。三百六十七機もいるドローンの鳥が、辺り一面で一斉に叫んでいる。目をくらませる眩しい光が音になったら、こんな感じだろう。耳をつんざくこの音は、警笛にふさわしい。防衛が破られ、世界が今日終わることを意味する音。この警笛は二分間続く。百二十秒。私は目を閉じて待つ。イケもそうしている。警笛が止まる。警笛を聞くと、大勢の人は自ら命を絶つ。音の流血に耐えられないからだ。だから、彼らは手元にあるものなら何でも使って、首を掻き切る。でも、目を閉じて呼吸して、その音を待ち受け、受け入れさえすれば、何とか耐えられる範疇のつらさだ。

警笛の後の静寂は、甘美で気持ちいい。ずっと続いて欲しいくらいに。でも、私たちにはやるべきことがある。

「よし」私は数秒間の静寂を味わった後で言う。「ロバートに会いに行こう」

「雨が降る前に、家に入りたいんだけど」とイケは言う。

「入るかもしれないし、入らないかもしれない。でも、私たちは崇高で無限だよ」と私はは言う。永遠の命を持つ私たちにとって、雨なんて些細なこと。それをイケに思い出させたかったから。

「うん、そうらしいね、アーマ。それでも雨が降る前に、家に入りたいよ」とイケは言う。

「じゃあ、準備するね」

「わかった。待ってるから」と、イケは私のパンケーキにナイフを突き刺す。

私は部屋で準備をすると、一階まで駆け下りて外へ出る。二軒先では、ザンダーが芝生の上で飼い犬《アンディ》の首を絞めている。犬は泣き叫び、ヘリコプターの翼のようにしっぽを振り回していたけれど、じきに動きを止める。

「こんにちは、ザンダー」と私は大きく手を振って言う。彼はかつて、パパの友だちだった。パパと同じように、兵士になるには年を取り過ぎている。二十歳から四十五歳の男性は、もうここには残っていない。

「やあ、アーマ」

「アンディがかわいそう。何をしたっていうの？」

「何の話だ？」とザンダーは言うと、家の中に戻っていった。

私はポープル家のドアを一度ノックする。軍警察のポスターが貼られている大きな窓は、毎朝割られているから、ポスターは剝がれて、ガラスの破片まみれで茂みの中に垂れ下がっている。ポープル家の人々がほぼ毎朝、最初にやるのはこれだ。息子を失ったことを思い出すために、窓を叩き割っている。ドアがすぐに開かない時、私はドアを蹴って開ける。ミスター・ポープルは、裸でソファに座って、何かを飲んでいる。彼の皮膚はたるんでいて、皺だらけだ。

「こんにちは、ミスター・ポープル」

「アーマ・ナイフ・クイーン・アドゥセイ」と彼はゆっくり言う。笑顔でコップを上げて、頭を下げている。

「ただのアーマですよ」と私は言う。でも、脅すような口調は使わない。もうずっと、みんなにその名前で呼ばせていないことを知らせただけだ。

「アーマ」彼はゆっくりと言うと、コップの中を見つめて中味を飲み、両手を腰まで下げる。

「じゃあまた、ミスター・ポープル」

私は階段を駆け上がる。彼の寝室に行って、引き出しから小さなピストルを取り出す。これは、私が初めて使った銃だ。撃った後の反動が少ない、小さくて黒いピストル。引き金を引いた時、ほとんど音が出ない。囁くように殺すところが好きだ。というか、昔は好きだった。同じ引き出しの中には、予備の挿弾子《クリップ》*1がある。銃と挿弾子、どちらもいただこう。

「ハロー、アーマ」とミセス・ポープルは言う。彼女はまだベッドの中にいて、頭から布団を被っている。

「こんにちは、ミセス・ポープル。それじゃあまた」と私は言う。

「そのうち会いに来てって、イケに伝えて」

「今日はちょっと忙しいみたい」と私は答えたけれど、彼女とイケがライフ・パートナーだったのはずっと昔の話だ、とは言わないでおく。

「わかった、彼はまだジェンが好きなのね？」ジェンは学校の先生だ。

でも、イケが今、誰に思いを寄せているかなんて、私にはわからない。

「イケに直接訊いてください、ミセス・ポープル。でも、ミスター・ポープルはあなたのことが好きでしょう？　たぶんザンダーも。あなたのこと、すごく面白くて、ルックスもすごく魅力的だって言ってたはずですよ」

「あなたっていい子ね、アーマ」とミセス・ポープルは言う。

「私たちは崇高で無限ですから、それにふさわしい振る舞いをした方がいいでしょう」と言いながら、私はウェストポーチを閉める。私、いい感じに更生してる。たぶんだけど。昔の私に比べたら、格段の進歩だ。昔の私は、悪魔のような人間だった。かつて存在したことのない類の鬼畜。それがいまや、「良い子」なんて言われている。

ケネディ・ストリートはグリッドの逆側にあるから、自転車を走らせても少し時間がかかる。ループの昼は短い。もうすぐ雨が降るだろう。イケは雨が降る前に、家に入りたがっている。

「それじゃまた、ミスター・ポープル」ソファで忙しくしている彼の方を見ずに私は挨拶する。

「じゃあな、私のクイーン」と彼は言う。

私の自転車は、家の脇にある。私は家の中に戻って、準備ができたとイケに告げると、外でイケを待つ。キック、パンチ、宙返りで体をほぐす。ジャンピング・ジャックもやった。庭のカエデに強力なパンチを二発繰り出して、幹を回し蹴りすると、木は倒れた。木が割れる音に心が躍ることは認めよう。骨が折れる音とは違うけれど、骨が折れる音を思い出す。パパが外に出て来て、私を見た。手には水の入ったコップを持っている。

「のど、乾いてるか？」とパパは尋ねる。

「うん、少し」と私は答える。パパは私に手を伸ばし、私はパパに向かって歩く。コップを手に取る。冷たくて、気持ちいい。

「どこに行くんだい？」とパパは尋ねる。閃光の前には、こんな感じで私たちの行き先を尋ねていたのだろう。一緒に行きたいみたいだ。

「自転車でブラブラするだけ」と私は言う。パパは少し目を細めると深呼吸して肩の力を抜く。

「そうか」パパが家の方に向くと、イケはパパの横を通り過ぎて、外に出てくる。

「イケ、お前もか？　ベッドから出たんだ？　外に行くのか？」

「うん、新鮮な空気が吸いたくて」とイケは言う。

「そいつは素晴らしいな」とパパは喜ぶ。

　イケが外に出るなんて、本当に久しぶりなんだ。

「アーマと一緒に行くのか？」とパパは尋ねる。すごく嬉しそうで、まるでママが生きていた頃のパパに戻ったみたいだ——その頃のパパのことは、何となくしか覚えていないけれど。私の足を押さえつけて、私を笑い死にさせるくらいの勢いでくすぐっていたパパ。今でも覚えている。あの楽しくて、息苦しい闘い。それから、パパがママを大切にしていなかったことも覚えている。パパはよく怒鳴って、叫んでいた。そのたびに、私はイケと一緒に子ども部屋に隠れて、イケの注意を逸らすために、かくれんぼして遊んでいた。イケが天才になるずっと前のこと。私が人殺しになる前のこと。それは覚えている。

「パパ、行ってくるね」と私は言うと、パパにハグをする。ハグしている間も、ずっと目は開けたままだ。

「楽しんでおいで、赤毛のアーマ」とパパは私の髪を触りながら言う。私は〇・五秒だけ目を閉じて、私の髪を触るパパの手の心地良さを味わう。私は自転車に乗る。イケは自転車のハンドルに座ってる。私たちは風を切って疾走する。まるで、人間が望み得るものをすべて手に入れた無敵の存在であるかのように。

私たちの家があるのは、ハーパー・ストリート。そこからフリント・ストリートを走って、ルートＡＢ－14に出たら、しばらくは道なりに進む。ルートＡＢ－14は、ドローンの鳥がさえずる木と土に囲まれている。人気《ひとけ》のない四車線の道だ。裸の道が何キロも続く。これが世界の終わりを意味しないのならば、何もないこの光景も美しく見えるのかもしれない。

道中、男女の集団が、一人の男性を袋叩きにしているのが見えた。私が通りかかると、彼らは殴っていた手を止めて、私の方を見た。私は笑顔で手を振った。彼らは私を見ると目を丸くして、正反対の方向に逃げていった。

「別に何もしないよ」と私は叫んだ。でも、彼らは信じない。そのまま走り続けている。殴られた男性が立ち上がった。顔が見事に潰れている。

「あなたはそれでも、崇高で至高の存在。何があってもそれは変わらないから」と私は言う。

彼は石を拾う。私に背を向けると、ズボンのバックルを外し、私に尻を見せる。それからズボンを履くと、さっきの集団の後を追って走っていく。

「肉詰めの脳みそだな」私が傷つかないように、イケはそう言ってくれる。

「ほんとに」と私は言う。

ケネディ・ストリートまでは、一時間ぐらいかかる。ケネディ・ストリートに出る二本前のストリートで一休みして、残りは歩いた。カールの居住区は、私たちが住む地域と似ていたけれど、もっと静かだ。みんな、カールがいるから家の中に籠っている。

「異常現象が増えているのは、僕たちのいるループが壊れかけてることを暗示してるんだと思う」とイケは言う。

「そうだといいな」と私は言って、二人でさらに歩く。

ようやくケネディに到着すると、女性二人の頭部が道路標識に刺さっていた。パトリシア・サミュエルとレスリー・アーカーだ。カールは、二人がキスをしているように見えるよう、頭を並べていた。ちなみに、パトリシア・サミュエルはカールの母親だ。

「カールは相変わらずだなあ」とイケは言った。少し怖いけれど、好奇心を掻き立てられているかのように、辺りを見回している。本物の子どものような仕草だ。もう、本物の子どもはいない。赤ん坊ですら、自分たちがループにはまり込んでいることを知っている。赤ん坊の大半はまったく泣かない。そうかと思うと、まったく泣きやまない赤ん坊もいる。

カールのせいで、ケネディ・ストリートはいつも第六次世界大戦の真っただ中に見える。燃えている家が二軒。カールの被害者が流した血が、黒い染みになって路上に残っている。あいつは、正真正銘の鬼畜。今でも。彼を批判するのは簡単だ。最低最悪のことをみんなにやっているから。私も一度、カールが八人の市民を暴行しているところを見たことがある。八人はまとめて縛り上げられていた。閃光が走った時、彼は十四歳だった。私と同い年だ。

カールを悪魔だと思うのは超簡単だ。彼がやっているのは悪魔の所業だし、彼も「この地獄では、悪魔も神も、その中間のものもすべて、カールと呼ばれる」なんて叫ぶことがある。でも、私も同じことをやっていた。強くなると、こんな風になってしまうんだ。カールは私の弟子。彼は決して認めないだろうけど、嘘じゃない。彼は「ナイフ・クイーン・アーマ」の弟子なんだ。ナイフ一本で戦い始めて、ナイフ三本と拳銃二丁で仕事を終えたアーマ。一時間二十二分で、自分のグリッドにいた百十六人を殺すことができた。途中でシャワーを浴びて着替えたのは、返り血のせいで服があまりに重くなったからだ。黒い肌の隅から隅まで、手にかけた人々の血でエビ茶色に染まった。

昔のアーマは、誰だって殺した。だって、誰もいなくなると、自分が世界で唯一の存在だと思えたから。自分を傷つける危険のある人は、誰もいない。昔のアーマは、ただ芝の上に座って、自分が崇高で無限の存在だと感じることもあった。閃光が走るまでに、一枚の葉っぱを見つめたり、誰もいない路上で踊ったり、声高に歌ったりしていた。髪や目から血を洗い流しながら、泣きじゃくることもあった。かと思うと、まったく血を洗い流さないこともあった。

かつて人間がしてきた、最低最悪な事を思い描いて欲しい。断言しよう。私はそれをみんなにしてきた。それも、一度だけじゃなく。

自分が誰よりもすばしこくて強いとわかった時、最初はどうしていいかわからなかった。自分はみんなの上に立つ運命なのかな、なんて考えていた。ご褒美をもらっているんだと思った。だから、好きなことをやった。閃光の前、カールは私に意地悪だった。私のことを「縮れ毛のクソ女」だとか、「ぼんくらマンコ」なんて呼んでいた。まだ学校があったあの頃、私は彼によく泣かされていた。そして、ママが自殺した後に会った時、あいつは「お前の母ちゃん、死にたくなったんだろうな。お前なんて産んじまったから」と言った。この発言、カールも後悔しているはず。閃光を浴びた後、自分のとてつもない能力に気づいた時、私はカール狩りをしたのだから。カールは、私が初めて殺した人間だ。私が初めて毎日殺した人間だ。あいつに与えた苦痛を集めたら、宇宙が二個分は埋まるだろう。

私はカールの家に駆けつけると、さまざまな方法で彼を殺した。カール・サミュエルには、とことん残虐の限りを尽くした。ウェルダンのカールとミディアム・レアのカール、料理の仕方も心得ていた。カールの母親にも、その違いをわからせてやった。どちらの調理法がいいか、母親に選ばせたほどだ。彼女がどちらかを選んだ日は、私にとって良い一日になった。

「ねえ、パトリシア、どっちがいい？」と私は笑った。

カールの母親は、階段の脇の柱に縛りつけられていた。私は彼女の頬を掴んだ。彼女の息子の血が、私の爪の下で固まり始めていた。私は彼女の顔を下に向け、数分前に料理した二切れの肉に近づけた。私はカールの腕の肉をオリーヴオイルで焼いたところだった。塩コショウ、マリネソースで味付けまでした。カールは私の後ろで身もだえしながら泣いていた。腕を切断し、傷口は焼灼した。カールはあまりにボロボロだったから、縛り上げる必要もなかった。

「ねえ、ベイビー、あなたは崇高で――」パトリシアが言いかけると、私は彼女の指を一本折った。彼女は叫んだ。もう、人間の叫び声には動じなくなっていた。誰かが苦しむ声を聞いた時のふつうの人の反応とは、正反対の感情が沸いてきた。私にとっては、心地良い音楽に聞こえたんだ。単なる恐怖から叫ぶ声と、自分の命が終わることがわかっている時の叫び声は違う。目の前に命をぶら下げられて、自分の命を弄ばれた男の絶え間ないすすり泣き。腕を切り落とされた子どもの絶叫。息子を救えないのに、それでも救おうとせずにはいられない母親のけたたましい叫び声。でもその日、パトリシア・サミュエルは叫び声を飲み込んで、私の肩越しに息子のカールを見つめた。

「あなたは無限の存在。だから大丈夫。愛してるわ、カール。あなたは完璧。あなたは最高。あなたは無限。私たちは永遠」

「何て素敵な言葉。ねえ、ミセス・サミュエル、教えて欲しいんだけど」と私は微笑みながら、優しい声を出した。

「ウェルダンとミディアム、どっちがいい?」私が背を向けると、パトリシア・サミュエルは涙を流した。

「クイーン・アーマ、お願いです。どうか今日のところは、許してあげてください」

「ナイフ・クイーン・アーマだよ」と私は訂正した。「どっちがいいか選べば、少しは情けをかけてやるかもよ」私はウェストポーチからナイフを出した。

「お願いです、ナイフ・クイーン」彼女はひどく取り乱し、泣きながら言った。

私は首を振った。

「カール、あんたがこうなったのは、お母さんのせいだよ」それから、彼の首に私の膝を押し当てた。人の目をくり抜くのって、そんなに難しいことじゃない。

カールは叫んだ。最初は小さい声だったが、徐々に大きくなった。カールは叫びながらしゃべりまくり、哀れだった。最初は私にいたずらをされているかのように、「わぁ！　おい！わかった！　わかったよ！」なんて言っていたけれど、それから叫び声は長く、大きくなった。

「ノーーーーーーーー、ノーーーーーーー！」

「ベイビー、愛してる。大丈夫よ」とパトリシアは言った。

「そう、カール、大丈夫だよ」と私は言うと、ナイフをさらに深く突き刺して、カールの頭蓋骨に突っ込んだ。めちゃくちゃ簡単だと笑いながら。

カールは静かだったけれど、死んではいなかった。彼の体が震えた。

「お願いです、ナイフ・クイーン！」パトリシアは息子のために叫んだ。

「どっちがいいの？」

「アーマ、お願い！」

「ミディアム？　それともウェルダン？」

部屋には苦しみが充満していた。

「選べません！」

「選んで」

私は彼女を見上げると、カールを摑みながら微笑んだ。私の手は彼の血で真っ赤だった。

「そんな――」

「もうすぐ、その皿に生肉が乗ることになるよ」

「アーマ、お願い――」

「さあ、選んで」と私は繰り返した。獲れたての魚を抑えつけるように、私はカールを抑えつけていた。

「ママ！」カールが叫んだ。

「ウェルダン」とようやくパトリシアは言った。

私は止まった。「一口食べて、念のため」

彼女はすぐさま私の命令に従った。手を後ろの柱に縛られているから、彼女は肉を食べるために、ほとんど腕を折るくらいの勢いで屈み込んでいた。

「ウェルダンでお願いします。ナイフ・クイーン・アーマ」

「わかった」と私は言った。「それじゃあ、次のループでは、カールをウェルダンで食べさせてあげるね」

私は立ち上がり、カールの家を出た。

カールとパトリシアには、これと似たような悪夢を何百回も経験させた。驚いたのは彼らが決して悪夢に慣れなかったことだ。カールはいつも恐怖におののいていたし、パトリシアはいつも苦悩と衝撃に打ちのめされていて、カールのためなら自分が殺されてもいいと思っていた。あまりにも長い間カール狩りをしたから、まだ憎んではいたけれど、カールを殺すことに飽きてきた。

私は他の人たちに危害を加え始めた。最初は、いじめっ子だけを標的にしていた。他人を傷つけようとする奴ら。その後は、誰かれ構わず痛めつけるようになった。カールに対する思いが、滲み出してきた感じだ。私は正真正銘の鬼畜だった。「蓄積」のしかたは人それぞれだ。カールの体は私と同じように「蓄積」した。私と同じレヴェルで頑強で俊敏になり、ナイフの扱いにも長けてくると、彼も正真正銘の鬼畜になった。

ケネディ・ストリートのいたるところに、どす黒い血の染みがついている。何だか、ずっと不在にしていた古い部屋に入るような気分だ。

「もう戻ろうか」と私は言う。

「そうしよう」とイケも言う。イケがハンドルバーによじ登っていると、バン、という大きな音がした。下を向くと、私の膝がない。粉々で血だらけになっている。私は叫びたい気持ちを押し殺す。だって、私はもう叫ぶような人間じゃないから。

「わぁ！　早く逃げよう」とイケは言う。「あぁクソ！　大丈夫、大丈夫だよ。私たちは――」

「アーマ、わかってるけどさ、もう行かなきゃ！」

カールの叫び声が頭上から聞こえてくる。

「何しに来てんだよ！　スリット・バレー・キ・ロッパー・トレント」

カールは身体能力を「蓄積」して、私のようになっていた（実はずっと私のようになっていたのに、頭が悪いから、それに気づいてなかったのかもしれない）。それに気づいた時、私はカールと友だちになってやった。この永遠のループの中では、何だって起こり得るんだ。悪魔とだって友だちになれる。すべてが夢の振りをすることもできるし。カールはしばらくの間、私にとって唯一の友だちだった。私たちは好き勝手に大暴れした。二人で一緒に、みんなを傷つけた。「カラマ」という二人だけの言語まで作り出した。カラマ語にはたくさんの罵り言葉があった。これは戦いの神のための言語だから、すごく攻撃的なんだ。地域全体が結束して私たちを殺そうとした時も、怖いもの知らずの私たちは屋上に座り、高みの見物をしていた。

「スリット・バレー・キ・ロッパー・トレント！」カールがまた叫んでいる。これは、「卑しい生きものめ、無残な死に備えよ」って感じの意味だ。

「ちょっと寄ってみただけ。もう帰るよ」と私は返事をする。

「アーマ！」イケが叫んでいる。怯えているんだ。そりゃそうだろう。でも、私がカールに会うのは超久々だ。昔のカールとは違うかもしれない。

「地獄に寄っちまったってワケだな」とカールは言う。カールの笑い声が聞こえる。気の利いた事を言ったと思っているんだろう。彼は屋根から道路に飛び降りた。ライフルを持っている。でもそんな事は、数ある心配事の一つにすぎない。

カールは毎朝、自宅で本格的な凶器の準備をする。カールの父親は生前、「水」至上主義のナチみたいだった。水戦争が起こる前から、彼は黒人、中東系、キリスト教徒、ユダヤ人と戦う準備をしていた。彼らが貯水池から水を盗もうとしていると思っていたからだ。カールの父親は、かなりひどい奴だったんだろう。カールはいつも、目の周りや体に痣を作って学校に来ていた。学校ではみんな、カールのパパはトチ狂ってるって、笑いのネタにしていた。カールは幸せな少年じゃなかった。今でも幸せじゃない。彼は頭からTシャツを被ると、ネックホールを傾けて、左目を隠している。シャツのアーム部分を頭の後ろで一つに結ぶと、下着から取ったゴムをヘアバンドのように使って、シャツがずり落ちないように押さえている。毎日、カールは目を覚ますと真っ先にこうして身支度する。カールの目。彼の左目。何百回死んだところで、収まらない痛みもある。熱い雨が降り始める。青い空。警笛。熱い雨。閃光。

警笛、雨、閃光はシンボルだ。何を言っても、何を考えても、何に祈っても、何をやっても、たとえ死んだとしても、雨と閃光は必ずやって来る。熱い雨は温水シャワーのよう。イケの説明によれば、この雨は核爆弾が落ちて閃光が走った時、核融合が起こって派生したものだという。たとえ閃光が走らなくても、この雨でみんなガンになるそうだ。でも私はこの雨が好き。毎日、雨が降る。温かい雨。この雨が降ると、晴れて乾いていた時のありがたみがわかるんだ。「キア・ウドン・ロッシャー、キ・トゥエレバー・プルム・サン」と私は叫ぶ。「偉大なる破壊者よ、あなたは至高の存在です」という意味だ。ずたずたになった足の感覚がなくなっていく。世界が揺らめいて、消えていく。

カールは笑っている。着ている紫のバスローブは、父親の遺品だ。こちらに向けているライフルも。

「この腐れマンコめ」とカールは昔ながらのシンプルな言葉で罵る。ウェストポーチに手をかけた時、私は指先に昔の自分を感じる。彼は私に向かってスキップして来る。私の足は大出血中。痛くてたまらない。もっとひどい痛みを感じたことはあるけれど、痛みを感じている最中は、他の痛みを思い出すことなどなかなかできない。

軍神協定と友人関係を解消すると、私とカールは不倶《ふぐ》戴天《たいてん》の敵になった。カールは、私が自分よりも強いかのように振る舞うことにがまんできなかった。これが関係解消の理由だ。それに、カールは退屈していたんだと思う。ある日、カールは私の不意を突き、シャベルで私を殴り倒した。目を覚ますと、私は木に繋がれていて、左手の指をすべて切り落とされていた。

「てかマジで？」と私は口走った。長いながい一日の始まりだった。こんな風に痛めつけられたのは、本当に久しぶりだった。私は自分がどれほど長い間、鬼畜の所業を繰り返していたかに気づくと、もう決してこんなことはしない、と決心した。

でもこうして、膝を銃で吹き飛ばされると、「カールの骨から取った出汁をカールに飲ませてやりたい」なんて思ってしまう。私は弟に銃を向ける。何度も永遠のループを生きてきたけれど、これだけはやりたくない。それでもやらなければ。カールから弟を救うためだ。カールなら、もっとひどいことをするだろうから。昔の私ですら、イケのことは殺さなかった。私に殺されなかったから、イケはずっとつらい思いをしていたのだろう。彼は孤独だったんだ。あらゆる苦痛をもたらす姉を持った、死の街に暮らす少年。

「やめろ!!」とカールは叫んだけれど、私は引き金を引こうとする。爆発音がしたけれど、私の銃の音じゃない。目の前が真っ暗になっていく。私は、この世で一番の鬼畜のもとに、弟を残してしまった。

「あなたは安全です。あなたは守られています。楽しく生きて、このまま取り組みへの貢献を続けてください」

目が覚めた。ママのナイフを摑み、握りしめる。良い拷問は、永遠に終わらない気がするものだ。決して忘れられない。

イケはどうなったんだろう。私は歯を磨き、シャワーを浴びて、ウェストポーチにナイフを入れながら考える。カールは拷問の名手だ。カールは拷問のしかたを心得ている。だって、私から学んだのだから。私は恐らく、拷問の腕にかけては、歴代トップの名人だろう。カールはイケに何をしたんだろう。決して忘れられない類の痛みを与えたに違いない。

私はミセス・ネイゲルの家に行く。彼女はただただ、儚くて弱々しい。今でも。いつでも。息をするのも苦しそうだ。寝ている時ですら、目の周りに皺を寄せている。まるで何かをひたすら凝視しているみたいに。私はウェストポーチを開けて、ナイフを取り出す。ミセス・ネイゲルの首に、ナイフを当てる。空気を出し入れしようと四苦八苦しながら、彼女ののどは膨らみ、萎む。そのたびに、皮膚に当てられたナイフが銀色の光を反射する。ここまで具合が悪くなくても、彼女を殺すのは容易いだろう。誰よりも楽に殺すことができた。ミセス・ネイゲルは、昔の私に起こされた時だけ目を覚ました。あの頃の私が彼女を起こしたのは、大体が彼女に手をかけていた時だ。私はナイフを戻し、ウェストポーチに入れると、一階へと向かう。

ニワトコの花のハーブティーにレモンを絞る。二階に戻ると、ミセス・ネイゲルは目を覚ましていた。疲れ切った温かい目で私を見つめている。私はナイトテーブルに、熱いマグカップを置いた。

「アーマ」

彼女はベッドの中で上体を起こした。深呼吸しようとしているけれど、深く息を吸えない。彼女は微笑むと、床にあるティッシュの箱が欲しいと手で合図する。ナイトテーブルに置くだけでも、全然違うのに。ごく簡単で単純なことだけど、こうした些細なことが百万倍にも大きくなる。簡単に手に取れないことがもどかしくなって、自分の首を切りたくなるんだ。

「こんにちは、ミセス・ネイゲル」と私は言う。

「大丈夫？　どうしたの？」彼女の問いかけに、私は驚いた。人殺しをやめて随分たつのに、私を気にかけてくれる人なんて、ほとんどいない。大半の人々は、私を恐れている。大勢の人々は私を憎んでいる。憎まれて当然だけど。

私はミセス・ネイゲルの背後からベッドに上がって、彼女を私に寄りかからせる。こめかみをマッサージして、頭痛を和らげてあげよう。

「何だか、昔の自分の方が好きかも。昔のアーマ。あっちの方が楽だった。新しいアーマは、何もしてない感じがする」と私は言った。

ミセス・ネイゲルは鼻をかんだ。「新しいアーマ？」

「うん、今の私のこと。もう人を殺したり、拷問したりしてないでしょ」

「それをしていたのが、昔のアーマなのかい？」「うん」

「その二人には、どんな違いがあるの？」

「昔の私は、自分のやり方だけを通してた。自分のことしか考えてなかった。でも、今はみんなを殺す代わりに、みんなを助けようとしてる」

「そう。でも、何が変わったの？」

「昔は怖かったんだ」と私は言いながら、彼女の呼吸を観察する。彼女が怯えていないか、鼓動が速くなっているかも確認したけれど、彼女は怯えてはいない。

「取り返しのつかないことをしてしまったし、自分が史上最低の人間だってこともわかってる。それは自覚してる。でも、もう何も怖くない。今は自分が怖いだけ」

「わかったけど、あなたは二人いたってこと？」

「今はまともになったよ。本当に反省してるし。それでもたまに、私の中の何かが――たとえば今もそうだけど簡単だろうなって思ってしまう」優しくマッサージを続けているけれど、本当のことだ。ミス・ネイゲルの首をへし折るのは簡単だろうなって、つい考えてしまう。まるで紙をくしゃくしゃにするかのように。

「ごめんなさい、気分を害するつもりはなかった」と私は言った。

「私はただ、みんなに幸せを感じて欲しいだけ。崇高で無限の存在だと思って欲しい。それが、新しい私」

「ふうん」とミセス・ネイゲルは言う。

「どうして違いがわからないの？」私は声を荒げないように尋ねる。「ずっとまともになったんだよ。本当に」

「よくがんばったね。あんたが変わってから、みんながしょっちゅう家に来てくれるようになった。確かにあんた、昔はとんでもない悪魔だったねえ」

「うんうん」

「それでもね、私にとってアーマは一人しかいないよ。そして私は、今そのアーマと話してる」

「ごめんなさい。何から何まで」と私は言う。

「反省しなきゃね」とミセス・ネイゲルは言いながら、バスルームを指差している。お湯で絞ったタオルを頭に当てて欲しいという合図だ。私はタオルを用意する。それから長い間、二人ともずっと黙っていた。警笛の間、私は彼女と一緒にいた。それから彼女は、また眠りについた。私はしばらくそのままベッドに座っていた。それから屋根を伝って家に戻ると、空はすでに灰色で、熱い雨が降っている。カールの自転車が家の外の草地に置いてある。ケネディ・ストリートの自転車は、すべてカールのものなんだ。私はナイフを取り出す。壁を登って寝室に入ると、忍び足で一階に向かう。カールがテーブルの上に座っている。パパはパンケーキを作りながら、コンロの前で体を揺らしている。イケもいるじゃないか。いすに座って足を組みながら、私に背中を向けている。

「やあ、アーマ」とパパは言う。私が考えていたのは、この角度なら殺《や》れる、ということ。キッチン・テーブルを飛び越えて、カールを攻撃できるだろう。

「何でこいつがいるわけ？」と私は尋ねる。「イケナ、ごめんね。私もがんばったんだけど」

「気にしないで。僕は大丈夫だから」とイケナは言う。

「銃を使えたの？　逃げられたの？」と私は尋ねる。

「ううん、ロバートに渡す情報があるってカールに言ったら、ロバートのところに行かせてくれたんだ」

「ウドン・ロシャー・カール・ジロ・プラム」とカールは言う。「最高の破壊者であるカールは、弱き者の命を救ってやった」という意味だ。カールはバスローブを着て、頭にはTシャツを巻いている。Tシャツから出た片目が私を見ている。私だけを。

「へえ」と私は言う。

「久しぶりだから、一緒に閃光を見る気はないかって、カールも誘ってみたんだ。覚えてるか？　よく一緒に見てただろ。壁のところでさ」とパパ。

「何でここにいんの？」私はカールを殺せる距離まで近寄っていた。

「お前を殺しに来たんだよ。お前の家族に見せてやろうと思ってさ」カールの答えだ。猟銃が、彼の足元にあるのが見える。パパは振り返って、カールを見つめている。

「カール」とパパは言った。「お前も昔は、良い子だったのになぁ。できることなら、俺がお前に何してやりたいか、わかるだろう？」

「はい、わかります」とカール。

「よし」とパパ。カールは本当に止められない。私とカールが何かしようとしている時には、止めようとしない方が身のためだ。さすがにもう、みんなもわかっている。私は微笑む。パパが私をかばってくれたから。それに最近は、あまり私を殺さなくなったし。

「ロバートは何て言ってた？」訊けるうちに訊いておこう。

「お姉ちゃんに起こったことは」とイケは言う。「異常現象のことだけど——お姉ちゃんが初めてのケースだ。だから、事態を見守るしかない。もしかしたら、最後には壊れるドミノみたいなものなのかも」みんな、沈黙している。

「目新しい情報じゃないけど、それでも僕たちは、ループは永遠に続かないだろうと思ってる。まだわからないけど」

「そうなんだ」と言うと、ここで私は飛び上がって、ナイフを突き刺す。世界史上でも、よけられる者はいなかった。でも、カールはカールだ。テーブルを掴むと、ひっくり返して盾代わりにする。私は肘を使って、簡単にテーブルを割る。テーブルは粉々に割れて、イケは後ろに下がる。パパはパンケーキを作る手を止めてフライパンでカールに殴りかかる。カールがフライパンをよける間に、私は彼の首に向かってナイフを振りかざす。カールは私のナイフ攻撃を二回よけると、私の肋骨を思い切り蹴り上げる。私は食洗器に突っ込む。あばら骨、絶対に折れてる。私は立ち上がって、意識を集中する。私は笑顔を見せる。だって、アーマ・グレイス・ナイフ・クイーン・アドゥセイは、史上最高の戦士だから。最近は、なかなか戦う機会もない。それに、昔のような戦い方はしなくなっている。でも、今みたいな拳とナイフを使った戦いなら、私は経験豊富だ。私はまた飛びかかる。カールは私の手首を掴んでひねり、私はナイフを落とす。

「カール、あんたは崇高で無限。これまでひどいことばかりしてごめんね」私はそう言いながら、彼の肋骨に膝蹴りを食らわす。足を床に下ろす前に、バク宙して今度は彼のあごに蹴りを入れる。カールは後ろによろめく。

「ビッチ！」カールが絶叫する。めちゃくちゃになったキッチンの瓦礫の中から、カールは銃を取ろうとする。私はカールの腹を蹴り、居間に向かって彼を放り投げる。

「ごめん、ウドン・ロッシャー」と私は突撃しながら言う。彼に口をパンチされて、一瞬意識を失ったけれど、すぐに意識を取り戻した。

「侮辱する気はなかった。あんたが強いのは知ってるし。ただ、ひどい目に遭わせて申し訳ないと思ってることをわかって欲しいだけ」

「クソが」とカールは言うと、重量級のパンチを立て続けに繰り出す。大きな右パンチを外すと、カールの拳は壁を突き抜けた。彼が腕を抜こうとしている間、私は背後に回ると、彼が確実に倒れるよう、首をめがけて下向きにパンチを見舞う。それから、彼が頭に巻いているＴシャツを破る。これで彼の動きが止まった。まるで、主電源を消したかのように。

「ヘリオ・ユプラ！　キ・ウドン・ロッシャー！　トレント！」カールは目を押さえながら叫び、ひざまずいて号泣している。

「わかった！　わかった！　ヘリオ・ユプラ！」

私に触られていない時ですら、彼は叫びながら、自分の目を掻きむしっている。何だか少し、昔のカールに戻ったみたいだ。カールが動かないよう、私はもう一度、首根っこを激しくパンチする。彼の体は麻痺して動かないけれど、彼の表情は激しく動き続けている。

「ウドン・ロッシャー、キ・ラヴ・オーケー」と私は言う。

「やめてくれ！」カールは片目を開けたまま叫ぶ。外を見ると、熱い雨は止んでいた。私はカールを二階に引きずり、私のベッドに休ませる。彼はカラマ語で叫び続けている。彼の言っていることならよくわかる。カールは唾を吐いて泣いている。私は彼の横に座って言う。

「大丈夫、全部乗り越えられるから」

カールの声がかれて叫べなくなると、私は彼を置いて部屋を出る。

パパとイケは、イケの部屋にいた。イケは何かを書いている。パパは、塗り絵の本で塗り絵をしている。

「アーマ！」とパパが言う。

「アーマ」とイケも言う。

「私もカールも大丈夫」

私の肋骨は折れている。耳からも少し血が出ているみたいだ。「まだ見に行くつもり？」と私は尋ねる。二人は私の家族。私は二人を守ることができて、幸せだ。

外に出ると、熱い雨のせいで、大気は焼けたゴムのような匂いがする。でも、足元では濡れたばかりの土の匂いもするから、最悪ってわけじゃない。閃光を浴びた後も、みんな記憶を留めることができたから、私の住む通り《ストリート》では、みんなで閃光を一緒に見て、一緒に死ぬことが恒例になった。でもそのうち、みんなで見るのを止めてしまった。

私たちは家の西側に面した壁に体を押しつけた。私はフラフラしていたけれど、幸せだった。息をすると肋骨が痛む。でも、今まで以上に不死身な気分。そしてまだまだ、至高の存在。私たちは壁に寄りかかる。私たちの壁。壁に背をつけると、水が滲み出してくるのを感じる。核放射線はものを破壊するだけじゃなく、破壊されなかったものを漂白するって、ずっと前にイケが説明してくれた。私たちの体が何かに触れていたら、そこには永遠に消えない影が残るとも言っていた。私たちは長い間、体を使って未来にメッセージを送ろうとしていた。私たちが死んだ後、もしループが壊れたら、未来の人たちが私たちの影を見て、理解してくれるように。手で小さなハートを作ることもあれば、みんなでハグし合うこともあった。こうして、すべてを終わらせた戦争の中を生きた私たちにとっても、愛は大切だったことを未来に示そうとしていたんだ。でも今では、主に娯楽でポーズを取っている。

「さあ、どうする？」とパパは訊く。

「僕はこれかなあ」とイケは私たちを見上げながら言う。脚を開いて、両手を頭上で動かしている。これぞ、私の弟。秀才なのに、楽しむことも忘れない。

「それじゃあ俺は、アニマル・マンをやるかな」とパパ。

パパは私が折ったカエデの枝を摑んで、頭に載せる。これで羽根が生えているように見えるんだ。未来の人たちは、パパのことを異星人《エイリアン》だと思うだろう。私はすでに片足を上げて、膝を曲げていた。呼吸するのがつらいけれど、それでも大丈夫。

「ダンサー」パパに訊かれる前に、私は答える。これは私のトレードマークのようなものだ。

いろんなヴァージョンのダンサーをやってきたけれど、肋骨も折れているし、頭も小突かれまくったから、これが精いっぱいだ。私は片足で地面に立ち、それから片腕を上げて、頭の上に伸ばす。あと一分、待つだけでいい。

遠方に光が見える。長くゆっくりとした雷のような轟音が聞こえてくる。轟音は止まらない。轟音はどんどん大きくなって、あまりの大きさに、もう何も聞こえなくなる。遠方の光も大きくなる。最初は黄色っぽくて、もう一つの太陽みたいに、人間を助けてくれるかのように見える。それから光は、どんな建物よりも高くなり、山よりも大きくなる。光が世界を飲み込もうとするのが見えるし、誰もが必ず飲み込まれてしまうと悟るだろう。光はこちらに突進して来る。眩しくて何も見えなくなる頃には、恐怖に襲われて、謙虚な気分になる。閃光を見ながら思うだろう。こういうものは、一生に一回しか見られない類のものだって。一度だけ起こって、二度とは起こらないもの。何度も見てきたけれど、それでもいまだに私は泣いてしまう。閃光がやって来る時、私たちは不死身だってことが、はっきりとわかるから。感じるのは、無限だけ。それまでに起こったあらゆる失敗や成功、喜びや死はすべて、こちらに向かってくる核爆弾に打ち負かされる。あらゆる人々が。それから、死ぬ前にこう思う。明日は来なくても、これまでにあったものは、すべてそのまま残ると。世の末ですら、終わりではないんだ。それがわかるのは、人間を消し去る眩しい光の前に立っている時だけ。閃光が走った時、一人で、ダンサーのようなポーズをしていたら、自分を間抜けに思いながら、恐怖を感じるだろう。閃光が走った時、家族や誰かと一緒にいても、自分を間抜けに思いながら、恐怖を感じるだろう。でも、少なくとも寂しさは感じないはずだ。

＊1——【挿弾子】銃などに複数の弾薬を装填する際に用いる器具。これを使うことにより、より素早く弾薬を装填することができる。クリップとも呼ばれる。

Acknowledgment

謝辞

私の本質と可能性を見極め、才能を伸ばしてくれた素晴らしい講師、教授、先駆者のみなさん：ミセス・ジェイコブズ、ミズ・ドクター、ミスター・ノートン、シャロン・スティーブンソン、ブルース・スミス、ブルックス・ハクストン、クリス・ケネディ、メアリー・カー、ジョナサン・ディー、エドワード・シュヴァルツシルト。

私に目標を与えてくれたジェイムズ・ウォーリー、トム・フロビッシャー、アンナ・マジロブ、ローリー・ホバート、マイケル・キーン、ウォーカー・ラッター＝ボウマン、ジェイコブ・コリンズ＝ウィルソン、エリン・マリキン、ケイト・マクラフリン、ハーヴ・コモー、フロース・ブルセコットをはじめとする大勢のライターのみなさん。

（中略）素晴らしい表紙デザインを手がけてくれたマーク・ロビンソン、確かな目を提供してくれたディビッド・ハフ。

本書を信じ、世に出るべく尽力してくれた私の敏腕エージェント、メレディス・カフェル・シモノフ。この恩は決して忘れない。

本書を最高の水準まで引き上げてくれた編集担当のナオミ・ギブズ。本書に対する君の自信は、世界で最高の贈り物だった。私の原稿を本にしてくれたナオミとハフトン・ミフリン・ハーコートのみなさんに心から感謝を。

自分に妥協しないことを身をもって教えてくれた私の姉妹、アドマ・アジェイ＝ブレニヤーとアフア・アジェイ＝ブレニヤー。

「A+の頭脳を持っているのに、B+の成績を取れば、神も怒るだろう」と言った私の父。

あらゆる言葉をかけてくれた私の母に謝辞と愛を送る。

「日常」に潜む歪みを照らし出し、読者を引き込む十二編の物語たち《ショート・ストーリーズ》

藤井光（英文学者、同志社大学教授）

二〇一八年に登場した、当時二十七歳の新人作家ナナ・クワメ・アジェイ＝ブレニヤーの短編集『フライデー・ブラック』は、『ニューヨーク・タイムズ』や『ロサンゼルス・タイムズ』など主要紙で軒並み高評価を獲得し、同年最高のデビュー作としての評価をゆるぎないものとした。アジェイ＝ブレニヤーは『地下鉄道』などの作品で知られる先輩作家、コルソン・ホワイトヘッドの推薦を受け、全米図書賞による注目の若手作家五名にも選出されるなど、一気にスターダムにのし上がった。

本書の冒頭には、ケンドリック・ラマーからの引用“Anything you imagine, you possess”が置かれている。「想像するもの、それは何でもお前のものだ」。何かを想像す

ることと、何かを所有することが直結するのであれば、想像の世界を小説という形で作っていく書き手と、その言葉を受け取る読み手は、何を所有することになるのか。何かを想像することと、現実に生きることはどう関わってくるのか。英語ではたった五単語にすぎないフレーズから浮かび上がるこうした問いを、本書『フライデー・ブラック』はさまざまな形で追求していく。

想像力そのものを大きなテーマとするこの姿勢には、作者アジェイ＝ブレニヤーの生い立ちも関わってくるだろう。両親がガーナからの移民であり、父親は弁護士、母親は教師。読書を大切にする親のもとで、姉ともども本の虫として育つ。両親が彼を図書館に送って行き、閉館時刻に迎えにくるという日々だったという。その少年はやがて、高校生の時から自分でも創作を行うようになる。その理由として、書くことで安全な気持ちでいられた、とアジェイ＝ブレニヤーは答えている。「自分の思い通りにならないことが世の中にはすごく多いけど、書くということなら百パーセント自分だけでできるから」と〈イギリスの大手新聞、『ガーディアン』紙のインタヴュー〈二〇一九年八月二日〉より〉。

自分から何かが奪われてしまうのではないか。アジェイ＝ブレニヤーにしばしばつきまとったその感覚は、アフリカ系アメリカ人たちがしばしば暴力にさらされてきたことと無関係ではない。特にこの書き手に大きな衝撃を与えたのは、二〇一二年に発生した、トレイヴォン・マーティン射殺事件である。フロリダ州に住む丸腰の少年が、アフリカ系であるというだけで地元の自警団の男性によって射殺され、射殺犯の男性は無罪となった。「ブラック・ライヴズ・マター」運動のきっかけとなったこの事件は、当時大学生だったアジェイ＝ブレニヤーにとって決定的な出来事だった。「周囲で人が殺されているなら、それについて語らないわけにはいかない」（米・ウェブメディア「Book Riot」でのインタヴュー〈二〇一九年一月二日〉より）と、彼は暴力そのものを主題とした作品を書くようになっていく。

人種が原因となって振るわれる暴力が、『フライデー・ブラック』に大きな影を落としていることは、短編集の冒頭に置かれた「フィンケルスティーン5」と、中盤に登場する「ジマー・ランド」に明らかだろう。この二つの物語は、トレイヴォン・マーティン射殺事件を直接のモデルとしている。

「フィンケルスティーン5」では、「家族を守る」ために図書館の前で五人のアフリカ系の少年少女の首をチェインソーで切り落として殺害したという凄惨な事件を起こした白人男性が、正当防衛とされて無罪を言い渡される。その報道に接したアフリカ系の若者エマニュエルは、自分や仲間たちの間で湧き上がる報復への欲求をどうすればいいのか。主人公に突きつけられたその問いは、アメリカの警察による、一九九二年のロサンゼルス暴動を生んだロドニー・キング暴行事件、二〇一四年にミズーリ州ファーガソンで発生したマイケル・ブラウン射殺事件など、アフリカ系アメリカ人たちが繰り返し直面してきた問題でもある。

「ジマー・ランド」の舞台は、架空のテーマパークである。「正義」をテーマとするこの娯楽施設で働くアフリカ系の若者アイザイアは、平穏な通りをうろつくよそ者を演じるというキャストである。住人に扮するテーマパークの客は、警察に通報するか、自ら銃を持って彼を撃ち殺すかを決める。そこでは、アトラクションの客は合法的に人種差別の暴力を振るうことができるのだ。やがて、テーマパークは収入の増加を目指し、それらのアトラクションを子どもにも開放する方針を打ち出す……。アフリカ系に対する社会的ステレオタイプをそのまま演じることは正しいのか、と自問する葛藤する主人公に、容赦なく収益を求める企業の論理が立ちはだかる。

人種の境界線を利用して振るわれる暴力という問題は、二〇一〇年代に限ったことではなく、合衆国の奴隷制時代から綿々と続く不正義の一面にすぎない。そして、奴隷制がなくなった現在では、資本主義という駆動力がそこに登場し、さまざまな暴力を生み出している。その現状から、アジェイ＝ブレニヤーは目を逸らさない。

特に、本書の表題作である「フライデー・ブラック」では、商品を売り買いするという日常の光景に潜む暴力性が見事なまでに浮き彫りにされる。アジェイ＝ブレニヤー自身、ニューヨーク州にあるショッピング・モール「パリセード・センター」で数年間働いていた経験をもつ。「ブラック・フライデー」と呼ばれるセール日になると、客が店の前に泊まり込み、服の小売店ではノースフェイスを手に入れるべく店頭に殺到してきたという（米・ウェブメディア『Vox』〈二〇一八年十一月二十三日〉でのインタヴューより）。

そうした現状からさらに一歩、いや数歩進み、「フライデー・ブラック」はショッピング・モールという舞台に現れる客をゾンビ化させている。モールの衣料品店に勤める主人公は、セール・イヴェントでは常に売り上げ一位を維持する凄腕の店員であり、ゾンビとなってほとんど言語能力を失った客の叫び声からサイズやモデルを聞き取り、華麗にさばいていく。セールの日には毎回大量の死者が出るが、誰も気にせず、今回も主人公は売り上げトップを目指して奮闘する。しかしその活躍は、同じ設定の短編が後に二つ続く中で、次第に色あせていく。

望みの商品を手に入れるためとあれば、他の客を踏みつけて殺すことも厭わない消費者たち。安い時給で長時間労働を強いられながら、それでも売り上げ一位という「やりがい」に踊らされる主人公。企業の利益、自分にとっての利益に突き動かされる彼らは、欲望と暴力の世界に生きているのだ。ショッピング・モールと日常の境目は、こうして消え失せてしまう。

『フライデー・ブラック』には、実に多彩な物語が収められている。大規模な戦争後に遺伝子操作された子どもたちが通う学校でのスクール・カーストが探求される「旧時代《ジ・エラ》」、十代で恋人を妊娠させて堕胎させた若者の前に胎児が現れる「ラーク・ストリート」、銃乱射事件を起こして自殺した大学生の若者とその犠牲者が、喧嘩しつつも現世での余波を見守る「ライト・スピッター――光を吐く者」……。

一つの世界がゆっくりと立ち上がり、やがて動き出す長編小説とは異なり、短編小説では、読み手は冒頭から見知らぬ世界に投げ込まれ、そこがどのような世界なのか、そこで何が起きているのか、想像力を駆使して理解しようとすることになる。この短編小説の特性を、アジェイ＝ブレニヤーはフル活用し、奇妙に歪んだ世界に読者が飛び込んでくることを要求してくる。想像力によって文脈を理解し、空白を埋めたところで、読者はふと気づかされる。時には笑うほかないほどの、この物語世界の歪みは、まさに自分たちが「日常」と呼ぶものに潜む歪みでもあるのだと。

現状を少し誇張しただけでできあがる、暗い未来の世界。『フライデー・ブラック』

では、その想像力を書き手と読み手が共有することになる。そうして残るのは、この暗い未来に対抗する想像力を私たちは働かせることができるのか?という問いだろう。その問いは、経済格差の拡大が目に見える形で進行し、それと並行するようにして、いまだに根強い民族や性差による差別を擁護するような動きが目立つ二十一世紀の日本においても、ますます緊急性を帯びつつある。そのことに思いを巡らせ、応答することを、アジェイ＝ブレニヤーの物語は求めている。（国際ペンクラブのアメリカ支部）「ペン・アメリカ」でのインタヴュー（二〇一九年二月七日）で、彼がこう述べているように

——

「作家は、権力に対して『真実』を語ることができる。最も弱い立場にいる人々の痛みを声にすることができる。その声を使って、自分のことだけ考えていればいいと思わせるようなシステムに対抗することができるんだ」

Afterword

訳者あとがき

一九九八年から二〇〇一年まで、ワシントンDCの黒人大学、ハワード大学に通っていた。学校での見聞はもちろんのこと、学友たちとの共同生活や、近所の人々（「祭りか？」と思うくらい沢山の人がいつも路上でとぐろを巻いていた）との交流など、毎日が得難い経験に満ちていた。特に、人口の大半を黒人が占めた「チョコレート・シティ」時代の同市で日々を過ごせたことは、再開発で街がかつての面影を失った今、きわめて貴重な体験だったと思う。

ドラッグ取引のアジトをガサ入れするために使われる戦車のような警察車両（バターラム。トディ・ティーによる同名楽曲のヴィデオを参照のこと）を見たのも、理由なく警官に取り押さえられて身体検査されたのも（貧しい地域の有色人種には人権などないことを実感）、黒人文化／歴史を主に翻訳する者としては、後にプラスの経験となった。字面の意味を理解するだけでなく、言葉を肌で感じられるようになったからだ。

ハワード大学では、ふつうの場所では絶対に聞くことのできない黒人の忌憚ない意見を聞くことができたのが大きな収穫だった。また、アメリカだけでなく、カリブ海やアフリカから集まった黒人学生との意見交換が出来たのも、人種問題について考える際に役立った。

ある日、ステレオタイプの危うさについて語り合っていた時のことだ。「私は数学が大の苦手だから、アジア人は数学が得意というステレオタイプは苦痛」と私が言うと、友人が言った。「でも、犯罪者／犯罪予備軍ってステレオタイプよりずっといいでしょ」。「フィンケルスティーン5」の訳出中、この言葉が頭に浮かんだ。肌の色だけで、犯罪者／犯罪予備軍だと決めつけられる。下手すれば、殺されてもやむなし、との司法判断まで出る。だからこそ、「フィンケルスティーン5」のエマニュエルのように、自身のブラックネスに留意する黒人は、現にとても多い。

アメリカに住む者なら、「ジマー・ランド」の題名から「ジョージ・ジマーマン」を連想するだろう。トレイヴォン・マーティンを射殺したが無罪になった自警ボランティアの男性だ。この話の舞台は「正体不明の黒人を撃ち殺すか否かの決断を迫られるゲーム」が行われるテーマパーク。前述の事件を色濃く匂わせながらも、ヴィデオ・ゲーム的な趣も強い同作品の訳出中は、ヴィデオ・ゲームが大好きな友人たちに思いを馳せた。「女の子は泣けばストレスを発散できるけど、黒人男子は泣けないから、ヴィデオ・ゲームをするんだよ」。これも、ハワード時代に聞いた言葉だ。アジェイ＝ブレニヤー氏の描く登場人物には、アメリカを生きる黒人のリアルがある。特に小気味よい会話文は、登場人物の声が聞こえてくるかのように生き生きとしており、私も訳出作業も大いに楽しんだ。

駒草出版の内山欣子さん、こんなにもクールな本を訳す機会を与えてくれてありがとうございました。また、本書の翻訳に際しては、herugrafx氏のきめ細やかな解説が大いに役立った。そして、何もしないのんびりした姿を見せることで、私に休むことの大切さを教えてくれたJermaine Matthewsにも感謝を（一応！）。最後に、本書を読んでくれた日本の皆さんに心からお礼を言いたい。こういう本を日本にもっと紹介したいので、これからもどうぞ宜しくお願いします。

二〇一九年十一月　ワシントンＤＣにて　押野素子

【初出】

■「母の言葉」初出：二〇一四年九月『Foliate Oak Literary Magazine』（内容を若干変更して本書に掲載）

■「小売業界で生きる秘訣」初出：二〇一四年秋『Compose: A Journal of Simply Good Writing』

■「フィンケルスティーン5〈ファイヴ〉」初出：二〇一六年七月『Printers Row』。（内容を若干変更して本書に掲載）

【訳者プロフィール】

■押野素子（おしの・もとこ）＝翻訳家、ライター。東京都江東区出身。米・ワシントンDC在住。青山学院大学国際政治経済学部卒業後、レコード会社勤務を経てハワード大学ジャーナリズム学部卒業。訳書に『ヒップホップ・ジェネレーション［新装版］』（リットーミュージック）、『『MARCH 1 非暴力の闘い』（岩波書店　※3巻まで有）、マイケル・ジャクソン裁判』（スペースシャワーネットワーク）、『プリンス録音術』（DUブックス）等、著書に『禁断の英語塾』（スペースシャワーネットワーク）、『今日から使えるヒップホップ用語集』（スモール出版）がある。

■フライデー・ブラック　◎著者＝ナナ・クワメ・アジェイ＝ブレニヤー　◎訳者＝押野素子　◎発行者＝井上弘治　◎発行所＝駒草出版　株式会社ダンク　出版事業部／〒110・0016　東京都台東区台東1ノ7ノ1　邦洋秋葉原ビル2F／電話＝03・3834・9087／ファックス＝03・3834・4508／https://www.komakusa-pub.jp/　◎印刷・製本＝シナノ印刷株式会社　◎落丁・乱丁本はお取り替えいたします。定価はカバーに表示してあります。◎2020 Printed in Japan　◎ISBN978-4-909646-27-9

二〇二〇年二月十日　初版発行
二〇二一年三月六日　第二刷発行